Entführt in die Highlands
Ausgeliefert 1

Coverbild: @ Honored - depositphotos.com, @ mar-
tinm303 - depositphotos.com

Bibliografische Information der Deutschen Nationalbibliothek: Die Deutsche Nationalbibliothek verzeich-
net diese Publikation in der Deutschen Nationalbiblio-
grafie; detaillierte bibliografische Daten sind im Internet über dnb.dnb.de abrufbar.

Herstellung und Verlag:
BoD – Books on Demand, Norderstedt

ISBN: 9783750427204

Miriam Malik

Entführt in die Highlands

Ausgeliefert 1

Kapitel 1

Luisa atmete tief durch. Es tat gut, unterwegs zu sein. Schade, dass sie keinen Fensterplatz im Flugzeug bekommen hatte, aber man konnte eben nicht alles haben. Eine Woche London war jedenfalls genau das, was sie jetzt brauchte. Auch, wenn es nur eine Dienstreise war. Ein bisschen Abstand gewinnen, raus aus dem Alltag ... Vor allem, da es mit Jonas nicht so gut lief. Sie hatten sich einfach nicht mehr viel zu sagen.

In der Regel kam Luisa gegen siebzehn Uhr nach Hause, schaltete den Fernseher an, saß davor, aß davor, spielte nebenbei auf ihrem Handy. Drei Stunden später kam Jonas, aß in der Küche und verschwand dann im Arbeitszimmer, wo er bis spät in die Nacht Action-Spiele auf der Konsole zockte. Luisa ging dann um elf Uhr ins Bett, Jonas kam irgendwann um Mitternacht dazu. Am Wochenende unternahmen sie viel getrennt voneinander, mit ihren Freunden. Jonas liebte das Klettern in den Alpen und notfalls in der Kletterhalle, sie stand eher auf Shoppen in der Münchner Innenstadt und auf Wellness in der Therme mit ihren Mädels und ließ sich höchstens ab und zu von Jonas für kleinere Wanderungen begeistern.

Meist verbrachten sie dann ein paar durchaus schöne Stunden zusammen, nur, um dann wieder in ihre Routine zu fallen. Dazu sparten sie eifrig für eine diffuse Zukunft mit Eigenheim und Kindern. Doch immer wieder fragte sich Luisa: Das konnte doch nicht alles sein, was das Leben zu bieten hatte?

„Ladies and Gentlemen, in Kürze erreichen wir unseren Zielflughafen London Heathrow. Bitte bringen Sie Ihre Sitze in eine aufrechte Position und schnallen

Sie sich an ...", ertönte die Stimme der Stewardess.

Luisa streckte sich. Ihr Sitznachbar warf ihr einen unfreundlichen Blick zu. Sie lächelte zuckersüß zurück. Das konnte sie. Als Callcenter-Agentin hatte sie das im Blut. Immer freundlich sein, immer lächeln ...

Ihre Firma hatte sie auserwählt, ein englischsprachiges Vertriebsteam auf die Beine zu stellen. Dafür schickte das Unternehmen sie für eine Woche zum Mutterkonzern nach London, um die Produkte perfekt auf Englisch vorstellen zu können und das erworbene Wissen an ihre Kollegen in Deutschland weiterzugeben.

Schade, dass es dafür nicht mehr Geld gab. Aber bei ihrem Ausbildungsniveau musste Luisa eben jeden Job akzeptieren, der ihr angeboten wurde. Und immerhin hatte ihr der Job die Reise nach London ermöglicht - ein Ausflug in die vielleicht teuerste Stadt der Welt.

Etwa eine Stunde später stand sie an der Liverpool Street in London und bestaunte die Wolkenkratzer und die historischen Gebäude dazwischen. Es erinnerte sie etwas an Frankfurt. War das alles aufregend! Da, wurde das rundliche Gebilde nicht „Gurke" genannt? Irgendwo hier musste auch ihre Firma ihren Hauptsitz haben. Allerdings hatte sie noch ein ganzes Stück Weg vor sich. Denn ihr Hotel lag in einem Viertel namens Westbourne Park. Am Flughafen hatte sie schon Geld abgehoben, nun brauchte sie nur noch eine Oyster Card für den öffentlichen Nahverkehr. Am Schalter herrschte großer Andrang. Kaum hatte sie sich an das Ende der Schlange gestellt, kam schon ein Angestellter angelaufen, um den Wartebereich abzustecken. Ein stark schwitzender Mann nutzte die Gelegenheit und versuchte sich vorzudrängeln, worauf sich gleich mehrere Engländer beschwerten. Der Angestellte wies den

Mann zurecht und schnaufend stellte er sich brav hinter Luisa in die Reihe ...

Nach fünfzehn Minuten hatte sie die Karte, begab sich in die Underground und nach etwa einer Stunde saß sie endlich in ihrem Zimmer im Stadtteil Westbourne, nachdem sie noch gerade so beim letzten Licht des Tages angekommen war.

Mit dem Hotel hatte sich das Travel Management leider keine Mühe gegeben. Das Bettzeug roch muffig, die Tapete, die vermutlich original aus den 70er Jahren stammte, fiel halb von den Wänden und im Badezimmer hatte sich in nahezu jeder Fuge Schimmel häuslich eingerichtet. Aber viel mehr hatte Luisa auch nicht erwartet. Dienstleister mussten schließlich sparen. Trotzdem war sie so enttäuscht, dass sie keine Lust hatte, zu telefonieren. So schrieb sie Jonas und ihren Eltern lediglich über ihr Smartphone, dass sie gut angekommen war und sie müde war und gleich ins Bett gehen wollte. Und dass ihr das Hotelzimmer gefiel. Nicht, dass sie sich Sorgen machten.

Immerhin lag das Hotel relativ ruhig in einer Seitenstraße. Sie hatte regen Verkehrslärm befürchtet und vorsichtshalber jede Menge Ohrstöpsel mitgebracht. Die zumindest schien sie nicht zu brauchen.

Es war schon spät und sie hatte Hunger, also beschloss sie, sich trotz der hereinbrechenden Dunkelheit nach draußen zu wagen. Laut Stadtplan waren es etwa zehn Minuten bis zu einer dick markierten Geschäftsstraße. Da sollte es doch eigentlich etwas zu essen und zu trinken geben.

Das Viertel stand dem Hotel in nichts nach – es hatte seine besten Tage hinter sich. Doch die Londoner wollten anscheinend Abhilfe schaffen. Als Luisa um eine Ecke bog, befand sich eine gigantische Baustelle vor

ihr. Werbetafeln priesen ein großes neues Einkaufszentrum an. Ein Mann mit eisblauen Augen und einem
kahlgeschorenen Schädel grinste vom Plakat herunter.
„The Future of Shopping", versprach das Plakat. „Ihr
Abgeordneter William Royce setzt sich für Sie ein." Das
wird aber noch etwas dauern, dachte Luisa. Bisher
standen ja gerade mal die Tiefgarage und das Erdge-
schoss. Ein paar zwielichtige Gestalten lungerten an einer Ecke herum, brüllten sich irgend etwas zu, um
dann laut zu johlen. Zum Glück konnte Luisa in der
Ferne schon die Einkaufsstraße sehen. Und zurück
konnte sie ja immer noch mit dem Taxi fahren.

Das Essen war leider eine Enttäuschung – der Pub
setzte ihr lauwarmes Chili vor, das den Preis auf keinen
Fall wert war. Umgerechnet zwölf Euro! An die Londoner Preise musste sie sich noch gewöhnen. Natürlich
bekam sie eine Verpflegungspauschale von ihrer
Firma, aber das waren gerade mal fünfzehn Euro am
Tag. Auswärts essen zu gehen schien nach dem ersten
Eindruck, den London hinterlassen hatte, nicht drin zu
sein. Hoffentlich gab es im Hotel wenigstens ein ver-
nünftiges Frühstück ...
Für den Rückweg entschied sie sich deswegen auch
gegen ein Taxi. Die paar Minuten zu Fuß würde sie
schon schaffen. Es war ziemlich kalt, sie war froh, dass
sie den dicken Kapuzenpulli mit den großen Taschen
angezogen hatte. Der war zwar nicht sonderlich kleid-
sam, aber zumindest warm. Und sie wollte ja auch
keine Männer aufreißen, sondern nur in Ruhe etwas
herumbummeln. Jetzt fing es auch noch an zu nieseln
– warum hatte sie ihren Schirm nicht mitgenommen?
Da war zum Glück schon der Abzweig zum Hotel. Ziemlich dunkel, fand sie. Nicht sehr vertrauenerweckend.
Luisa sah sich noch einmal nach einem Taxi um, verwarf den Gedanken aber gleich wieder. Sie wollte gar

nicht wissen, wie viel die hier für eine Taxifahrt verlangten. So weit weg war das Hotel schließlich auch nicht. Luisa betrat die nur spärlich beleuchtete Gasse. Die trüben Dämmerfunzeln rechts und links schafften es kaum, die Straße zu beleuchten – geschweige denn die zahlreichen Hauseingänge, die wie gähnende schwarze Löcher zwischen den Mietskasernen klafften ... Luisa lief schneller.

Jemand pfiff ihr hinterher. Etwas raschelte keine zwei Meter von ihr entfernt – aus dem Dunkel erschien eine Ratte im fahlen Licht der Straßenlaternen und huschte an ihr vorbei. Luisa unterdrückte einen Schrei. Wo zum Teufel war nur das Hotel?

„Die da", sagte eine Stimme auf Englisch.

Leises Gelächter ertönte. Schritte näherten sich. Luisa lief ein Schauer über den Rücken und etwas schneller. Die Schritte blieben etwas zurück. Dafür kamen Schritte von rechts.

„Schnapp sie dir", hörte sie eine kalte Stimme sagen.

Da begann sie zu rennen.

Eine Stunde Fitnessstudio pro Woche war nicht genug. Jedenfalls nicht für nächtliche Verfolgungsjagden wie diese. Dennoch zwang Luisa sich, weiterzulaufen, obwohl sie eigentlich schon nach hundert Metern keine Puste mehr hatte. Die Schritte kamen immer näher. Da – die Einfahrt zur Baustelle des „Future of Shopping"! Vielleicht konnte sie ihren Verfolgern da entkommen? Luisa wandte sich nach rechts und rannte durch das Tor in die Bauruine hinein. Nach ein paar Haken, die sie um ein Betonmischgerät und Betonpfeiler geschlagen hatte, schienen die Schritte tatsächlich weiter entfernt zu sein. Hatte sie sie abgehängt? Da, ein Gerüst! Rasch suchte sie unter einer herunterhängenden Plane Schutz. So schlimmes Seitenstechen hatte sie noch nie gehabt.

Sie schnappte so leise wie möglich nach Luft. Einen Moment war alles totenstill. Wieder Schritte – diesmal ganz in ihrer Nähe. Luisa hielt den Atem an und kauerte sich hin. Ihre Hand berührte flüchtig etwas Hartes, Kaltes. Etwas, das sie als Waffe benutzen konnte? Luisa griff danach. Oh Gott! War das eine Pistole? Ohne groß weiter darüber nachzudenken, steckte sie das Ding in die große Vordertasche ihres Kapuzenpullis.

Ein Röcheln, direkt hinter ihr. Sie fuhr erschrocken herum. Viel konnte sie nicht erkennen, aber es reichte, um ihre Panik weiter anzufachen. Da lag jemand unter dem Gerüst auf dem Boden, keinen Meter von ihr entfernt. Sie schrie auf, fuhr hoch und schlug mit dem Kopf gegen einen Stahlträger. Einen Moment sah sie Sterne.

„Da vorne!"

Natürlich hatten sie sie gehört. Luisa ergriff erneut die Flucht. Sie rannte durch ein Tor und befand sich wieder außerhalb der Bauruine auf einer offenen Fläche. Den Schatten bemerkte sie erst, als es zu spät war. Der Mann tauchte wie aus dem Nichts auf, packte ihr rechtes Handgelenk und knallte ihr etwas Hartes an den Schädel. Sie taumelte und wäre hingefallen, hätte der Mann nicht wie ein Schraubstock ihren Arm umklammert.

„Schön mitkommen. Royce wartet schon auf dich", flüsterte er ihr ins Ohr und zerrte Luisa mit sich mit.

Benommen torkelte sie neben ihm her. Der Mann führte sie um das Gebäude herum und dann hinein in eine gewaltige Öffnung, die im spärlichen Licht wie ein gigantisches schwarzes Maul aussah. Es ging steil nach unten. Dies verschaffte Luisa eine Ahnung, wo sie sich befinden mochte – nämlich auf der zukünftigen Ein- oder Ausfahrt der Tiefgarage des „Future of Shopping".

Die untere Etage war hell erleuchtet. Als sie ankamen, brauchte Luisa einen Moment, um wieder etwas erkennen zu können. Das Licht kam aus zwei großen Scheinwerfern auf dem Fußboden. Und von den Scheinwerfern beleuchtet, etwa fünf Meter von Luisa entfernt, stand ein Mann. Er war bestimmt zwei Meter groß und gebaut wie ein Schrank. Er kam ihr vage bekannt vor. Dieser kahlrasierte Schädel, das markante Kinn ... Wo hatte sie den schon einmal gesehen?

Der Riese musterte Luisa auf eine äußerst unangenehme Art und Weise. Sie spürte fast körperlich, wie seine Blicke an ihr hinunterwanderten – und an ihrem Kapuzenpulli hängen blieben.

„Ich hab doch gesagt, jung und hübsch", sagte er abfällig mit klarer, volltönender Stimme. „Was habt ihr mir denn da angeschleppt?"

„War sonst keine da!", nuschelte der Mann, der Luisa gefangen hatte. „Und du wolltest ja keine Nutte."

„Nun gut, dann muss uns das reichen. Das Wichtigste ist schließlich, dass sie Mike gefällt."

Der Riese wandte den Blick nach rechts. Dort kniete, etwas versteckt hinter einem Schutthaufen, ein südländisch aussehender Mann auf dem Boden. Die Arme hatte er hinter dem Kopf verschränkt, rechts und links von ihm standen zwei Männer und zielten mit Pistolen auf seinen Kopf.

„Nun, was sagst du, Mike?", fragte der Riese. „Nicht ganz Isabella, natürlich. Aber dafür völlig unschuldig. Eine einfache Passantin."

Der Mann namens Mike starrte konzentriert auf den Boden. Sein Gesicht zeigte keine Regung.

„Keine Sorge, ich bringe dich schon dazu, sie dir anzusehen", lachte der Riese höhnisch. „Es wird lange dauern, bis ich mit ihr fertig bin, das verspreche ich dir. Diesmal wirst du in der ersten Reihe sitzen – und wenn du nicht hinsiehst, wird sie noch mehr leiden. Sichert das Gelände. Wir wollen keine ungebetenen Gäste! Und sucht nach Tom. Wo zum Teufel steckt der denn?"

Die Männer hinter Luisa murmelten etwas und bewegten sich eilig in Richtung Ausfahrt.

„Gut", meinte der Riese zufrieden. „Bringt ihn weg",

wandte er sich dann an die beiden Männer mit den Pistolen. „Seid vorsichtig – ihr wisst, wozu er fähig ist. Kommt ihm nicht zu nahe. Schießt ihm, wenn notwendig, in die Schulter oder ins Bein. Dann wird er schon spuren. Aufstehen, Mike. Langsam. Die Hände schön oben lassen."

Mike gehorchte. Die beiden Männer hinter ihm ließen ihn nicht aus den Augen.

„Komm", befahl einer von ihnen. „Dreh dich um. Du siehst den Wagen da hinten. Da gehen wir hin. Schön langsam."

Mike setzte sich in Bewegung, die Männer folgten ihm.

„So. Nun zu dir." Der Riese wandte sich wieder an Luisa. Sie zuckte zusammen.

„Komm her, kleine Schlampe." Wieder glitten seine Blicke über ihren Körper. Sein Gesicht war eine höhnische Maske. Luisa starrte ihn aus weit aufgerissenen Augen an. Unwillkürlich schlug sie die Hände vor ihre Brust. Da war etwas Hartes, Schweres in der Tasche ihres Kapuzenpullis ...

Der Riese lachte kalt auf. „Na los! Mach schon! Komm zu mir. Wenn du brav bist, tu ich dir vielleicht etwas weniger weh. Wenn ich dich aber holen muss ..."

Luisa griff mit der rechten Hand in die Tasche und umklammerte die Pistole, die sie auf der Baustelle eingesteckt hatte. Ihre Hände zitterten, als sie die Waffe hervorzog. Sie hörte ihn wieder lachen, dieses schreckliche kalte Lachen. Er machte einen Schritt auf sie zu. „Das wirst du ja doch nicht ..." Weiter kam er nicht.

Luisa drückte ab.

Der Knall war ohrenbetäubend. Einen Moment blieb sie taumelnd stehen, genauso wie der Riese, der sie ungläubig anstarrte. Blut quoll aus einem dunklen Loch in seiner Brust.

Sie ließ die Pistole fallen, machte auf dem Absatz kehrt und rannte erneut los, quer durch die Tiefgarage, die Rampe hoch, über die Baustelle. Schritte waren hinter ihr. Sie wusste nicht, woher sie noch Kraft hatte zu rennen. Allein ihr Überlebenswille trieb sie vorwärts, an einer endlos langen, hölzernen Absperrung entlang, die kein Ende nehmen wollte. Schüsse krachten hinter ihr, unwillkürlich duckte sie sich. Und dann stolperte sie über ein Kabel und flog der Länge nach hin. Das war es wohl. Sie würde es nicht mehr rechtzeitig schaffen, aufzustehen. Ihr Verfolger beugte sich über sie, packte sie an den Armen und zog sie auf die Füße ... Das war das Ende.

„Los, weiter!", brüllte ihr eine unbekannte Männerstimme ins Ohr.

Luisa blickte verwirrt hoch und erkannte Mike. Er hielt ihren Arm weiter umklammert und zerrte sie mit sich. Weiter ging der wilde Lauf an der Absperrung entlang. Immerhin konnte Luisa jetzt ein Tor sehen. Sie mobilisierte noch einmal alle Kräfte, die sie noch hatte.

In dem Moment kam ein Auto durch genau dieses Tor geschossen und hielt direkt auf sie zu. Mike stieß Luisa heftig zur Seite und drückte sie an die Holzwand. Der Wagen machte eine Vollbremsung und kam mit quietschenden Reifen genau neben ihnen zum Stehen. Eine blonde Frau riss die Beifahrertür auf, sprang mit einer Pistole in der Hand heraus und feuerte auf etwas hinter Luisa. Die Hintertür öffnete sich ebenfalls, ein fremder Mann mit dunklen Augen musterte Luisa mit wildem Blick und streckte die Arme nach ihr aus. Sie zuckte zurück, doch da stand Mike. Statt ihr zu helfen, stieß er ihr heftig in den Rücken. Luisa taumelte auf das Auto zu. Der Mann vom Rücksitz packte sie an der Schulter und zerrte sie in den Wagen. Sie stürzte nach vorne und lag plötzlich auf dem Bauch, eingeklemmt im Spalt zwischen Vorder- und Rücksitz. Mit quietschenden Reifen fuhr der Wagen los, die Autotüren schlugen zu, vier Füße wurden auf ihr abgestellt.

Keuchend schnappte Luisa nach Luft. Es dauerte etwas, bis sich ihre Atmung etwas beruhigt hatte und sie Zeit fand, wieder auf ihre Umgebung zu achten. Verwirrt und benommen lauschte sie auf das Gespräch ihrer Retter.

„Wir nehmen sie mit", sagte Mike gerade.

„Warum?", fragte eine kalte Frauenstimme.

„Weil sie Royce niedergeschossen hat", erwiderte Mike grimmig.

„Was?", kam es zweistimmig zurück.

„Ist er tot?", rief die Frau.

„Schwer zu sagen. Aber wir sollten uns nicht zu früh freuen. Er hat mehr Leben als alle Katzen zusammen."

„Warum hast du ihn dann nicht erledigt?", fragte die Frau herausfordernd.

„Das hätte ich nicht mehr geschafft. Du hast doch die zwei gesehen, die hinter uns her waren."

„Ich hab sie nicht nur gesehen, ich habe sie auch erschossen", knurrte die Frau.

„Die ganze Aktion war sowieso selten dämlich", schimpfte der Mann vom Rücksitz. „Sei froh, dass wir deine Nachricht bekommen haben. Sonst hättest du noch etwas mehr rennen dürfen. Wie bist du nur auf die Idee gekommen, dich nachts allein mit einem Informanten zu treffen, den du nicht persönlich kennst? Und dann auch noch auf einer einsamen Baustelle?"

„Es war eine Falle, Danny. Das kann nur eins bedeuten – ich hatte recht." Mikes Stimme klang bitter.

„Für unsere Freunde lege ich die Hand ins Feuer", entgegnete Danny kalt.

„Der General hat mich auf diese Spur gebracht", erwiderte Mike. „Ich denke, der Verräter sitzt bei ihm."

Einen Moment herrschte Schweigen.

„Das kann ich mir nicht vorstellen. Ich ...", ergriff Danny wieder das Wort.

„Solange es nicht sicher ist, werde ich dem General nicht mehr über den Weg trauen", unterbrach ihn

Mike.

Erneutes Schweigen.

„Wie kommt die Kleine da ins Spiel?", fragte Danny schließlich.

„Royce hat sie angeschleppt. Er wollte sie vor meinen Augen foltern und töten. Aber er hat wohl nicht damit gerechnet, dass sie eine Waffe hatte."

„Von welcher Organisation ist sie denn?", fragte die Frau interessiert.

„Keine Ahnung", erwiderte Mike.

„Na, das werden wir schon herausbekommen", rief sie fröhlich.

„Wohin jetzt?" Das war wieder Danny.

„Zu Brian. Dann schauen wir mal, was für einen Fisch wir da an Land gezogen haben", knurrte Mike.

Und Luisa fragte sich beklommen, wer um alles in der Welt ihre Retter sein mochten. Noch war längst nicht klar, ob sie sich tatsächlich in Sicherheit befand oder nicht eher vom Regen in die Traufe geraten war.

Das Auto blieb irgendwann stehen. Luisa wurde gepackt, herausgezerrt und auf die Füße gestellt. Eine gewaltige Hand umklammerte ihren Oberarm. Der dazugehörige Mann überragte sie um zwei Haupteslängen. Das erinnerte sie fatal an den Riesen von der Baustelle. Ihre Beine begannen zu zittern. Der Mann führte sie wie eine Gefangene durch einen verwahrlosten Vorgarten zu einer Hintertür in ein zweistöckiges Reihenhaus und dann eine steile Treppe nach oben in eine schlauchförmige und wurmstichige Küche, die ihre besten Tage sichtlich hinter sich hatte. Stimmengewirr klang zu ihnen herauf. Gelächter. Geschrei. Ein Mann spielte etwas auf einer Gitarre. Gläser klirrten. Sie befanden sich wohl über oder neben einer Kneipe.

Mike, der Mann vom Rücksitz und die Frau vom Beifahrersitz quetschten sich ebenfalls in die Küche. Sie waren alle mindestens einen Kopf größer als Luisa und blickten teils grimmig und teils nachdenklich auf sie herunter. Ihr rutschte das Herz in die Kniekehlen. Sie wich zurück, doch der Zwei-Meter-Mann hielt sie weiter fest. Ängstlich blickte sie zu ihm herauf. Sein Anblick war alles andere als vertrauenserweckend. Eine Narbe zog sich quer über seine linke Wange, die rechte Gesichtshälfte war von Brandnarben entstellt. Der kalte Blick aus seinen grauen Augen war ähnlich durchdringend wie der des Riesen von der Baustelle. Luisa wich entsetzt zurück. Das war alles zu viel. Zu viel Albtraum, zu viele fremde Menschen, zu viele Dinge, die sie nicht verstand.

„Gut", ergriff Mike das Wort. „Es ist an der Zeit, uns zu unterhalten". Er nickte Narbengesicht zu.

Der schob Luisa vor sich her und in einen Nebenraum, offenbar eine Art Abstellkammer voller klappriger Stühle, vielleicht die ehemalige Einrichtung aus der nahen Kneipe.

„Setz dich!", befahl Mike und wies auf einen klapprigen Holzstuhl in der Mitte des Zimmers.

Luisa gehorchte, erleichtert, dass sie nicht mehr stehen und keine Angst haben musste, dass ihr die Beine versagten. Zugleich verspürte sie jedoch den unbändigen Drang, sich einfach irgendwo hinzulegen, die Augen zu schließen und irgendwann später wieder aufzuwachen. Oder besser noch, gleich ganz im Boden zu versinken... Denn Mike baute sich breitbeinig vor ihr auf und funkelte auf sie herunter.

„Wie heißt du?", fragte er drohend.

Sie hatte das Gefühl, dass es besser war, zu antworten, wenn sie keine Schläge kassieren wollte. Oder Schlimmeres.

„Luisa Marcovic", erwiderte sie mit zitternder Stimme.

„Woher kommst du?"

„Aus München."

„Was willst du hier in London?"

„Sprachkurs. Fortbildung. Englisch", stammelte sie.

„So so." Mike ließ sie nicht aus den Augen. „Wo wohnst du?"

„Westbourne Stars."

„Warum ausgerechnet in dieser Absteige?"

„Schlechtes Travel Management."

Mike zog die Augenbrauen hoch. „Zu welcher Organisation gehörst du?"

„Sales by Demand."

Mike schnaubte. „Nicht deine Tarnfirma. Die Organisation."

Luisa sah ihn ratlos an. Mike beugte sich noch etwas weiter zu ihr herunter. „BND, CIA, Mossad?"

Das war ja kaum zu glauben. Meinte er das ernst? „Ich ... Sprachkurs! Firma hat Sprachkurs", stammelte sie und rutschte weiter auf ihrem Stuhl nach unten.

„Woher hast du dann die Pistole?"

„Gefunden ..."

„Gefunden?" Er schnaubte verächtlich. „Man findet nicht zufällig Pistolen." Er hob die Hand, als wollte er sie schlagen.

Luisa versuchte, auf dem Stuhl zu verschwinden. Es klappte nicht.

Mike starrte sie noch immer an.

„Auf der Baustelle", stammelte sie. „Da war ein Mann. Neben ihm die Pistole ..."

„Was für ein Mann?"

„Der lag da ..."

„Wo lag der?"

„Unter einem ... Metallding. Für Gebäude." Das Wort für Gerüst wollte ihr in diesem Moment nicht einfallen. Wenn sie es überhaupt je gewusst hatte.

„Aha." Mikes Gesicht blieb düster, aber er wirkte nicht mehr so, als ob er sie schlagen wollte. Für den Moment jedenfalls. „Und du hast dir die Pistole genommen", hakte er noch einmal nach.

Bei dem Gedanken an den röchelnden Typen musste

Luisa beinahe würgen. Dann sah sie wieder den Riesen mit den blauen Augen vor sich, hörte seine Stimme, wie er sie zu sich rief, um ... In dem Moment beugte sich Narbengesicht zu ihr herunter. Luisa zuckte zusammen und rutschte von ihm weg, nach links. Da versagte der Stuhl seinen Dienst und brach unter ihr zusammen. Sie krachte zu Boden, direkt auf ihre Schulter.

Es tat höllisch weh, ihr traten Tränen in die Augen. Es dauerte einige Zeit, bis der Schmerz nachließ und sie ihre Umgebung wieder wahrnehmen konnte. Den vielen Füßen um sie herum zufolge waren Mike und der Riese nicht mehr allein im Zimmer. Luisa zog die Beine an ihren Körper und vergrub den Kopf in ihren Armen. Würde dieser Albtraum denn nie zu Ende gehen?

„Was ist passiert? Ich dachte, du wolltest ihr nur Angst einjagen? Dann hättest du mich ja doch machen lassen können." Das war die Frau aus dem Auto.

„Das war ich nicht", knurrte Mike. „Der Stuhl hat nachgegeben."

„Hat sie geredet? Von welcher Organisation ist sie?", fragte die Frau.

„Von keiner", erwiderte Mike.

„Das kann nicht sein. Du hast sie nicht hart genug angefasst, Mike. Gib mir fünf Minuten, dann wird sie alles sagen, was wir wissen wollen. Oder hast du sie bewusstlos geschlagen?"

„Ich habe sie nicht geschlagen, Frances", erwiderte Mike ungeduldig. „Das war nicht nötig. Ich weiß genug. Sie ist eine ... Zivilistin."

„Woher willst du das wissen? Immerhin hat sie auf Royce geschossen ..." Frances schien nicht überzeugt.

„Schau sie dir an. Sie hat einen Schock. Und null Kondition. Welche Orga würde auf so etwas zurückgreifen?"

„Und wo hat sie die Pistole her?"

„Als ich mich auf die Baustelle geschlichen habe,

musste ich einen Mann ausschalten, der sich mit gezogener Pistole im Schutz eines Baugerüsts an mich herangeschlichen hat. Ich habe ihn niedergeschlagen. Die Kleine muss sich dort ebenfalls versteckt haben. Da hat sie dann die Pistole aufgehoben und eingesteckt."

„Du wurdest angegriffen und hast nicht auf uns gewartet?", wandte Danny fassungslos ein. „Warte mal. Was genau hat dir der General gesagt?"

„Das ist doch jetzt egal …"

„Er hat dir gesagt, dass Royce dort ist, oder? Und du hattest nichts Besseres zu tun, als allein dorthin zu gehen?"

„Er sagte, dass Ali dort wäre."

„Ali? … Das war nicht nur dumm. Das war mehr als dumm", lachte Frances auf.

„Ja. Das war es", knurrte Mike. „Hinterher ist man eben immer schlauer."

„Oder tot", gab Frances schnippisch zurück.

„Verdammt, genug jetzt", kam es von Danny. „Das ist gerade nicht unser größtes Problem. Was machen wir jetzt mit der Frau?"

„Wir müssen sie verstecken", erwiderte Mike.

„Ja. Macht Sinn", meinte Frances. „Aber wo? Hier, bei Brian? Oder vielleicht bei Rick?"

„Es darf niemand wissen, dass wir sie haben. Wir brauchen einen Ort, an dem sie sicher ist", antwortete Danny.

„Das bedeutet?" Die Stimme von Frances.

„Die Hütte", erwiderte Mike fest.

„Nein. Kommt nicht infrage." Wieder Danny.

„Warum übergibst du sie nicht dem General?", fragte Frances. „Wäre das nicht am einfachsten?"

„Ich trau ihm nicht über den Weg", knurrte Mike.

„Es ist in keinster Weise bewiesen, dass es einen Verräter gibt." Dannys Stimme klang ungeduldig. „Du steigerst dich da in etwas hinein, Mike."

„Selbst wenn es keinen Verräter gibt – wer weiß, was

der General mit ihr machen würde. Nein. Wir schaffen sie zur Hütte. Und dann sehen wir weiter." Mike klang fest entschlossen.

„Gut, wenn du meinst", seufzte Danny. „Aber hast du dir das gut überlegt? Willst du dir das wirklich antun? Sie ist vermutlich eine ganz normale junge Frau. Das heißt, sie wird die ganze Zeit weinen, versuchen zu fliehen, noch mehr weinen. Wie damals I..." Er verstummte.

„Isabella, meinst du", erwiderte Mike und seine Stimme klang auf einmal hart und kalt. „Macht euch keine Sorgen. Diesmal ist es anders."

„Aber du kannst nicht allein auf sie aufpassen. Du wirst Nachschub brauchen. Und willst du wirklich die nächsten Wochen oder Monate dort allein mit ihr verbringen?"

„Wir könnten uns abwechseln", schlug Mike vor.

„Das kannst du vergessen!", rief Frances verächtlich. „Wie lange willst du sie überhaupt verstecken? Bis in alle Ewigkeit? Er wird nie aufhören, sie zu verfolgen. Sie hat ihn angeschossen ... Wir wissen alle, was das heißt."

„Dass wir zum ersten Mal etwas haben, das Royce unbedingt haben will", erwiderte Mike ruhig.

Einen Moment herrschte Schweigen.

„Ich helfe dir", sagte eine unbekannte, seltsam kratzige und heisere Männerstimme in die Stille hinein.

„Danke, Harvey", sagte Mike. „Dann sollten wir uns auf den Weg machen. Harvey und ich fahren mit der Kleinen zu Rick. Wir treffen uns dann da. Ihr besorgt alles, was wir für die Fahrt brauchen. Vor allem einen Jeep. In Ordnung?"

Die anderen murmelten ihre Zustimmung.

Luisa hatte die Zusammenhänge überhaupt nicht verstanden, aber es war ihr auch egal. Wenn sie sich ganz ruhig verhielt – vielleicht würden sie sie dann in

21

Ruhe lassen? Doch ihre Hoffnung wurde schnell enttäuscht. Denn nur wenig später wurde sie erneut gepackt und auf die Füße gestellt. Das kam zu plötzlich. Ihr Kreislauf rebellierte, alles drehte sich um sie herum. Sie wäre erneut umgefallen, wenn Narbengesicht sie sich nicht kurzerhand über die Schulter geworfen hätte. Er trug sie die Treppe hinunter, durch den struppigen Garten zurück zum Auto und legte sie auf den Rücksitz. Dann setzte er sich auf den Fahrersitz, Mike nahm auf dem Beifahrersitz Platz und sie fuhren los. Luisa hielt die Augen geschlossen und hoffte auf etwas Ruhe.

Daraus wurde nichts. Ein lautes Krachen. Das Auto schlingerte heftig zur Seite.

Mike fluchte. „Wie zum Teufel ..." Der Wagen schoss so plötzlich vorwärts, dass Luisa in den Rücksitz gepresst wurde. Danach bremste Harvey so abrupt, dass sie erneut in den Fußraum vor den Rücksitzen geschleudert wurde. Den kannte sie ja schon. Sie versuchte benommen, sich aufzurichten – ein Ding der Unmöglichkeit, denn Harvey gab wieder Gas, um dann wieder scharf zu bremsen und steuerte den Wagen dazu immer wieder heftig von links nach rechts und zurück. Luisa gab ihren Plan, sich hinzusetzen, irgendwann auf, blieb einfach, wo sie war und hoffte stattdessen, dass es irgendwann vorbei sein mochte. Doch vergebens. Erneut krachte es laut, wieder scherte der Wagen aus.

„Scheiße", brüllte Mike. „Harvey, gib Gas, verdammt!" Er rief noch mehr, doch seine Stimme wurde übertönt – von Reifengequietsche, dem Aufheulen des Motors und einem lauter Knall.

„Wir brauchen mehr Abstand!", rief Mike. Harvey drückte wieder aufs Gas. Ein kalter Luftzug wehte herein – jemand hatte das Fenster geöffnet.

Ein erneuter Knall. Die Reifen quietschten, als Harvey sehr schwungvoll weitere Kurven nahm und dazwischen immer wieder abbremste und beschleunigte. Noch ein lauter Knall, ein kreischendes Geräusch, als ob das Auto mit der Seitentür gegen eine Betonwand schleifte. Dann schoss der Wagen wieder vorwärts – und zwar eine ganze Zeit lang. Irgendwann riss Harvey den Wagen erneut herum und machte eine Vollbremsung. Und dann herrschte Stille. Die Männer atmeten laut. Luisa hingegen war kotzübel und sie betete, dass es endlich vorbei sein möge.

Tatsächlich wurden vorne die Türen aufgerissen. Harvey öffnete die rechte hintere Tür, packte Luisa an den Armen und zerrte sie gewohnt unsanft aus dem Auto auf einen Lieferwagen zu. Dort ließ er sie zu Boden sinken und Luisa nutzte die Gelegenheit, um sich zu übergeben. Währenddessen öffnete Harvey die Heckklappe des Lieferwagens. Unbeeindruckt wartete er, bis Luisa fertig war, hob sie dann hoch und legte sie auf die Ladefläche. Es roch muffig – als ob der Wagen das letzte Mal vor einem Jahr geöffnet worden war. Oder vor einem Jahrhundert.

Luisa drehte sich auf die Seite und machte sich ganz klein. Vom Lieferwagen aus hatte sie ihr vorheriges Transportmittel direkt vor sich. Das Auto war übel verbeult, die Rückscheibe voller Löcher ... Dass sie es damit bis hierher geschafft hatten, schien ein Wunder. Offenbar befanden sie sich in einer etwas schummrigen Tiefgarage, die allerdings deutlich kleiner war als die des „Future of Shopping". Nicht schon wieder ...

Mike erschien in ihrem Blickfeld. Er hatte sich ein quietscheoranges Stück Stoff um die Hüften geschlungen. Es sah aus wie eine Warnweste. Sonst war Mike, soweit Luisa es sehen konnte, nackt. Sie starrte ihn an. Es war nicht nur die Tatsache, dass er quasi nichts anhatte, wegen der sie die Augen nicht von ihm abwenden konnte. Sondern auch die zahlreichen Narben, die seinen Körper entstellten. An Schultern, Oberarmen, Brust, Bauch. Schnitte und großflächige Brandwunden und ein paar nahezu kreisrunde, dunkle Flecken. Mike warf Luisa einen abschätzenden Blick zu, der ihr durch Mark und Bein ging, und wandte sich dann an Harvey, der neben dem Lieferwagen stand.

„Was willst du. Ich bin eben auf Nummer sicher gegangen. Und vergiss nicht – es war meine Hose auf ihrer Windschutzscheibe, wegen der sie die Kurve nicht gekriegt haben. Wo immer der Sender auch versteckt war – wir scheinen ihn losgeworden zu sein. Es war also weder der Wagen noch das Smartphone noch das Tempura-Überwachungsprogramm des GCHQ, sondern ein stinknormaler Sender. Royce ist mächtig, aber er verfügt nicht über das Equipment der Geheimdienste. Hab ich doch gleich gesagt." Er atmete tief durch. „Warum erzähl ich dir das überhaupt", murmelte er dann, trat direkt auf Luisa zu und turnte über sie hinweg auf die Ladefläche des Lieferwagens. Irgendwo hinter ihr setzte er sich auf den Boden. Sie blieb liegen, wie sie lag – auch, als Harvey ihr die Heckklappe des Lieferwagens vor der Nase zuschlug. Mit einem Mal war es stockfinster.

Der Wagen setzte sich langsam in Bewegung. Auch diese Fahrt war alles andere als komfortabel. Da Luisa auf der ungepolsterten Ladefläche lag, spürte sie jede kleine Verwerfung und jedes Loch der Straße. Die Fahrt dauerte endlos.

Und dann hielt der Wagen doch für eine längere Zeit. Die Fahrertür wurde geöffnet und wieder zugeschlagen. Schritte entfernten sich. Es war ganz still. Nur leise Atemgeräusche von Mike waren zu vernehmen. Luisa dämmerte vor sich hin. Sie war völlig fertig mit sich und der Welt und wünschte sich nichts mehr, als endlich in Sicherheit zu sein. In ihrem Hotelzimmer. Oder auch in Deutschland in den Armen von Jonas. Überall, aber nicht hier, in einer Tiefgarage oder auf einer Baustelle.

Irgendwann wurde die Heckklappe wieder geöffnet. Draußen war es bereits ein wenig hell, die Sonne schien jedoch noch nicht aufgegangen zu sein. Harvey stand direkt vor ihr, legte ein unförmiges Bündel neben ihr ab und schlug die Heckklappe wieder zu. Und dann spürte sie Mike ganz nah neben sich. Luisa fuhr zusammen, machte sich noch kleiner.

„Ich tu dir nichts", knurrte er wenig vertrauenerweckend.

Sie hörte, wie er sich unruhig hinter ihr bewegte – Gott sei Dank mit etwas Abstand. Und dann kam er doch wieder näher – und beugte sich plötzlich über sie. Luisa bekam fast einen Herzinfarkt. Doch Mike klopfte nur gegen die Heckklappe, die sich kurz darauf wieder öffnete.

Luisa blickte nun direkt in den offenen Kofferraum eines Jeeps, der vollgestopft war bis oben hin. Doch der Inhalt lag unter dicken Wolldecken verborgen.

Mike stieg über sie hinweg und stand wenig später zwischen Jeep und Lieferwagen. Prüfend blickte er auf sie herab. Zu ihrer großen Erleichterung war er jetzt angezogen. Mike ging um den Lieferwagen herum und war aus ihrem Blickfeld verschwunden. Aber Harvey stand noch da und beobachtete sie mit seiner kalten Miene. Sie hörte Mike leise reden und glaubte, die Stimmen von Danny und Frances zu hören und noch eine fremde Stimme, hell und jungenhaft.

Luisa verstand kein Wort. Sie waren zu weit weg und sie war viel zu erschöpft, um sich auch nur ansatzweise auf schnelles Englisch konzentrieren zu können.

Irgendwann stand Mike wieder vor ihr. Er beugte sich zu ihr herunter, nahm sie in seine Arme und hob sie hoch. Luisas Kopf lehnte an seiner Schulter, als er sie die paar Schritte um den Jeep herum trug, auf die

Rückbank hinter dem Beifahrersitz setzte und sie an-schnallte.

„Danke", murmelte sie. Das war die sanfteste Behandlung, die sie bisher erfahren hatte.

Er warf ihr einen undeutbaren Blick zu, ergriff ihren linken Arm und streifte den Ärmel nach oben. Harvey trat dazu, öffnete die Tür auf der Fahrerseite und setzte sich neben sie. Dann reichte er Mike einen kleinen schwarzen Kasten. Mike nahm ihn entgegen, legte ihn auf Luisas Oberschenkel und öffnete ihn. Darin befand sich ein medizinisches Röhrchen mit einer Flüssigkeit und eine Einwegspritze.

Luisa sah Mike benommen dabei zu, wie er erst fachkundig mit Spritze und Röhrchen hantierte und die Nadel dann in ihre Armbeuge setzte. Erst, als sie den Schmerz spürte, begriff sie, was er da eigentlich tat. Sie stieß einen merkwürdigen, unartikulierten Laut aus und versuchte, ihn wegzuschlagen. Es blieb bei dem Versuch. Harvey legte einen Arm um sie und hielt sie fest. Mike zog die Spritze heraus. Und sie war plötzlich unglaublich müde. Harvey ließ sie wieder los und legte eine olivgrüne Fleeßedecke über ihre Beine. Mike knallte die Tür zu. Und sie schloss die Augen und fiel in einen tiefen Schlummer.

Als Luisa erwachte, war es stockdunkel. Sie fühlte sich wahnsinnig müde, aber ein natürliches Bedürfnis hatte sie aus dem Schlaf gerissen.

Irgendetwas war passiert, aber sie wusste nicht mehr genau, was. Sie glaubte sich an ein paar dunkle Gestalten zu erinnern, doch das musste ein Albtraum gewesen sein. Sicher war sie einfach nur in diesem schrecklichen Hotelzimmer in London. Sie tastete nach dem Nachttisch. Sie fand den Nachttisch. Aber sonst nichts. War da nicht eine Lampe gestanden? Nun, offensichtlich nicht. Aber dann gab es doch sicher einen Lichtschalter an der Wand? Nein. Sie spürte lediglich …

runde Holzbalken. Wie bei einer Blockhütte. Das war wirklich seltsam. Das Hotelzimmer war doch tapeziert gewesen! Träumte sie etwa noch?

Langsam richtete sie sich auf. Das Bett unter ihr schwankte. Hatte sie zu viel getrunken? Vorsichtig stellte sie ihre nackten Füße auf den Boden, der sich ebenfalls nach Holz anfühlte, und stand auf. Sie tastete weiter an der Wand herum. Wo zum Teufel war dieser dämliche Lichtschalter? Luisa machte einen Schritt vorwärts und stieß sich an irgendetwas heftig das Schienbein. Au! Verdammt! Als der Schmerz nachließ, bewegte sie sich vorsichtig seitwärts und machte noch einen Schritt. Ein Fehler. Sie stolperte über etwas, das im Weg stand, und schlug der Länge nach hin. Dabei warf sie noch irgendetwas um, das mit lautem Gepolter zu Boden fiel. Einen Moment war alles ruhig. Dann hörte sie schnelle, laute Schritte und kurz darauf prallte etwas mit voller Wucht gegen Luisas Kopf. Dazu blendete sie ein gleißendes Licht. Sie rollte sich auf die Seite und vergrub Kopf und Gesicht in ihren Armen.

„Was ist denn hier los?"

Die herrische Stimme kam ihr bekannt vor. Mike aus ihrem Albtraum. Oh nein ...

Sie spürte, wie er sich zu ihr herunterbeugte und ihre Schulter berührte.

„Ich habe den Lichtschalter gesucht ...", murmelte sie unglücklich.

„*What?*", schnappte Mike direkt neben ihrem Ohr.

Ach ja, Englisch. „*I was searching for the light ...*", wiederholte sie.

Mike fasste sie an der Schulter und half ihr, sich aufzusetzen.

„Alles in Ordnung?"

„Ich müsste mal auf die Toilette."

„Okay." Er half ihr beim Aufstehen und stützte sie. Das war auch gut, denn sie fühlte sich alles andere als sicher auf ihren Beinen. Es ging einen unglaublich langen, kalten Gang entlang bis zu einer Tür.

Er ergriff ihre Hand und schloss sie um den Türrahmen. „Halt dich fest!", befahl er. Dann öffnete er die Tür, hängte die Taschenlampe an einen Haken an der Wand und machte zwei Schritte zur Seite. „Wenn du Hilfe brauchst, sag Bescheid. Ich warte hier."

Luisa nickte vorsichtig, taumelte hinein und er schloss die Tür hinter ihr.

Sie setzte sich auf die Kloschüssel.

„Alles in Ordnung?", drang seine Stimme zu ihr herein.

„Ja", murmelte sie. Das Klo drehte sich, doch sie schaffte alles ohne Hilfe. Gott sei Dank. Das Wasser aus dem Wasserhahn war eisig kalt. Luisa benetzte damit ihre Stirn. Immerhin half es ein wenig gegen die dumpfen Schmerzen in ihrem Schädel.

„Vorsicht!" Er öffnete die Tür, schnappte sich die Taschenlampe und führte sie zurück in ihr Zimmer. „Wenn du noch etwas brauchst, rufst du nach mir. Keine Alleingänge mehr. Verstanden?", fragte er streng.

„Okay." Luisa schluckte und legte sich hin.

Mike ging mit der Taschenlampe und schloss die Tür hinter sich. Das Bett brauchte noch gefühlt zwei Stunden, bis es aufhörte zu schwanken. Endlich fiel Luisa wieder in einen tiefen Schlaf.

Es war hell, als Luisa aufwachte. Langsam reckte und streckte sie sich. Sie lag in einem Queen-Size-Bett unter einem Stapel Wolldecken. Vorsichtig setzte sie sich auf. Schwindel drohte sie zu überkommen. Nicht schon wieder! Ihr Körper fühlte sich wie zerschlagen an, in ihrem Schädel pochte ein dumpfer Schmerz. Sie biss die Zähne zusammen und wackelte so gut es ging mit ihren Beinen und Armen, um ihren Kreislauf anzuregen. Das Theater der letzten Nacht sollte sich nicht noch einmal wiederholen.

Nachdenklich betrachtete sie das Zimmer. Der Raum war vielleicht zehn Quadratmeter groß. Die Wände bestanden tatsächlich aus grob gezimmerten Holzbalken. Neben dem Bett gab es einen Nachttisch, einen umgekippten Stuhl, über den sie wohl in der Nacht gestolpert war, einen Schrank sowie einen kleinen Tisch. Die Möbel sahen alle etwas windschief aus, so, als hätte sie ein handwerklich geschickter Amateur zusammengebaut.

Schließlich fühlte sie sich fit genug zum Aufstehen. Mühsam schwang sie die Beine aus dem Bett und blickte an sich herunter. Was sie sah, gefiel ihr gar nicht: Sie trug nichts als ein überdimensioniertes Männershirt. Erschrocken vergewisserte sie sich, dass sie zumindest ihre Unterwäsche anhatte. Gott sei Dank, wenigstens etwas. Am Fußende des Bettes lagen Kleidungsstücke, ein warmer Fleecepullover und eine Jogginghose. Warme Kleidung konnte sie gut gebrauchen – es war verdammt kalt hier drin. Luisa schlüpfte hinein. Der Pullover saß relativ eng und passte gerade so. Die Jogginghose war viel zu lang, sodass sie die Beine umkrempeln musste. Gut, dass es eine Jogginghose war, dachte Luisa. Mit Jeans hatte sie traditionell Probleme.

Ein Blick in den Schrank offenbarte noch einige weitere Kleidungsstücke – hauptsächlich weitere Jogginghosen, einfache T-Shirts und Pullover. Das Zeug wäre unter modischen Gesichtspunkten auf ganzer Linie durchgefallen und alle Kleidungsstücke hatten ihre besten Tage bereits hinter sich, aber immerhin rochen sie sauber.

Ganz unten im Schrank lugte ein kleiner rosa Karton unter einer dicken Wolldecke hervor. Ein Päckchen Damenbinden. In der Schublade des grob gezimmerten und etwas provisorisch wirkenden Nachttischs befanden sich ihre Geldbörse und ihr Schlüssel. Keine Spur von ihrem Smartphone. Luisa blickte aus dem Fenster. Zu sehen war ein dichter Wald, über dem sich dunkle Wolken auftürmten. Sie speicherte all diese Informationen ab, um sie zu einem späteren Zeitpunkt auszuwerten. In diesem Moment konnte sie kaum einen klaren Gedanken fassen. Ihr Kopf schmerzte viel zu sehr.

Schließlich beschloss sie, sich ein bisschen umzusehen. Sie öffnete die Tür und trat in den Flur hinaus. Was ihr nachts wie eine halbe Meile vorgekommen war, entpuppte sich als Gang von vielleicht zehn Metern. Mehrere Türen zweigten ab, eine davon stand offen. Sie lief darauf zu und blickte in eine Küche. Auch diese war sehr rustikal eingerichtet. Ein schwerer Holztisch und vier Stühle, ähnlich wie der in ihrem Zimmer. Die Küchenzeile bestand aus demselben Holz. Es gab mehrere massive Holzschränke und Regale sowie eine Art großes Spülbecken, über dem ein Stück Gartenschlauch baumelte.

Auf einer der Bänke saß Mike und ließ seine Zeitung sinken, um sie prüfend zu mustern. „Guten Morgen. Wie fühlst du dich?"

„Ganz gut ...", meinte Luisa vorsichtig. Es kam ihr merkwürdig vor, ihn so ruhig dasitzen zu sehen. Bisher hatte er entweder gebrüllt oder geflucht oder sie böse angefunkelt.

„Setz dich doch." Mit einer einladenden Handbewegung wies Mike auf den Stuhl neben sich.

Sie gehorchte.

Er faltete die Zeitung zusammen und betrachtete sie prüfend. „Möchtest du Tee?"

„Ja, okay", nickte sie.

Er stand auf, goss aus einem im Eck stehenden Fünf-Liter-Wasserkanister Wasser in einen Metallpott und stellte diesen auf einen Gaskocher.

„Wo sind wir?", fragte Luisa.

„Schottland."

„Schottland?", rief Luisa überrascht aus. „Was um alles in der Welt machen wir in Schottland?"

„Du bist hier in Sicherheit", sagte er sanft.

„In Sicherheit", echote sie. Diese Antwort hatte sie nicht erwartet. Und das war strenggenommen auch keine Antwort auf ihre Frage. Sie hatte Mühe, ihre Gedanken zu sortieren.

Mike half ihr. „Du erinnerst dich, was passiert ist?"

Luisa überlegte. Da war diese Tiefgarage gewesen und der Typ mit den blauen Augen sowie wilde Verfolgungsjagden und diverse Autofahrten. „Der Typ in der Tiefgarage ...", begann sie langsam.

„Das war William Royce", nickte er. „Er kandidiert als Abgeordneter für Westminster Council. Und er ist verdammt reich und mächtig. Du hast ihn niedergeschossen und jetzt sucht er dich. Er wird alles daransetzen, dich zu finden. Hier bist du in Sicherheit vor ihm."

„In Sicherheit", wiederholte Luisa noch einmal. „Aber wie lange soll ich denn hierbleiben?" Sie verstand nur eins – das alles gefiel ihr überhaupt nicht.

Er atmete tief durch. „Höchstens bis zum Herbst. Danach wird es zu kalt."

Bis zum Herbst. Jetzt war gerade mal April! Ein halbes Jahr? Nein. Das war unmöglich. „Ich will zurück", sagte sie fest. „Ich kann nicht hier bleiben. Was soll ich hier. Und überhaupt – meine Familie. Sie braucht mich. Ich muss zurück." Sie fühlte sich einem hysterischen Anfall nahe.

Mike rutschte zu ihr hin, packte sie an den Armen, wobei er fast die Teetassen vom Tisch fegte, und zwang sie, ihm in die Augen zu sehen. „Du kannst nicht zurück. Royce wird alles daransetzen, dich zu finden. Nur hier bist du sicher."

„Aber ...", stammelte sie. „Nein!" Sie hatte jetzt einen hysterischen Anfall. „Nein! Das geht nicht! Das ..."

„Du bist nur dort sicher, wo er dich nicht finden kann", knurrte er. „Du kannst nicht gehen."

„Aber ..." Tränen liefen ihr über das Gesicht.

„Du bist jetzt Teil eines besonderen Zeugenschutz-programms." Seine Stimme klang etwas sanfter. „Wir werden dich beschützen, bis Royce ... dir nichts mehr tun kann."

„Aber ich will zurück!", schrie sie. „Ich muss ..."

„Er wird dich finden." Mike packte ihre Arme noch fester. Seine Stimme war plötzlich hart wie Stahl. „Was glaubst du denn, was er mit dir vorhat? Er wird dich foltern. Er wird dich vergewaltigen. Du wirst einen langsamen und grausamen Tod sterben. Das willst du nicht, glaube mir. Sicher bist du nur hier."

Sie sah das Gesicht des Riesen wieder vor sich. Sie hörte sein Lachen. Sein „Komm her, kleine Schlampe". Das würde sie niemals vergessen. Luisa riss sich los und lief zurück in das Zimmer, in dem sie aufgewacht war, knallte die Tür hinter sich zu und warf sich schluchzend auf das Bett.

Das konnte alles nicht wahr sein. Das war ein Alb-traum. Das war alles nicht passiert. Das konnte nicht passiert sein. Dieser furchtbare Mann mit den furcht-baren blauen Augen ... Er würde sie suchen und foltern und töten ... Nein, unmöglich, das war unmöglich.

Sie hörte Mike ins Zimmer kommen. Er setzte sich neben sie.

„Es tut mir leid", knurrte er etwas freundlicher. „Aber nur hier bist du sicher vor ihm. Hier kann er dir nichts tun. Und vielleicht ... Vielleicht wird es dir hier ja sogar gefallen."

Ihr gefallen? Hier? Sie richtete sich auf. Nein. Sie musste weg. Egal wohin. Alles besser als das hier. Alles besser als sechs Monate in einer Hütte am Ende der Welt. Das konnten sie doch nicht mit ihr machen. Sie konnten sie doch nicht so einfach hier einsperren. Das war unmöglich. Es musste doch Gesetze gegen so etwas geben. Das war ja Freiheitsberaubung ...

„Ich muss nach Hause." Luisa stand auf und lief aus

dem Zimmer, den Gang hinunter. Sie riss die sich dort befindliche Tür auf und trat nach draußen. Wild blickte sie um sich. Außer der Hütte konnte sie keine Spur von menschlicher Zivilisation entdecken. Da war nur ein düsterer Wald, der hinter einem kleinen Bach steil anstieg. Die Wolken türmten sich noch bedrohlicher als beim Aufstehen, sicher würde es gleich regnen.

Mike stand plötzlich neben ihr. „Es tut mir leid", sagte er leise. Er legte ihr behutsam einen Arm um die Schulter. „Ich wünschte, es gäbe eine andere Möglichkeit. Aber du bist nur hier in Sicherheit. Leg dich ein bisschen hin. Morgen sieht alles sicher viel besser aus."

Luisa fühlte sich plötzlich völlig antriebslos und wie erschlagen. Das konnte alles nicht wahr sein. Sie musste träumen. Er führte sie zurück in die Hütte und half ihr, sich auf das Bett zu legen. Er brachte ihr eine Tasse Tee. Sie trank in kleinen Schlucken. Plötzlich überkam sie eine große Müdigkeit und sie dämmerte weg.

Mike deckte sie zu und stand auf. Er hoffte, dass er das Schlafmittel richtig dosiert hatte – nicht, dass sie wieder mitten in der Nacht aufwachte und die Einrichtung demolierte. Und er hoffte, dass sie sich bald beruhigen würde. Er musste einen Weg finden, sie zu beschäftigen. Sonst würden die nächsten Monate für sie beide die Hölle werden.

Als Luisa erwachte, war es hell. Oder zumindest Tag, denn draußen waberte eine dicke Nebelsuppe. Sie konnte noch nicht einmal die Bäume des nahen Waldes erahnen. Die Hütte. Sie war noch immer in diesem Albtraum gefangen. Einige Zeit blieb sie einfach liegen und dämmerte vor sich hin. Plötzlich sah sie wieder das Gesicht des Royce vor sich und hörte sein höhnisches Lachen ... Da hielt sie es im Bett nicht mehr aus und flüchtete aus ihrem Zimmer in die Küche. Mike saß da, eine

Tasse dampfenden Tee vor sich und eine Zeitschrift namens „Soldier Magazine" in den Händen.

„Tee?", fragte er.

„Okay", murmelte sie mit belegter Stimme.

Mike goss ihr aus einer metallenen Thermoskanne ein.

„Zucker?" Sie traute sich kaum zu fragen.

Doch tatsächlich zauberte Mike eine Zuckerdose aus einem Schrank hervor. Sie merkte, wie sie erleichtert aufatmete. Wenigstens etwas. Sie schüttete wie immer drei volle Teelöffel in ihren Tee. Mike schaute ihr höflich interessiert dabei zu.

„Wenn der Löffel steht, ist genug Zucker drin", sagte sie im kläglichen Versuch, einen Witz zu machen.

„Wir haben ein Kilo Zucker", entgegnete Mike. „Das muss vier Wochen reichen."

Er widmete sich wieder seinem Magazin. Luisa schluckte. Gab es nicht doch noch eine Chance, aufzuwachen? Und sich einen starken Kaffee zu kochen ...

Ihr fiel die große Gaslampe ins Auge, die auf einem Regalbrett stand. Und die Taschenlampe, die daneben lag. Etwas arbeitete in ihrem Gehirn. Da war etwas sehr Wichtiges, eine Information, die sie nicht ignorieren sollte ...

„Wir haben keinen Strom, oder?" Es platzte aus ihr heraus, noch bevor sie es richtig begriffen hatte. Kein Strom. Das bedeutete ...

Mike las angestrengt einen anscheinend besonders interessanten Artikel in seinem Magazin und antwortete nicht.

Sie hatten keinen Strom. Deswegen hatte sie in der ersten Nacht keinen Lichtschalter gefunden. Weil es keinen gab. Deswegen waren sie in der Nacht mit einer Taschenlampe über den Flur geistert. Kein Strom. Kein Computer, kein Laptop. Kein Smartphone. Kein Fernseher.

„Wirklich keinen Strom?", fragte sie noch einmal beklommen. Es klang selbst in ihren Ohren kläglich. Er ignorierte sie weiter.

Luisa musterte noch einmal die Gaslampe. Ihr normaler Alltag bestand darin, vom Radiowecker geweckt zu werden, gemütlich zu frühstücken, mit Toastbrot und Kaffee aus der Kaffeemaschine. Dann saß sie in der Arbeit acht Stunden vor dem Computer. In ihrer Freizeit lag sie zu Hause mit dem Handy oder dem Laptop auf dem Sofa oder sah fern. Das alles würde sie in den nächsten sechs Monaten nicht haben. Sechs Monate. Und was war danach? Es stand längst nicht fest, dass es dann besser würde, im Gegenteil. Vielleicht hatte Mike dann vor, mit ihr in ein Iglu zu ziehen?

Das ist doch ein Witz, dachte sie. Das kann nicht sein Ernst sein. Doch Mike machte keine Anstalten, „April, April" zu rufen. Auch dauerte dieser Scherz mittlerweile zu lange für die Versteckte Kamera. Und wenn sie sich den Gaskocher und die Gaslampe so ansah ...

Mike stand auf und räumte am Spülbecken herum. Sie merkte, dass er sie verstohlen beobachtete. Vermutlich hatte er Angst, dass sie wieder einen hysterischen Anfall bekam. Diese Angst war durchaus berechtigt.

„Ich kann nicht hier bleiben", piepste sie kläglich.

Er seufzte. „Ich kann dich nicht zurückbringen, denn er wird dich finden und töten. Im Vergleich dazu musst du auf verhältnismäßig wenig verzichten. Und wir sind in Schottland. Viele Touristen kommen extra hierher, um die Schönheit der Highlands zu erleben."

Sie warf einen Blick nach draußen, schüttelte den Kopf, stützte ihn auf die Hände. „Ich wollte nie in die Highlands, höchstens mal nach Spanien. In die Sonne. Nebel haben wir auch zu Hause."

Er setzte sich neben sie. „Es ist nicht so schlecht hier. Keine Sorge."

Eine Weile saßen sie so da, bis sich ihr Magen lautstark meldete.

„Was ... werden wir denn so essen?", fragte sie. Sie traute sich kaum nachzufragen.

Mike verzog den Mund zu einer Art Lächeln. „Wir haben so gut wie alles. Außer Sachen, die schnell schlecht werden."

„So gut wie alles", wiederholte sie.

Mike wies auf eine kleine Tür in der Ecke, die ihr bisher noch gar nicht aufgefallen war. „Überzeuge dich selbst!"

Das tat sie. In einer kleinen Kammer stapelten sich Dosen. Dosentomaten, Dosensuppen, Dosenchili, Dosenfleisch. In einem Eck stand ein großer Sack Kartoffeln. Auf einem Regal befanden sich Päckchen mit Reis und Nudeln und ein Netz mit Zwiebeln. Kein Brot, kein Käse.

„Wir haben auch einen Gemüsegarten", hörte sie Mike sagen. Sie machte die Tür wieder zu.

„Milch?", fragte sie. Sie wusste die Antwort, bevor sie das Wort ganz ausgesprochen hatte.

„Etwa alle drei bis vier Wochen werden wir Brot, Käse und Milch haben." Seine Stimme klang etwas weicher. Sie schluckte. Langsam begann sie zu verstehen, dass sie wirklich längere Zeit hierbleiben würden. „Ich kann nicht", murmelte sie. „Ich ... ich will zurück nach London. Und da gehe ich zur Polizei. Und dann zurück nach Deutschland. Ich kann nicht hier bleiben."

„Setz dich!", bat Mike.

Sie gehorchte, nahm den Löffel und rührte in ihrer Tasse Tee herum.

„Royce ist verdammt gefährlich", begann er.

„Ich habe ihn gesehen", sagte sie leise. „Vorher. Er kam mir gleich so bekannt vor ... Er war auf einem Plakat. Auf dieser Baustelle."

„Royce gehört die Baustelle. Er hat das Grundstück gekauft, alle Häuser abgerissen und wird dort ein großes Einkaufszentrum errichten. Es gab Proteste, weil nicht alle freiwillig gegangen sind. Es hat sogar zu kleineren Unruhen geführt. Straßenschlachten inklusive." Er nahm einen Schluck Tee. „Royce ist unermesslich reich. Kaum ein Geschäft, wo er nicht seine dreckigen Finger drin hat. Gleichzeitig finanziert er auf der ganzen Welt wohltätige Projekte mit seiner Stiftung. Und er kandidiert für die Londoner Kommunalwahlen. Wir sind schon seit längerer Zeit hinter ihm her. Aber bisher konnten wir ihm noch nichts nachweisen."

„Aber ..." In Luisas Kopf schwirrten lauter Fragen herum.

„Du bist nun Teil eines Zeugenschutzprogramms. Ist direkt dem Innenministerium unterstellt. Du genießt Schutz auf höchster Ebene. Ich weiß, es ist nicht sonderlich bequem, aber es hat sich bewährt."

„Ihr macht das öfter? Hier, in dieser Hütte?"

„Nicht immer direkt hier. Es gibt verschiedene derartige Unterkünfte in Schottland. Zum Teil auch auf den Inseln, auf der Isle of Skye, zum Beispiel. Weißt du, alles hinterlässt Spuren. Hotelzimmer. Autos. Handys. Internet. Kreditkarten. Stromanschlüsse. Offiziell existiert diese Hütte nicht. Es gibt nirgendwo Unterlagen darüber. Deswegen ist das hier der wahrscheinlich sicherste Ort in ganz Großbritannien. Du musst keine Angst haben."

„Aber wie lange soll das gehen?", fragte sie kläglich. „Meine Familie ..."

„Es wird einige Zeit dauern, bis wir ausreichend Beweise haben werden."

„Aber ... Er hat mich entführt. Und dich. Ist das nicht Beweis genug?"

„Wir müssen sehr geschickt vorgehen", seufzte Mike. „Er hat einflussreiche Freunde. Es wird nicht leicht, ihn zu überführen. Auch, wenn wir Beweise haben. Aber keine Sorge – wir werden es schon schaffen. Noch Tee?"

„Meine Familie ...", wiederholte Luisa.

„Wir haben sie schon informiert", sagte Mike beruhigend. „Wir werden ihnen regelmäßig mitteilen, wie es dir geht und dass du in Sicherheit bist. Du kannst ihnen Briefe schreiben. Und vielleicht ... wird es auch gar nicht so lange dauern mit dem Zeugenschutzprogramm."

„Das wäre gut", sagte Luisa schwach und klammerte sich an diese Hoffnung. Es würde sicher nicht so lange dauern. Sie würden Beweise gegen diesen Royce finden und er würde verhaftet werden. Schließlich hatte er sie entführt! Und sie hatte in Notwehr gehandelt ... Es durfte einfach nicht so lange dauern. Im schlimmsten Fall würde sie selbst einen Weg hier raus finden.

Mike tischte ihr währenddessen eine Portion warmen Haferbrei auf, der mit Wasser angerührt war und nach nichts schmeckte. Lustlos würgte sie ihre Portion hinunter.

„Ich möchte gerne duschen", meinte sie danach.

„Komm mit!" Mike führte sie den Gang hinunter. Auf der linken Seite, gegenüber der Toilette, befand sich ein kleines Zimmerchen mit einer Dusche, die – genauso wie der Behelfswasserhahn aus der Küche - nach einem umgebastelten Gartenschlauch aussah.

„Hier ziehen", sagte Mike und wies auf eine von der Decke hängende Kette mit Griff. „Auf dem Hocker liegen saubere Handtücher." Dann ging er.

Luisa schloss die Tür hinter ihm, zog sich aus und stellte sich unter die Dusche. Sie atmete tief durch, machte sich auf das Schlimmste gefasst und zog an der Kette. Ein Schwall eiskaltes Wasser ergoss sich über ihren Körper. Luisa schnappte nach Luft, erledigte das Duschen in etwa einer halben Minute und nahm sich nur kurz die Zeit zum Einseifen. Es gab die Wahl zwischen Kernseife und Männershampoo. Dann noch einmal das eiskalte Wasser – überstanden. Sie trat aus der Dusche und wickelte sich in das Handtuch. Auf einmal kam sie sich allein vor. Ganz allein. Weit weg von zu

Hause, ohne Strom, ohne warmes Wasser. Zusammen mit einem Mann, den sie nicht kannte, der nur bedingt einen vertrauenerweckenden Eindruck machte. Dem sie auf Gedeih und Verderb ausgeliefert war. Sie brach zusammen und weinte, bis ihr schließlich so kalt war, dass sie sich aufrappelte, anzog und sich in ihr Zimmer zurückzog.

Lange lag sie auf dem Bett und grübelte. Sie dachte an zu Hause, an Jonas, an ihre Eltern, ihren Bruder Martin, ihre Freunde ... Was wussten sie von diesem Zeugenschutzprogramm? Wie würde Jonas damit klarkommen, dass sie einfach verschwunden war? Würde er sie überhaupt vermissen? Und ihre Mutter hatte bestimmt einen hysterischen Anfall nach dem anderen. Erneut begann Luisa zu schluchzen. Schließlich riss sie sich etwas zusammen. Sie wollte nicht vor Mike weinen. Natürlich würde er ihre roten Augen sehen, aber das war etwas anderes, als vor ihm in Tränen auszubrechen. Sie weinte nicht gerne vor fremden Menschen. Als sie schließlich glaubte, dass sie sich genug zusammenreißen konnte, verließ sie ihr Zimmer.

Die Küche war verwaist, Zeitungen und Magazine lagen sauber zusammengefaltet auf dem Regal neben der Gaslampe.

Von draußen hörte sie Lärm. Mutig trat sie hinaus. Wieder türmten sich dunkle Wolken. Seit Luisa angekommen war, hatte noch kein einziges Mal die Sonne geschienen. Entweder war es wolkig oder es regnete oder Nebel waberte durch den Wald.

Sie sah sich um und entdeckte Mike auf einer kleinen Freifläche zwischen der Hütte und einem munter plätschernden Bach. Er hackte Holz. Sie nahm sich zum ersten Mal richtig Zeit, ihn zu betrachten. Dass er muskulös war, hatte sie ja schon festgestellt ... Sie wurde rot, als sie sich an die orangefarbene Warnweste dachte. Er hatte dunkle Haare und dunkle Augen. Vielleicht stammte jemand aus seiner Familie aus dem Mittelmeerraum – Griechenland oder Türkei vielleicht? Das würde zumindest seine olivfarbene Haut erklären …

In dem Moment drehte er sich um und sah sie an.

„Tee?", fragte er.

Sie nickte.

„Setz dich doch." Er wies mit der Axt auf einen überdachten Unterstand, unter dem sich eine grob gezimmerte Bank und ein Tisch mit zwei Bechern und eine Metallthermoskanne befanden.

„Wo genau sind wir?", fragte Luisa zaghaft, als sie sich dort niedergelassen hatten. „In Schottland, meine ich."

„Wir sind in den Highlands, am Rand von Rannoch Moor. Im Umkreis von zwanzig Kilometern gibt es so gut wie keine Menschen, keine Häuser, keine Straßen. Das Moor ist verdammt gefährlich. Es gibt kaum gesicherte Pfade. Besonders tückisch ist auch der Nebel. Deswegen wirst du dich niemals allein von der Hütte entfernen. Ist das klar?" Er sagte das mit einem deutlich drohenden Unterton.

Luisa nickte nur.

Sie schwiegen einen Moment.

„Was genau arbeitest du eigentlich?", fragte er schließlich.

„Ich arbeite in einem Callcenter und verkaufe Handyverträge."

„Hm", machte Mike. „Und bist du verheiratet?"

„Nein."

„Hast du einen Freund?"

„Ja."

„Was macht der?"

„Er ist Ingenieur und konstruiert Kühlanlagen für die Industrie."

„Und ihr wohnt in München?", fragte Mike.

„In einem Vorort von München", nickte sie. „In der Nähe vom Flughafen."

„Und deine Eltern ..."

„Die wohnen auch da."

Was ihre Eltern wohl denken mochten ... Mike sagte irgendetwas. Luisa hörte ihm nicht zu. Wie es ihnen wohl ging ...

„Luisa."

Sie riss den Kopf hoch und starrte ihn an.

„Was wolltest du in London?"

„Einen Sprachkurs."

„Du sprichst gut Englisch", stellte Mike fest.

„Ich war mal eine Zeit als Au-pair-Mädchen in Liverpool", erklärte Luisa.

„Warum dann noch ein Sprachkurs?"

„Meine Firma hat bisher hauptsächlich Callcenter-Dienstleistungen auf Deutsch angeboten. Das soll jetzt verstärkt auf Englisch erfolgen. Deswegen hat der Mutterkonzern für einige Servicemitarbeiter eine Schulung in England ermöglicht, damit wir die neuen Produkte gut vorstellen können und die genauen Wordings kennen."

„Und warum haben sie dich in dieser Absteige einquartiert?"

„Die Schulung bezahlt der Konzern, die Unterkunft meine Firma. Die ... müssen sparen", meinte sie schulterzuckend. „Wir haben ein Travel Management, das für uns die Buchungen übernimmt und sehr auf das Geld achtet. Wir sind zum Beispiel mal zu viert mit einem Mini nach Berlin zu einem Kunden gefahren. Wir hatten kaum Platz für unser Gepäck!"

„Und was genau hast du auf der Baustelle gemacht?"

Die Baustelle. Luisa hatte plötzlich wieder das Gesicht des Mannes aus der Tiefgarage vor Augen. Sie bemühte sich, die Ereignisse zusammenzufassen und stellte fest, dass es gar nicht so einfach war. Vor allem erinnerte sie sich daran, gerannt und gestolpert zu sein.

Mike bombardierte sie mit unzähligen Fragen. Wann sie gemerkt hatte, dass jemand ihr gefolgt war. Warum sie auf die Baustelle gerannt war. Warum sie die Waffe an sich genommen hatte.

„Wie war das, als du die Waffe in der Hand hattest?", fragte er.

„Keine Ahnung. Ich habe einfach abgedrückt."

„Es ist nicht so einfach, auf jemanden zu schießen."

„Hm", murmelte Luisa. So schwer war es ihr nicht vorgekommen. Sie hatte aber eigentlich überhaupt keine Ahnung, was sie da genau gemacht hatte. Mittlerweile fühlte sie sich wie gerädert. „Ich bin müde", meinte sie.

„Wir sind noch nicht fertig", wies Mike sie zurecht. „Details sind wichtig, um dich schützen zu können."

Anschließend ging er mit ihr stundenlang jeden einzelnen Moment der Verfolgungsjagd durch. Und er stellte dieselben Fragen immer und immer wieder und ließ sich weder durch Tränen noch durch hysterische Anfälle dazu bewegen, aufzuhören.

„Wir sind fertig", sagte er irgendwann.

Luisa blieb sitzen und starrte ihn an. Sie hatte sich mittlerweile damit abgefunden, in einer Endlosschleife aus Fragen gefangen zu sein.

„Du kannst auf dein Zimmer gehen und dich ausruhen", fügte er mit einem kleinen Lächeln hinzu.

Luisa stand wie in Trance auf, ging in ihr Zimmer und warf sich auf das Bett. Als sie die Augen schloss, sah sie Royce vor sich und hörte sein gezischtes „Komm her, kleine Schlampe!" Energisch setzte sie sich wieder auf und versuchte, den Gedanken abzuschütteln. Doch das höhnische Grinsen von Royce sollte für die nächsten Tage, Wochen und Monate ihr treuer und unangenehmer Begleiter bleiben.

„Kann ich – darf ich – jetzt meiner Familie schreiben?", fragte Luisa am nächsten Morgen nach dem

Frühstück. Ihre Stimme zitterte leicht. Nicht schon wieder heulen, reiß dich zusammen!, wies sie sich innerlich zurecht. Allerdings mit wenig Erfolg. Mike schwieg einen Augenblick. Das kannte sie mittlerweile schon. Es verhieß nichts Gutes.

„Natürlich", sagte er schließlich. „Aber achte bitte darauf, dass du nicht zu viel preisgibst. Je weniger alle wissen, desto besser. Schreib nichts von Royce. Schreib nicht, wo du bist. Schreib nicht über mich, Harvey und die anderen. Auch nicht über das Zeugenschutzprogramm." Er machte eine kurze Pause. „Harvey wird die Briefe lesen müssen, bevor du sie verschickst. Er spricht als Einziger genug Deutsch."

„Harvey spricht Deutsch?", hakte Luisa noch einmal nach. Harvey ... Das war doch der Große mit den Narben gewesen, der das Auto in der Verfolgungsjagd gesteuert hatte.

„Ja. Aber erwarte nicht, dass er Deutsch mit dir spricht. Er redet allgemein nicht sehr viel."

Luisa hoffte generell darauf, dass sie in Zukunft nicht viel mit Harvey zu tun haben würde. Sie hatte ihn als verdammt unheimlich in Erinnerung.

Mike hatte Schreibzeug organisiert – einen Stapel vergilbtes Kopierpapier und einen kratzenden Kugelschreiber. Luisa setzte sich in die Küche an den Kamin. Es war so verdammt kalt draußen. Mike schien das nicht zu stören. Sie hatte keine Ahnung, was er noch da draußen machte.

Gedankenverloren starrte sie ins Feuer. Dann nahm sie ein Blatt Papier und den Kugelschreiber und begann zu schreiben.

„Lieber Papa, liebe Mama. Mir geht es gut. Macht euch keine Sorgen. Ich ..." Was sollte sie schreiben? Was passiert war, durfte sie nicht schreiben. Dass sie auf einer Hütte ohne Strom und warmes Wasser und ohne Verbindung zur Außenwelt war, wollte sie nicht schreiben. Wie konnte sie vermeiden, dass sich alle um sie sorgten? Mit dem Brief an Jonas tat sie sich leichter.

Lieber Jonas,

tut mir leid, dass ich einfach so verschwunden bin. Ich vermisse dich so sehr. Ach Jonas, es tut mir leid, dass ich in letzter Zeit so gleichgültig war. Ich wünsche mir einfach nur, wieder in deinen Armen zu liegen. So, wie es am Anfang war, als wir so viel Spaß zusammen hatten, als wir tage- und nächtelang über Politik geschimpft und über Filme geredet haben. Ich vermisse die ganzen alltäglichen Dinge – unsere gemeinsamen stundenlangen Frühstückssessions, die wir früher immer gemacht haben, unsere gemeinsamen Filmabende und die gemeinsamen Wanderungen ... Oh Jonas, ich würde alles dafür geben, um wieder mit dir zusammen zu sein. Habe ich dir schon geschrieben, dass ich dich liebe?

Luisa starrte in die Flammen und grübelte vor sich hin, als Mike wieder hereinkam. Er goss sich Tee ein und setzte sich neben sie.

„Kann ich dich was fragen?"

„Natürlich."

„Du hast gesagt, dass Royce gefährlich ist."

„Ja."

„Er hat mich entführt. Und er will mich ... haben."

„Ja."

„Meine Familie ... Glaubst du, sie könnte ein Ziel für ihn darstellen?", fragte sie mit zitternder Stimme.

„Was meinst du genau?"

„Glaubst du, er könnte versuchen, jemand zu entführen, den ich kenne, um mich zu ... fangen?"

„Nein, das glaube ich nicht", meinte er und lächelte beruhigend. „Er wird Aufsehen vermeiden wollen. Zuerst muss er sich sowieso erst einmal auskurieren. Und es bleibt abzuwarten, was er dann tun wird."

„Aber er könnte schon?"

„Wir beschützen auch deine Familie. Mach dir keine Sorgen."

Das beruhigte sie zumindest etwas.

Als Luisa am nächsten Morgen erwachte, wurde es draußen gerade hell. Wieder einmal hing der Nebel schwer über den Bäumen. Sie stand auf und starrte aus dem Fenster. Schottland war so verdammt trostlos. Mike konnte doch nicht wirklich von ihr verlangen, dass sie bis zum Herbst hierblieb. Ohne Strom oder warmes Wasser. Was für ein Zeugenschutzprogramm sollte das sein, bei dem sie monatelang in einer Hütte im Nirgendwo gefangen war? Ich weiß gar nichts über ihn, dachte sie bang. Er könnte auch irgend ein Psychopath sein. Dass er mich vor Royce gerettet hat, heißt erst einmal nicht viel. Was, wenn er gelogen hat? In Luisas Kopf reifte ein Gedanke. Mike hatte gesagt, dass sie sich in einer einsamen Gegend befanden. Aber was, wenn das nicht stimmte? Wenn es beispielsweise keine zwei Kilometer entfernt ein Telefon gab? Briefe schreiben war keine Lösung. Sie musste zumindest ihre Mutter anrufen und ihr sagen, dass alles in Ordnung war. Zumindest das. Und dann würde sie weitersehen.

Leise zog sie sich an und tappte durch den Gang. Sie hörte Wasser plätschern. Ihr Aufpasser stand offensichtlich unter der Dusche. Gut. Rasch schlüpfte sie nach draußen. Mike hatte sie gewarnt. Aber so gefährlich würde das Moor schon nicht sein. Vermutlich hatte er ihr in erster Linie Angst machen wollen, damit sie nicht davonlief. Besser, wenn sie von ihm wegkam. Sie würde mit Sicherheit Leute finden, die ihr halfen. Dann würde sie die nächste Polizeistation aufsuchen. Es musste doch einen Weg geben, Royce zu fassen und zu verurteilen, ohne dass sie mit einem zwielichtigen Mann in einer eiskalten Hütte sitzen musste.

Luisa blickte sich um. Irgendwie waren sie hergekommen. Es musste also einen Weg geben. Was war das am nahegelegenen Bach? Sie glaubte, Reifenspuren zu erkennen, die am Bach entlang in den Wald führten. So ganz menschenleer konnte die Gegend nicht sein, wenn da ein Weg war. Mike hatte wohl tatsächlich gelogen. Luisa folgte dem Pfad. Eigentlich wanderte sie gerne. Mit Jonas war sie im Sommer fast jedes zweite Wochenende in den Alpen unterwegs, wenn das Wetter es erlaubte. Meist machten sie kürzere Touren von fünf bis zehn Kilometern Länge. Oft fuhren sie mit einer Seilbahn einen Berg hinauf, zum Beispiel auf den Jenner beim Königssee oder die Kampenwand bei Aschau, um die Aussicht zu genießen und anschließend wieder ins Tal zu laufen. Mit diesen Wandertouren ließ sich der Weg, den sie eingeschlagen hatte, jedoch nicht vergleichen. Teilweise versank Luisa knöcheltief im Schlamm. Einmal verlor sie sogar einen Schuh. Sie hatte einige Mühe, ihn im Matsch wiederzufinden. Mittlerweile hatte sie sicher mindestens zwei oder drei Kilometer zurückgelegt. Von Zivilisation keine Spur. Aber Umkehren kam nicht infrage. Doch der Nebel wollte sich nicht lichten und zu allem Überfluss fing es auch noch an zu regnen. Dazu wollte es auch einfach nicht wärmer werden. Luisa hatte jegliches Zeitgefühl verloren. Sie wusste nicht, ob sie erst eine oder doch schon mehrere Stunden unterwegs war. Mittlerweile war sie sich auch nicht mehr sicher, ob sie tatsächlich noch den Reifenspuren folgte oder doch irgendwo eine falsche Richtung eingeschlagen hatte. Sie war sich auch nicht sicher, ob sie umkehren konnte, selbst wenn sie gewollt hätte. Erschöpft suchte sie sich ein Stück festen Untergrund und lehnte sich an einen Baumstamm. Das war es wohl. Vermutlich würde sie erfrieren, wenn sie länger hier draußen blieb. Sie hatte auch nichts zu essen. Aber bestimmt würde sie erfrieren, bevor sie verhungerte. Sicher kein sehr angenehmer Tod. Aber vielleicht angenehmer, als von Royce gefangen zu werden? Wenn wenigstens Jonas bei ihr wäre ...

„Tee?"

Luisa schrak zusammen, als Mike aus dem Nebel trat. Er setzte sich neben sie und drückte ihr einen Becher mit Tee in die Hand. Luisa starrte ihn nur stumm an und nahm einen Schluck, fühlte sie aber wahnsinnig erleichtert, dass das Sterben noch etwas aufgeschoben worden war. Sie sprachen nicht.

Schließlich erhob sich Mike und sagte: „Du wirst nie wieder allein auf Tour gehen. Sonst binde ich dich in der Hütte an. Ist das klar?" Er sah nicht so aus, als ob er zu Scherzen aufgelegt wäre.

Luisa nickte nur. Die Lust an Alleingängen war ihr fürs Erste gründlich vergangen. Wenig später dackelte sie hinter Mike her, zurück zur Hütte. Als sie endlich dort ankamen, war es bereits später Nachmittag. Luisa sprang unter die Dusche, blieb dort aber keine Sekunde länger, als notwendig war, um den Schlamm zu entfernen. Sie kämmte sich kurz – das musste reichen. Anschließend mühte sie sich damit ab, ihre Kleidung wieder sauberzubekommen. Dazu schickte Mike sie mit einem allem Anschein nach selbstgebastelten Waschbrett zum Bach. Nachdem sie den Schlamm größtenteils entfernt hatte, wusch Luisa die Kleidung, die sie an jenem denkwürdigen Abend getragen hatte. Die Kleidung passte ihr am besten, unübersehbar waren aber die Blutflecken auf Pullover und Hose. Das würde sie wohl nie wieder sauber kriegen. Nach der Waschsession schmerzten ihre Arme wie schon lange nicht mehr.

An diesem Abend ging sie früh ins Bett. Doch der Schlaf wollte sich nicht einstellen. Luisa sah sich immer wieder durch die gespenstischen Nebelfelder laufen. Sie dachte an ihre Eltern und an Jonas. Doch diese Gedanken brachten ihr keinen Trost. Einmal stand sie auf und tigerte ruhelos in der Hütte herum – um sich fünf Minuten später erneut hinzulegen und auf den Schlaf zu warten.

Endlich schlief sie ein. Doch es sollte keine erholsame Nacht werden. Denn sie träumte von William Royce mit den kalten, blauen Augen, der sie anzüglich musterte und mit einer Pistole bedrohte. Schreiend und schweißgebadet wachte sie auf.

Fünf Meter und zwei aus dicken Holzbalken gezimmerte Wände entfernt hörte Mike ihre Schreie. Er stand auf und lugte in ihr Zimmer.

Luisa hatte die Taschenlampe angeschaltet und sah ihn verschreckt an. „Ich hatte einen Albtraum", sagte sie mit belegter Stimme.

Mike brachte ihr ein Glas Wasser und legte sich wieder in sein Bett. Er hatte genug mit seinen eigenen Albträumen zu kämpfen.

Bei Sonnenaufgang stand er auf. Zeit für seine morgendliche Joggingrunde. Eigentlich war es riskant, sie allein zu lassen. Nicht, dass sie wieder versuchte, davonzulaufen. Es war nicht allzu schwer gewesen, ihren Fußspuren im Morast zu folgen. Aber die Sache hätte auch durchaus schiefgehen können. Das Moor war trügerisch. Am besten wäre es, wenn sie mitkäme ...

Eine Idee begann in seinem Kopf zu reifen. Damit konnte er sie beschäftigen und sie würde weniger Zeit zum Weinen haben. Und sie würde viel zu erschöpft zum Weglaufen sein.

Am nächsten Morgen erschien Luisa völlig gerädert und hundemüde in der Küche. Die Albträume hatten sie bis Sonnenaufgang auf Trab gehalten. Danach war an Schlaf nicht mehr zu denken gewesen. Mike zelebrierte ihr morgendliches Begrüßungsritual, goss ihr eine Tasse Tee ein und stellte den Haferschleim vor sie hin.

„Es wird Zeit, dass du dich ein bisschen nützlich machst", sagte er danach und drückte ihr ein Wischtuch, Putzmittel und einen leeren Wassereimer in die Hand. Luisa robbte den gesamten Vormittag kniend durch die Hütte und bemühte sich, Flecken, die vermutlich aus der Steinzeit stammten, zu entfernen. Natürlich gab es weder einen Wischmop noch irgendeine andere Schrubb-Hilfe. Ab und zu erschien Mike und gab ihr Anweisungen.

Nach der Putzaktion stand Mittagessen kochen auf dem Programm. Luisa schälte einen Berg Kartoffeln, den sie zusammen mit Gulasch aus der Dose servierte. Sie war ganz baff, wie Mike den Kartoffelberg quasi im Alleingang vernichtete. Nach dem Kochen kam Geschirr spülen an die Reihe – natürlich per Hand und mit dem eiskalten Wasser aus dem Behelfswasserhahn. Einen Moment lang überlegte sie, Wasser im Gaskocher zu erwärmen und verwarf die Idee gleich wieder. Nur nicht mehr bewegen als nötig.

Und ihre Entscheidung erwies sich bald als die Richtige, denn danach ließ Mike sie Holz hacken. In kürzester Zeit war Luisa schweißgebadet. Sie traf alles – außer das Stück Holz, das sie hacken sollte. Als sie ihren Fuß knapp verfehlte, nahm Mike ihr die Axt kurzerhand wieder ab und befahl ihr, das gehackte Holz unter einer Plane aufzuschichten. „Du musst unbedingt fitter und kräftiger werden. Dann tust du dich mit dem Alltag hier leichter. Und du hast eine etwas größere Chance, dich zu wehren, falls du Royce noch einmal über den Weg läufst."

Luisa starrte ihn an. „Ich werde gegen Royce nie den Hauch einer Chance haben."

„Sag das nicht." Er schüttelte energisch den Kopf. „Du hast es schon einmal geschafft, ihn niederzuschießen. Sollte es ein nächstes Mal geben, wird er sicher nicht wieder so still dastehen. Und unsere kleine Hetzjagd durch London hat deutlich gezeigt, was du für Fitnessdefizite hast. Morgen früh fangen wir mit dem Training an. Keine Widerrede."

Nach einer albtraumreichen Nacht war Luisa endlich tief eingeschlafen, als es plötzlich laut an ihre Tür klopfte. „Das Training beginnt", rief Mike mit aufgesetzter Fröhlichkeit.

Das ist jetzt nicht dein Ernst, dachte Luisa. Sie blieb liegen.

„Los, zieh dich an, die Sonne geht gleich auf!"

Du kannst mich mal sonstwas, dachte Luisa und drehte sich um. Sie war schon fast wieder eingeschlafen, als Mike ihr mit einer Taschenlampe ins Gesicht leuchtete und ihr die Bettdecke wegzog. „Glaubst du, ich mache Witze? Ich hab das gestern ernst gemeint. Du wirst so fit wie nur möglich. Das verspreche ich dir!" Das klang nach einer Drohung. Sein Gesicht war nur noch wenige Zentimeter von ihrem entfernt.

Luisa blieb liegen.

Mike packte sie an den Armen, schleifte sie aus dem Bett und einmal quer durch die Hütte. In die Dusche. Als Luisa realisierte, wo sie sich befanden, war sie schneller auf den Beinen als sie das je für möglich gehalten hätte. Es gelang Mike aber dennoch, am Griff zu ziehen, bevor sie ganz aus der Dusche war. Luisa stieß einen markerschütternden Schrei aus, als das eiskalte Wasser auf ihren Rücken klatschte. Das konnte er doch nicht machen!

„Du hast fünf Minuten zum Anziehen", grinste er und trat pfeifend nach draußen.

Luisa starrte ihm böse hinterher.

Fünf Minuten später stand sie dennoch neben ihm vor der Hütte. Sie hatte das dumpfe Gefühl, dass er das mit der Dusche wiederholen würde, wenn sie nicht tat, was er wollte. Wobei die sich auftürmenden dunklen

Wolken ebenfalls mit einer ordentlichen Dusche drohten. Auf das Wetter nahm er jedoch keine Rücksicht.

„Wir fangen mit Joggen an", sagte Mike, packte sie an der Hand und zog sie mit.

Nach zwei Minuten war sie schweißgebadet.

Nach drei Minuten entschlüpfte ihre schweißnasse Hand der seinen und nach fünf Minuten blieb sie keuchend stehen.

„Weiter!", befahl Mike.

Ich gehe jede Woche ins Fitnessstudio, dachte Luisa. Zwar hauptsächlich ein bisschen Crosstrainer und ziemlich viel Sauna, aber immerhin ... Kann doch nicht sein, dass ich jetzt schon völlig fertig bin! Sie schleppte sich weitere fünf Minuten hinter ihm her und blieb erneut keuchend stehen.

„Weiter!", rief er. Unter seinem strengen Blick raffte sie sich noch einmal für weitere drei Minuten auf. Sie hatte doch schon immer ein paar Pfunde abnehmen wollen. Wie es aussah, bekam sie hier die perfekte Gelegenheit. Doch diese aufmunternden Gedanken halfen nur wenig.

Nicht nur ihre mangelnde Kondition, auch der quasi nicht vorhandene Weg machte Luisa zu schaffen. Der Waldboden war aufgeweicht und schlammig. Einmal musste sie sogar durch einen kleinen Bach waten. Mike kannte keine Gnade. Wenn sie ihm zu langsam wurde, packte er ihre Hand und zerrte sie hinter sich her. Erst als sie laut keuchend atmete, was nicht lange dauerte, machte er etwas langsamer. Luisa hatte Seitenstechen wie noch nie in ihrem Leben. Doch Mike trieb sie unbarmherzig weiter an. Das konnte er sehr gut.

Die nächste halbe Stunde bestand weniger aus Joggen als vielmehr aus hundert Meter schnellem Stolpern und dreihundert Meter langsamem Sich-dahin-Schleppen im Wechsel. Zu allem Überfluss machten die bedrohlichen dunklen Wolken ernst und es begann in

Strömen zu regnen. Innerhalb von Sekunden war Luisa nass bis auf die Haut. Sie stolperte auf dem nicht mehr vorhandenen Pfad vor sich hin und verlor Mike völlig aus den Augen, hatte aber das dumpfe Gefühl, dass er nicht weit weg sein konnte.

Als die Hütte endlich wieder vor ihr auftauchte, glaubte sie zuerst an eine Fata Morgana. Doch Mike wartete dort bereits auf sie. „Du hast überhaupt keine Kondition", eröffnete er ihr. „Du musst viel fitter werden!"

Dem hatte Luisa nichts entgegenzusetzen. Sie zog sich um und warf sich auf ihr Bett.

Doch obwohl sie müde war, konnte sie nicht noch einmal einschlafen. Völlig erschöpft lag sie einfach nur da, bis Mike klopfte. „Frühstück!"

Wie ein Zombie hing sie auf dem Küchenstuhl und konnte kaum ihre Augen offenhalten. Immerhin gab es heute statt dem ekligen Haferschleim Bohnen aus der Dose.

Doch das Fitnessprogramm von Mike war noch längst nicht vorbei. Der Tag hatte ja schließlich gerade erst angefangen. Nach dem Frühstück präsentierte Mike ihr zwei selbstgebastelte Hanteln aus sandgefüllten Wasserflaschen und ließ sie damit draußen am Bachufer trainieren. Gott sei Dank regnete es nicht. Jede dieser sogenannten Hanteln wog mit Sicherheit fünf Kilo – oder mehr.

Mike zeigte ihr verschiedene Übungen. Luisa sah ihm äußerst skeptisch zu. Als es daran ging, es ihm nachzutun, war sie schon nach wenigen Augenblicken erneut schweißgebadet.

„Ich kann nicht mehr", verkündete sie nach etwa sieben Minuten.

„So?" Er baute sich vor ihr auf. Ihm schien das wirklich Spaß zu machen.

„Ja", grummelte sie trotzig. Sollte er sich seine Hanteln doch sonstwohin stecken.

Er versetzte ihr einen Stoß vor die Brust. Luisa taumelte und fiel rücklings in den Bach. Sie schrie auf. Das Wasser war eiskalt. Mike stand am Ufer und blickte grinsend auf sie herunter. „Mach weiter mit den Hanteln – sonst darfst du erneut ein Bad nehmen!"

Luisa krabbelte aus dem Bach, überschüttete ihn insgeheim mit allen Schimpfwörtern, die sie kannte, und mühte sich weiter ab. Sie hätte es nicht für möglich gehalten, aber das sogenannte Hanteltraining war noch schlimmer als das Joggen vom Vormittag.

„Du gibst dir keine Mühe", sagte Mike nach einiger Zeit und versetzte ihr einen weiteren Stoß. Erneut fand sie sich im Bach wieder. Diesmal blieb sie sitzen. Schon jetzt tat ihr alles weh.

„Was ist?", fragte Mike.

Sie rührte sich nicht.

„Okay", meinte Mike. „Steh auf, wir versuchen etwas anderes."

Das Andere waren erst Klimmzüge am Türrahmen und dann Liegestütze im Matsch. Sie lag im Schlamm und verfluchte die Hütte, Schottland und Mike.

„Du gibst dir keine Mühe", sagte Mike zum bestimmt hundertsten Mal und kam bedrohlich näher.

Luisa setzte sich auf. „In Ordnung, ich nehme freiwillig ein Bad", fauchte sie.

Mike grinste. „Komm Mittagessen!"

Mittagessen?, dachte Luisa. Es ist erst Mittag? Hoffentlich hat er nicht noch Pläne für den Nachmittag!

Natürlich hatte er Pläne. Diese bestanden aus einem Querfeldeinmarsch. Zum Joggen hatten sie offensichtlich wirklich etwas wie einen Pfad benutzt. Jetzt gab es nichts Vergleichbares – nur Unterholz und umgestürzte Bäume. Regen war natürlich kein Grund zum Umkehren. Als sie zur Hütte zurückkamen, war Luisa erneut völlig durchnässt. Ihr Pullover hatte einen großen Riss, weil sie an einem Baum hängengeblieben war.

Doch der Tag war noch immer nicht vorbei. Luisa hatte sich umgezogen und wollte sich nur schnell in der Küche etwas zu trinken holen, als Mike ihr ein Messer in die Hand drückte. „Los, Kartoffeln schälen!", befahl er.

Luisa war hundemüde, mühte sich aber ergeben mit der Kartoffel ab. Sie hatte keine Lust auf eine weitere Dusche. „Au!", entfuhr es ihr. Sie hatte sich in die Hand geschnitten, Blut tropfte auf die Kartoffeln.

Mike schüttelte nur den Kopf und verließ den Raum. Wenig später kam er mit einem Verbandskasten wieder. „Den deponiere ich in der Küche", verkündete er. Er gab ihr ein Pflaster und verstaute die Kiste auf einem Regal über dem Esstisch. „Genug mit den Kartoffeln", erklärte er dann. „Geh und stopfe deinen Pullover – ich übernehme das Kochen. Danach bist du für heute entlassen."

Luisa sah ihn sehr misstrauisch an. Sie konnte kaum glauben, dass er nicht noch eine weitere Quälerei aus dem Ärmel ziehen würde. Doch als nichts dergleichen folgte, setzte sie sich an den Küchentisch und begann, ihren Pullover zu stopfen. Gott, was war sie müde ...

Mike holte Holz von draußen. Als er zurückkam, lag der Pullover auf dem Boden. Luisa hatte den Kopf auf ihre verschränkten Arme gelegt und schlief tief und fest. Mike seufzte, hob sie hoch und warf sie sich über die Schulter. Er brachte sie in ihr Zimmer, legte sie aufs Bett und zog ihr die Schuhe von den Füßen. Dann kehrte er in die Küche zurück zu seiner Tasse Tee, setzte sich hin und lehnte sich entspannt zurück. Der Tag war ja gar nicht so schlecht verlaufen.

Am nächsten Tag wurde Luisa von einem Schwall eiskalten Wassers geweckt. Schreiend sprang sie aus der Dusche. „Was soll denn das?", schrie sie entsetzt.

„Anders warst du nicht wachzubekommen", sagte Mike unschuldig. „Draußen in fünf Minuten."

Nach der ungewohnten Bewegung vom Vortag fühlte sich Luisa wie durch die Mangel gedreht. Aber ihr Peiniger kannte natürlich kein Mitleid. Erst jagte er sie wieder quer durch den Wald zu seiner sogenannten Joggingtour. Nach dem Frühstück ließ er sie wieder mit Hanteln trainieren und Liegestütze machen. Luisa beschwerte sich noch genau einmal. Als sie kurz darauf wieder im Bach lag, hörte sie für die nächsten Tage damit auf.

An diesem Abend schlief sie wieder auf dem Stuhl in der Küche ein. Mike weckte sie aber diesmal und bestand darauf, dass sie seine Nudeln mit Tomatensauce aß. Dann schickte er sie in ihr Zimmer.

Die nächsten Tage waren ein einziger Albtraum. Mike dachte sich immer neue Torturen aus. Einmal ließ er sie den ganzen Nachmittag ein Loch buddeln. Schließlich tauchte er am Rand auf und biss genüsslich in einen Apfel.

„Tief genug", entschied er. Er ließ den Apfel direkt vor Luisas Füße fallen. „Du kannst das Loch wieder zuschütten. Was zu essen gibt es erst, wenn vom Loch nichts mehr zu sehen ist."

Dann marschierte er pfeifend davon.

Luisas Schultern schmerzten, sie hatte Blasen an den Händen, aber keine Lust auf ein Bad im Bach. Dazu hatte sie einen Bärenhunger. Also packte sie den Spaten und machte sich erneut an die Arbeit. Als die Dämmerung hereinbrach, hatte sie noch immer einen ordentlichen Haufen Erde zu bewegen. Doch als sie kaum noch die Hand vor Augen sehen konnte, hatte Mike ein Einsehen und rief sie nach drinnen und sie war ihm unendlich dankbar dafür.

Die ungewohnte Bewegung machte Luisa wahnsinnig müde. Nachts schlief sie tief und fest – bis gegen drei Uhr morgens die Albträume kamen. Tagsüber stolperte sie wie ein Zombie hinter Mike her, der wohlweislich alle gefährlichen Dinge wie Messer und Äxte von ihr fernhielt. Besser, wenn sie nicht einschlief, während sie Zwiebeln schälte oder Holz hackte.

Die teure Privatklinik in der Schweiz kostete ein Vermögen. Dafür bot sie die besten Ärzte und eine herrliche Aussicht auf die Berge. Royce hatte dafür jedoch keinen Blick. Dumpf brütete er vor sich hin. Wo hatte Mike diese verdammte Schlampe aufgetrieben, die es geschafft hatte, ihn anzuschießen? Wirklich kaum zu glauben, dass er immer noch nicht genug hatte nach der Sache mit Isabella. Aber diesmal würde er ihn zerstören. Diesmal hatte er einen Helfer direkt an der Quelle, dem der General vertraute. Es sollte ein Leichtes sein, die Schlampe ausfindig zu machen. Royce griff nach seinem Smartphone.

„Du sollst doch nicht hier anrufen", zischte die Stimme seines Helfers.

„Gibt's schon was Neues von Mike?", fragte Royce ruhig. Den Einwand überhörte er. Die kleine Made würde er sich vorknöpfen, wenn er Mike hatte.

„Mike ist verschwunden", sagte die Made.

„Was?", brüllte Royce.

„Der General hat selbst keine Ahnung. Er tobt! Mike wollte nicht sagen, wo er sich mit ihr versteckt. Nur, wenn es nötig ist."

„Verdammte Scheiße!" Royce schleuderte sein Smartphone gegen die Wand. Wie er es hasste, so hilflos zu sein ...

Ali, Royces bester Mann, der vor der Tür Wache hielt, stürzte mit gezogener Waffe ins Zimmer.

Royce winkte ab. „Suche alles zusammen, was du über die Schlampe herausfinden kannst. Insbesondere kompromittierende Dinge. Und besorge mir eine Frau."

„Eine Hure?", fragte Ali.

„Egal – eine junge Hübsche, die niemand vermissen wird, wenn sie plötzlich verschwunden ist."

Die Privatklinik hatte wirklich Vorteile. Mit genug Geld war alles möglich – vermutlich auch, Blutlachen und eine Leiche zu beseitigen. Oder zumindest ein paar Stunden ungestört zu sein.

Ali ging.

Royce fletschte die Zähne. Er würde Mike finden. Er würde die Schlampe finden. Er würde beide töten. Und zwar schön langsam. Ein böses Grinsen erschien auf seinem Gesicht, als er sich vorstellte, was er mit ihnen anstellen würde …

Eine Woche später auf einem Gewaltmarsch durch das Moor blieb Luisa plötzlich stehen. Mike, der zehn Schritte vorauslief, dessen Antennen mittlerweile aber für verrückte Luisa-Aktionen sensibilisiert waren, drehte sich leicht genervt um. Würde sie wieder melodramatisch auf die Knie sinken und nach Luft schnappen wie vor drei Tagen? Nein, anscheinend nicht. Sie hatten heute einen etwas anderen Weg als sonst eingeschlagen – raus aus dem Wald hinaus auf das Moor. Luisa stand einfach da und schaute dumm in der Gegend herum. Was soll denn das jetzt?, dachte er gereizt und ging die paar Schritte zu ihr zurück.

„Möchtest du da Wurzeln schlagen?", fragte er grob.

„Es ist wirklich schön hier", stellte Luisa mit leicht verträumtem Blick fest. „Es ist mir noch gar nicht aufgefallen, wie schön es hier wirklich ist."

Mike sah sich um, konnte aber keinen wesentlichen Unterschied zu den Vortagen entdecken. Außer vielleicht, dass die Sonne schien und das Moor und die kahlen Berge im Hintergrund in ein helles Licht tauchte. Das war in den letzten Tagen tatsächlich selten der Fall gewesen.

Luisa atmete tief ein. Zum ersten Mal wirkte sie entspannt. Wer hätte gedacht, dass ihr die Landschaft gefallen könnte. Mike hatte im Traum nicht mehr damit gerechnet.

Nicht zu glauben, aber die Highlands konnten wirklich schön sein! Luisa konnte sich einfach nicht sattsehen.

„Wie heißt denn der Berg da?" Sie deutete auf eine markant geformte Erhebung.

„Das ist der Beinn a'Chreachain."

„Okay", sagte Luisa, unsicher, ob der Berg wirklich so hieß oder ob Mike vielleicht auf Gälisch geflucht hatte.

„Jetzt aber weiter!", befahl er.

Er ging strammen Schrittes voraus, Luisa dackelte ergeben hinter ihm her. Aber sie ließ den Blick kaum von den Bergen. Sie mochte Berge. Das war doch wenigstens ein kleiner Lichtblick im schottischen Tief. Da sie mehr auf die Berge achtete als auf den Weg, den Mike vorgab, stand Luisa plötzlich knöcheltief in einem Loch. Tendenz sinkend. Luisa machte einen Schritt Richtung Weg und sank noch tiefer ein.

„Mike?", rief sie kläglich, als sie knietief in der braunen Brühe steckte.

Er war mittlerweile ein ganzes Stück voraus, doch Gott sei Dank hörte er sie und eilte zu ihr zurück.

„Mike!" Verzweifelt versuchte sie, sich gegen den Morast zu wehren. Doch was sie auch tat, sie sank weiter ein.

„Ganz ruhig." Mike blieb fünf Meter von ihr entfernt stehen. „Keine Panik. Du musst dich hinlegen."

„Was?", rief Luisa entsetzt und hielt tatsächlich einen Moment still.

„Stell dir vor, du bist im Wasser und musst schwimmen. Lehne dich nach vorne und mache Schwimmbewegungen."

„Aber ... Nein, ich werde untergehen!", kreischte sie.

„Nein, das wirst du nicht. Luisa. Hör mir zu. Ich kann dich da nicht so einfach herausziehen. Aber du kannst dir selbst helfen. Lehne dich nach vorne."

„Nein, ich kann nicht ..." Luisa steckte mittlerweile hüfttief im Schlamm.

„Komm schon, Luisa, du schaffst das", versicherte er ihr. „Bewege dich nach vorne und zurück. Leg dich dann auf das Moor und versuche zu schwimmen. Glaub mir. Du kannst dich freischwimmen."

Luisa biss die Zähne zusammen, dann legte sie sich bäuchlings in den Sumpf, der sofort an ihr zu zerren schien. „Mike!", schrie sie entsetzt und schlug wild um sich.

„Ganz ruhig, ich bin da. Du musst nur schwimmen. Du kannst doch schwimmen, oder? Leg dich auf das Moor und schwimme. Du schaffst das."

Sie schlug weiter heftig mit den Armen und versuchte, mit den Beinen zu strampeln. Das Moor zerrte weiter an ihr, aber sie spürte, dass sie nicht unterging.

„Gut so!", rief er und sie schwamm und zappelte weiter und merkte, wie sich ihre Beine langsam aus dem Morast befreiten.

„Jetzt komm zu mir", hörte sie ihn rufen. „Du musst dich rollen."

Rollen? Was sollte das jetzt? Luisa paddelte wie ein Hund in seine Richtung und versuchte dann, sich zu drehen und spürte auf einmal tatsächlich festeren Grund unter ihren Händen.

Und dann war Mike bei ihr, packte sie, zog sie auf die Füße, legte ihr seine Jacke um die Schultern. Luisa zitterte vor Kälte und vor Anstrengung. Mike hielt sie fest und sie lehnte sich an ihn, viel zu erschöpft, um irgendetwas zu denken. Langsam kam sie wieder zu Atem.

„Okay?", fragte Mike schließlich. Er ließ sie vorsichtig los, stand aber bereit, sie aufzufangen, falls sie versuchen sollte, wieder umzufallen.

„Okay", murmelte Luisa und blieb zu beider Erleichterung stehen.

„Du hast dich gut geschlagen", lächelte er anerkennend. „Jetzt gehen wir zur Hütte zurück. Heute Nachmittag hast du frei." Langsam setzte er sich in Bewegung.

Luisa keuchte neben ihm her. Sie war völlig erledigt. Eine Sache beschäftigte sie jedoch. Er war so ruhig geblieben und hatte überhaupt keine Anstalten gemacht, ihr zu helfen. Außer mit ihr zu reden. „Was wäre passiert, wenn ich es nicht aus eigener Kraft geschafft hätte?", fragte sie leise.

„Ich wäre zur Hütte zurückgelaufen und hätte ein Seil geholt", meinte Mike. „Aber ich war sicher, dass du es schaffst. Im Moor sinkt man nur bis zu einem bestimmten Punkt ein. Gefährlich ist es vor allem deswegen, weil man im kalten Wasser schnell auskühlt. Ich hätte dich aber natürlich herausgezogen, bevor das passiert wäre."

Luisa nickte und tappte etwas beruhigter hinter ihm her.

Mike ließ sie tatsächlich für den Rest des Tages in Ruhe. Luisa verdöste den Abend und erholte sich relativ schnell, betrachtete das Moor von da an jedoch mit anderen Augen und bemühte sich bei allen weiteren Ausflügen, den Anschluss an Mike nicht zu verlieren. Auch die Gedanken an eine mögliche Flucht, die nach wie vor in Luisas Kopf herumspukten, wurden eine Spur vager. Denn das Gefühl, hilflos festzustecken, war alles andere als eine angenehme Erfahrung gewesen.

Zwei Tage später klopfte Mike morgens an Luisas Tür. Er hörte sie leise stöhnen, das typische Zeichen, dass sie wach war, und ging in die Küche zurück, um sich noch einen Schluck Tee zu genehmigen. Normalerweise hörte er sie aus dem Bett steigen, fluchen und auf die Toilette rumpeln. Doch an diesem Morgen blieb alles still. Mike runzelte verärgert die Stirn. Legte sie es wieder auf eine kalte Dusche vor ihrem Training an? Er stand auf und betrat ihr Zimmer. Er leuchtete Luisa mit seiner Taschenlampe ins Gesicht. Sie blinzelte mit glasigen Augen in das grelle Licht. Schweißperlen standen ihr auf der Stirn. Fieber. Das nasskalte Wetter, die vielen Eisbäder und nicht zuletzt der Kampf mit dem Moor forderten ihren Tribut. Mike seufzte. Das ging ja gut los. Eine Woche Training – und schon machte sie schlapp.

Drei Tage blieb Luisa im Bett. Sie schlief sehr viel in dieser Zeit. Natürlich gab es keine Medikamente.

„Die schaden nur!", dozierte Mike. Luisa ignorierte ihn, so gut es ging.

Immerhin brachte er ihr den unvermeidlichen Tee und Essen ans Bett. Doch sie konnte kaum etwas zu sich nehmen. Es war nicht nur die Erkältung. Sie vermisste ihre Familie und insbesondere Jonas so sehr, dass es fast körperlich wehtat. Was sie wohl alle so taten? Die Briefe würden sicher erst in ein paar Wochen zugestellt werden ... Immer wieder kämpfte sie mit den Tränen. Und sie fühlte sich so schlapp ... Am liebsten wäre sie gar nicht mehr aufgestanden.

Am vierten Tag scheuchte Mike sie unter der Androhung einer kalten Dusche aus dem Bett. Immerhin ließ er sie nicht sofort joggen, sondern nur Geländemärsche absolvieren – Spaziergänge mit fünf Kilometern Durchschnittstempo pro Stunde durch Wald und Schlamm.

Nach drei Tagen dieser Wandertouren drückte Mike ihr wieder die furchtbaren Hanteln in die Hand. Luisa schwenkte sie lustlos hin und her und dachte gerade an ihre schmerzenden Arme und ihren geschundenen Rücken, als Mike sie packte und erneut in den Bach warf.

„Was sollte denn das jetzt?", rief Luisa gequält aus.

„Du gibst dir wieder keine Mühe", erklärte Mike ungerührt. „Los, weiter. Es ist nur zu deinem Besten."

Am nächsten Tag kamen auch wieder Joggen und Klimmzüge sowie Liegestütze zu ihrem Training hinzu. Und Luisa stellte fest, dass sie in ihrem Leben niemanden so sehr gehasst hatte wie Mike.

Kapitel 2

Ein paar Tage später schien am Abend endlich wieder einmal die Sonne. Der nahezu unvermeidliche Nebel hatte sich schnell verzogen und den ganzen Tag über war es lediglich leicht bewölkt gewesen. Luisa fühlte sich so fit wie lange nicht mehr. Nach dem Abendessen und dem Abspülen ging sie nach draußen.

„Wo willst du hin?", fragte Mike scharf.

Luisa beschloss, sich von ihm nicht den Abend verderben zu lassen.

„Ein bisschen spazieren", sagte sie.

„Spazieren?", vergewisserte sich Mike. „Ganz bestimmt? Nach dem Training heute?"

„Ist eben schönes Wetter", erwiderte sie genervt. Musste sie denn alles rechtfertigen, was sie tat?

„Ich komme mit", sagte Mike.

Sie seufzte innerlich. Konnte er sie denn nie allein lassen? Aber das war anscheinend das verdammte Konzept dieses dämlichen Zeugenschutzprogramms. Luisa wollte den Trampelpfad einschlagen, der aus dem Wald auf das Moor hinausführte.

„Komm, ich zeig dir was", sagte Mike.

Luisa fuhr herum, nahm eine defensive Haltung ein und beäugte Mike misstrauisch. Wollte er sie wieder in den Bach werfen?

Doch er machte keine Anstalten, sie zu schubsen. „Komm schon!", lachte er. „Ich tu dir nichts. Versprochen."

Statt ihren normalen Weg am Bach entlang einzuschlagen, führte er sie tief in den Wald hinein. Nach kurzer Zeit ging es steil einen Abhang hinauf.

Luisa kam schnell ins Schwitzen. Ihren gemütlichen Abendspaziergang hatte sie sich doch etwas anders vorgestellt. Entspannter auf jeden Fall. Aus allem musste Mike eine Quälerei machen. Als ob er ihre Gedanken gehört hätte, blieb er stehen und drehte sich um. „Wir sind gleich da", sagte er und schritt dann wieder voraus.

Luisa keuchte hinter ihm her.

Nach etwa fünf Minuten blieb er erneut stehen. Völlig verblüfft stellte sich Luisa neben ihn. Sie hatte alles erwartet, aber nicht diesen schönen Ausblick auf das Moor und die Berge.

„Nimm Platz!" Mike deutete auf einen umgestürzten Baumstamm.

Sie setzte sich stumm neben ihn und betrachtete die Landschaft. Von hier oben aus ließ sich erst so richtig erkennen, aus wie vielen kleinen Tümpeln und Teichen das Moor bestand. Dahinter zeichneten sich mehrere hohe Berge gegen den Himmel ab.

„Diese Berge werden Munros genannt", erläuterte Mike. „Ende des neunzehnten Jahrhunderts hat ein gewisser Sir Munro eine Art Aufstellung aller Berge Schottlands gemacht, die höher als dreitausend Fuß sind. Das sind ungefähr tausend Meter", fügte er hinzu.

Luisa dankte ihm innerlich dafür. Sie hatte von den englischen Flächen- und Längenmaßen und ihrer Umrechnung nach wie vor wenig bis gar keine Ahnung. „Warst du da oben?", fragte sie.

„Ja, mehrmals."

„Ist bestimmt schön", murmelte sie.

„Ja, das ist es. Um von hier aus da hinzukommen, müssten wir allerdings durch das Moor hindurch. Das ist nur möglich, wenn es deutlich trockener ist. Dieser Mai ist fürchterlich verregnet und kalt. Das habe ich so bisher auch noch nicht erlebt. Wenn das Wetter besser ist, können wir einmal dorthin wandern."

„Das wäre schön", erwiderte Luisa. Und sie meinte es wirklich. Die Berge sahen gar nicht so weit aus. Und sie merkte, dass sie allmählich etwas fitter wurde.

Mike musterte sie nachdenklich von der Seite, sagte

aber nichts. Die Sonne verschwand langsam hinter den Bergen. Es war schon seltsam, mit ihm den Sonnenuntergang zu beobachten. Das hatte sie bisher hauptsächlich mit Jonas gemacht. Wenn er sie nicht gerade anschrie oder in einen Bach tauchte, war Mike vielleicht gar nicht so übel.

Luisa wachte mitten in der Nacht auf. Etwas war anders als sonst. Hatte sie nicht etwas gehört? Sie lauschte, doch alles war ruhig. Nun, wenn sie schon mal wach war, konnte sie auch kurz auf die Toilette gehen. Sie öffnete die Tür und war gerade in den Flur treten, als Schritte durch das Holzhaus dröhnten. Das waren nicht die Schritte von Mike, die kannte sie mittlerweile. Luisa blieb stocksteif stehen. Die Schritte hörten abrupt auf. Da stand jemand im Gang vor ihr. Zuerst konnte sie nicht viel erkennen, doch ihre Augen gewöhnten sich langsam an das spärliche Licht des Mondes, das durch das Küchenfenster hereinschien. Keine zwei Meter von ihr entfernt zeichneten sich die Umrisse eines Riesen ab.

Royce!

Luisa begann zu schreien.

In ihrem Leben hatte sie noch nie so laut geschrien. Hinter ihr wurde eine Tür aufgerissen.

„Was zum Teufel ist hier los?", polterte Mike. Mit einer Taschenlampe leuchtete er in den Flur. „Harvey?", fragte er. „Was hast du gemacht?"

Luisa starrte den Mann an, der im Lichtkegel erschienen war. Er war mit Sicherheit an die zwei Meter groß und schrankförmig gebaut. Zwischen seinen militärisch kurz geschnittenen Haaren und der Hüttendecke waren vielleicht zehn Zentimeter Platz. Dann hörte die Ähnlichkeit mit Royce auch schon auf. Die schrecklichen Narben in seinem Gesicht hatte sie nicht vergessen. Luisa konnte ihren Blick nicht von ihm abwenden und starrte ihn an. Schau weg, dachte sie sich. Hör auf damit. Doch sie konnte es nicht.

Hinter sich hörte sie Mike leise seufzen. „Harvey wird die nächsten vier Wochen hier verbringen und auf dich aufpassen. Alles in Ordnung. Leg dich wieder hin." Seine Stimme brach den Bann.

Fluchtartig und ohne ein Wort zu sagen verschwand Luisa in ihrem Zimmer, knallte die Tür zu und verkroch sich in ihr Bett. Es dauerte noch einige Zeit, bis sich ihr Puls und ihre Atmung wieder halbwegs normalisiert hatten.

Mike und Harvey begaben sich schweigend in die Küche. Mike schloss die Tür und kochte Tee, Harvey setzte sich auf einen der Stühle. Er zog eine dicke schwarze Mappe sowie eine kleine Tasche hervor, legte beides auf den Tisch und wartete. Schließlich kam Mike mit zwei Tassen und setzte sich neben Harvey. Rasch untersuchte er den Inhalt der Tasche – jeweils ein Pass und ein Führerschein von einem Mohammed Ibn Ali aus dem Libanon sowie ein Personalausweis und ein Führerschein von einem Steven Miles aus Yorkshire. Harveys Fälscher hatte ganze Arbeit geleistet. Mike nippte zufrieden an seinem Tee. „Hast du etwas über Luisa herausgefunden?"

Harvey deutete auf die dicke schwarze Mappe auf dem Tisch.

Mike blickte stirnrunzelnd darauf. „Wie um alles in der Welt hast du so viel über sie zusammenbekommen?"

Natürlich bekam er keine Antwort. Also öffnete er die Mappe. Ein komplettes Dossier über Luisa und jede Menge Zeitungsartikel kamen zum Vorschein. Stirnrunzelnd las Mike die erste Seite.

Verschwundene Deutsche unter Mordverdacht – offenbar Verbindungen zu al-Qaida

Neue Wendung im Fall der Anfang April in London verschwundenen Deutschen Luisa Marcovic. Der Londoner Geschäftsmann William Royce bezichtigt sie des versuchten Mordes. Die 28-Jährige soll ihm auf der Baustelle seines Projektes „Future of Shopping 2020" aufgelauert haben. Tatsächlich wurden am Tatort Haare der Frau gefunden. Marcovic stand bereits vor drei Jahren nach Besuchen in Syrien auf der Überwachungsliste von BND und Verfassungsschutz.

„Ist Royce völlig wahnsinnig?" Mike schüttelte fassungslos den Kopf. „Wie will er damit durchkommen?"

Harvey rührte sich nicht.

„Er denkt vermutlich, dass sie von einer Organisation ist", überlegte Mike laut. „Oder dass sie mit mir zusammenarbeitet. Und dass wir unter Zugzwang geraten, wenn sie für eine Terroristin gehalten wird ... Er will es uns erschweren, sie zu beschützen, und ihr natürlich auch, unterzutauchen. Schließlich sucht jetzt die ganze Polizei nach ihr ... Aber wie zum Teufel kommt er darauf, eine so an den Haaren herbeigezogene Geschichte zu erfinden?"

Harvey schwieg

Mike widmete sich wieder der Mappe und überflog halblaut ein weiteres Blatt Papier. „Lebenslauf. Hm. Also zweiunddreißig Jahre alt. Wohnt in München. So stand es ja auch in ihrem Personalausweis. Fester Freund, ein Jonas Meier, Ingenieur. Sie arbeitet im Telefonvertrieb. So weit hat sie mir das auch erzählt. Sie hat Islamwissenschaft studiert und war ein Jahr in Syrien. Also vor dem Bürgerkrieg. Das hat sie nicht erzählt." Verdammt. Etwas so Wichtiges – und er hatte keine Ahnung davon gehabt. Ihrer Ausbildung hatte er keine besondere Bedeutung beigemessen. Eine Sekretärinnenschule oder ein Wirtschaftsstudium, hatte er angenommen. Auf die Idee, dass sie Islamwissenschaft studiert hatte, wäre er in hundert Jahren nicht gekommen. Aber das hatte Royce offensichtlich auf diese Terrorismus-Geschichte gebracht. Mike las weiter. Von Verbindungen zu einer konservativen muslimischen Gemeinde war da die Rede. Luisa hatte längere Zeit unter Beobachtung gestanden – insbesondere auch deswegen, weil sie in Deutschland immer wieder in eine Moschee zu einem Frauenkreis gegangen war. Als sie den Job im Callcenter angenommen hatte, hörten die Besuche auf. Der BND observierte noch einige Zeit lang ihren Facebook-Account und schnitt sämtliche Telefonate gezielt mit, ließ sie ansonsten aber in Ruhe.

Mike legte die Mappe zur Seite und starrte düster vor sich hin. Wie sollte er mit dieser Geschichte umgehen? Da hatte er eine Eingebung. „Das ist die Idee!"

Harvey schwieg.

Mike ignorierte seinen mangelnden Enthusiasmus. „Der General soll verbreiten, dass sie wirklich eine Terroristin ist, indoktriniert in Syrien. Eine Schläferin, die sich jetzt in einem Terrorcamp verkrochen hat. In Libyen, meinetwegen, oder in Syrien. Soll Royce doch seinem eigenen Phantom hinterherjagen! Kein Mensch wird sie mehr in Großbritannien vermuten, alle Ermittlungen, die Royce mit seinem Vorstoß anstrengen wollte, werden sich auf den Nahen Osten konzentrieren. Diese falsche Fährte wird uns Zeit verschaffen." Auf seinem Gesicht erschien ein böses Grinsen.

Sein Gegenüber zeigte keine Reaktion.

Mike wertete das als ein Ja. „Sonst noch was Neues?"

„Der General hat unsere Konten eingefroren", erwiderte Harvey.

„Oh." Das traf Mike wie ein Schlag ins Gesicht. Damit hatte er nicht gerechnet. Um Geld hatten sie sich bisher keine Sorgen machen müssen. Auf mehreren Konten war ihnen für ihre Operationen im Auftrag des Generals immer genügend zur Verfügung gestanden. Dass sie ihm nicht sagen wollten, wo sie Luisa versteckt hielten, schien ihn wirklich zu ärgern.

„Machen Frances und Danny noch mit?" Den beiden hatte sein Plan von Anfang nicht gefallen. Wenn der General ihnen die finanziellen Mittel strich, hatten sie ein massives Problem.

„Ja."

Mike fiel ein Stein vom Herzen. Doch das allein war noch keine Lösung. „Ich habe fast kein Geld mehr." In den letzten Jahren hatte er sich stets auf den General verlassen und kein einziges Mal daran gedacht, etwas vom Spesenkonto für sich selbst abzuzweigen. Er hatte nur immer Royce zur Strecke bringen wollen – ganz offensichtlich ein Fehler. Zwar hatte er noch das Haus in Cornwall, das er von seinen Eltern geerbt hatte, aber bis er das zu Geld gemacht hatte, konnte es ein Weilchen dauern.

„Kein Problem", knurrte Harvey.

„Nein?", fragte Mike misstrauisch. „Warum nicht?"

„Ich hab genug."

„Du?" Mike hatte sich bisher auch nicht allzu viele Gedanken über Harveys Vermögensverhältnisse gemacht. „Wie viel hast du?"

„500."

Mike stutzte. Dann wurden seine Augen groß. „Du hast 500.000 Pfund auf der hohen Kante?"

Harvey reagierte nicht.

„Sollte reichen", sagte Mike schließlich. Und verkniff es sich, weiter nachzufragen. Er kannte ihn gut genug, um zu wissen, dass er keine Antwort mehr zu erwarten brauchte. Erneut schwiegen sie.

„Wegen der Kleinen", sagte er dann. „Als sie hier ankam, hat sie nur geheult. Ich habe ihr ein Fitnessprogramm verordnet. Offiziell zur Selbstverteidigung. Joggen, Klimmzüge, Gewichte. Das Übliche. Ich habe immer bei Sonnenaufgang angefangen. Ich denke, du tust gut daran, das fortzuführen. So ist sie dauernd müde und hat keine Zeit zum Heulen. Oder zum Davonlaufen. Das hat sie auch schon versucht."

Harvey starrte einige Zeit vor sich hin. „Was ist damit?" Er legte eine Pistole auf den Tisch.

„Willst du ihr Unterricht geben?", fragte Mike verblüfft. Harveys fehlende Antwort interpretierte er als ja. „Wie gesagt, ich habe das Training in erster Linie angefangen, um sie zu beschäftigen."

„Kann aber nicht schaden."

„Ich würde das nicht tun." Mike schüttelte den Kopf. „Sie stellt sich furchtbar ungeschickt an – hinterher wird sie sich damit noch umbringen."

Harvey zuckte die Schultern.

Wider herrschte einige Zeit Schweigen.

Dann ergriff Mike noch einmal das Wort. „Du wirst sie nicht anfassen."

In Harveys Gesicht zuckte kein Muskel. „Sicher", knurrte er.

Mike nickte. Mehr konnte er im Moment nicht tun. Er stand auf und öffnete die Tür. „Ich mach mich dann auf den Weg", sagte er, bevor er in seinem Zimmer verschwand.

Luisa hatte nicht geschlafen. Als sie Mikes Worte laut und deutlich durch die Holztür hörte, zuckte sie erschrocken zusammen. Er wollte fahren? Jetzt, mitten in der Nacht? Und sie mit Harvey allein lassen? Erschrocken setzte sie sich auf. Das konnte er doch nicht machen! Rasch griff sie nach der Taschenlampe, die nun immer auf ihrem Nachttisch lag, knipste sie an, sprang aus dem Bett, krallte sich den Briefstapel auf ihrem Nachttisch. Erneut hörte sie Schritte durch den Flur tappen. Schnell riss sie die Tür auf und rannte nach draußen. Mike war schon dabei, in einen schlammbespritzten Jeep zu steigen.

Er blickte an ihr herunter und ihr fiel ein, dass sie ja nur das alte Männershirt trug, das sie noch immer als

Nachthemd nutzte.

„Nimmst du meine Briefe mit?", bat sie.

„Harvey hat sie noch nicht gelesen", sagte Mike. „Gib sie ihm, er wird sie mitnehmen, wenn ich wiederkomme."

Luisa hatte einen Kloß im Hals.

„Deine Familie weiß, dass du in Sicherheit bist", versicherte ihr Mike. „Keine Sorge. Und die Briefe bekommen sie beim nächsten Mal. Leg dich wieder ins Bett – nicht, dass du noch einmal krank wirst."

Er stieg ins Auto und fuhr grußlos davon.

Auf einmal fühlte sich Luisa sehr allein. Sie sah dem Wagen noch lange nach – auch, als er schon längst zwischen den Bäumen verschwunden war.

Irgendwann war ihr so kalt, dass sie freiwillig wieder nach drinnen ging. Traurig legte sie sich auf das Bett. Draußen dämmerte es bereits. Sie hörte Harvey in der Küche rumoren. Mike war weg. Komisch. Er war alles andere als nett gewesen, aber sie wünschte sich, er wäre geblieben. Was sollte sie jetzt von Harvey halten?

Zu gut erinnerte sie sich an die nächtliche Begegnung. Das Blut stieg ihr heiß in die Wangen. Was für ein gelungener Anfang, dachte sie sarkastisch. Warum hatte sie ihn so anstarren müssen? Er konnte sie bestimmt nicht leiden. Und er war so schon verdammt gruselig. Aber das half alles nichts. Zögernd stand sie auf und zog sich an. In der Küche saß Harvey, trank Tee und las Zeitung.

„Guten Morgen", sagte sie leise.

Er warf ihr einen durchdringenden Blick zu und stieß einen unidentifizierbaren Laut aus. Mike hatte sie ja gewarnt, dass er nicht der Gesprächigste war.

Immerhin goss er Tee in eine leere Tasse, die auf dem Tisch stand, und schob sie ihr herüber. Das morgendliche Ritual wurde fortgeführt. Eine Weile saßen sie schweigend da, bis Harvey aufstand, einen Küchenschrank öffnete und Brot und Käse herausholte. Brot! Käse! Luisa konnte einen freudigen Aufschrei nicht unterdrücken.

Harvey reagierte überhaupt nicht, sondern stellte die Sachen einfach auf den Tisch und nahm wieder Platz und Luisa aß, bis sie nicht mehr konnte.

Nach dem Frühstück verstaute sie die Lebensmittel in der mäusesicheren Speisekammer und spülte die Teller. Harvey blieb sitzen und beobachtete jede ihrer Bewegungen. Um Gottes Willen, dachte sie. Muss er mich so anstarren? Kann er nicht irgendetwas anderes tun? Verschwinden, zum Beispiel?

Sie war heilfroh, als sie alles aufgeräumt hatte. Jetzt am besten unauffällig in ihr Zimmer schleichen ...

Doch Harvey stand auf und blieb vor der Tür stehen.

Zögernd blickte sie zu ihm hoch. Gott, diese Narben sahen wirklich schrecklich aus. Konnte man denn da gar nichts tun? Die Gesichtschirurgie meldete doch dauernd irgendwelche Fortschritte ...

„Mitkommen!", knurrte er.

Sie folgte ihm aus der Hütte auf die berüchtigte Trainingswiese. Offenbar hatte Mike ihn gut instruiert. Und er wollte das Ganze fortsetzen. Um Gottes Willen.

Harvey nahm eine etwas seltsame, breitbeinige Position ein.

„So hinstellen!", befahl er.

Sie bemühte sich, es ihm gleichzutun. Körper aufrecht, Beine leicht anwinkeln, Hüfte gerade, Kopf aufrecht. Harvey korrigierte ihre Haltung. Es war ihr äußerst unangenehm, dass er sie berührte, sodass sie sich kaum konzentrieren konnte. Was zum Teufel machten sie da überhaupt? War das eine neue Art von Yoga oder Pilates?

Harvey musterte sie kritisch. Dann schüttelte er leicht den Kopf und holte eine Pistole aus seinem Schulterhalfter. Luisa starrte völlig überrascht erst auf

Harvey und dann auf die Pistole. SIG Sauer stand auf dem Griff, eine lange Nummer und P228 auf dem Lauf.

Harvey hob die Pistole und zielte ins Nirgendwo. „So", sagte er und machte es noch einmal vor.

„Okay", murmelte Luisa völlig verdattert und verwirrt. Sie sollte das Ding in die Hand nehmen und schießen? Die Erinnerungen an Royce kamen wieder in ihr hoch. Harvey machte zwei Schritte auf sie zu, drückte ihr die Waffe in die Hand und machte zwei Schritte zur Seite.

Luisa starrte mit sehr gemischten Gefühlen auf die Pistole in ihrer Hand. Das Ding war viel schwerer als das in London. So kam es ihr zumindest vor.

„Los!" Harvey riss sie aus ihren Gedanken.

Luisa bemühte sich. Wie war das gewesen – Hüfte gerade. Leicht in die Knie gehen.

„Locker!", befahl er.

Locker bleiben?, dachte Luisa. Soll das ein Witz sein? Wie soll ich in dieser verkrampften Haltung locker bleiben, vor allem, wenn er mich so anstarrt, als ob er mich gleich auffressen will?

„Arme ausstrecken!", befahl Harvey.

Aha, dachte Luisa. Reden will er nicht, aber Befehle geben kann er anscheinend schon. Und das Ding war wirklich schwer, bestimmt wog es mindestens zwei Kilo.

„Konzentrieren", fuhr er sie an.

Luisa zuckte leicht zusammen. Sie hielt die Waffe ausgestreckt von sich. Langsam wurden ihre Arme lahm.

„Wie viel wiegt das Ding bloß?", stöhnte sie mit zusammengebissenen Zähnen.

„Achthundert Gramm", knurrte Harvey, drückte an ihren Armen herum und kontrollierte erneut ihre Armstellung. Dann nickte er grimmig. „Okay. Noch einmal."

Luisa versuchte verbissen, seinen Anweisungen zu

folgen. Er sollte sie so wenig wie möglich anfassen. Beine breit, Hüfte gerade, locker lassen ... Gott, das Ding wurde immer schwerer.

„Gut, dass ich das alles nicht wusste, als ich auf Royce geschossen habe", murmelte sie. „Ich hätte nie im Leben getroffen."

„Konzentrieren!", brüllte Harvey. „Druck auf den Abzug."

Sie zuckte zusammen, als er wieder ihre Haltung kontrollierte.

„Zielen. Nicht bewegen!"

In einer unbequemen Haltung stocksteif stehen bleiben. Aha ...

„Atmen!"

Luisa hatte gar nicht gemerkt, dass sie den Atem angehalten hatte.

„Ziehen. Nicht durchreißen. Los!"

Luisa krampfte sich zusammen, kniff die Augen zusammen, betätigte den Abzug und wartete auf den Knall. Es machte laut *Klick*. Luisa ließ die Waffe sinken und schaute überrascht erst auf die Pistole und dann auf Harvey.

„Noch einmal."

Vielleicht keine schlechte Idee, erst einmal ohne Munition zu trainieren, dachte sie.

Sie machten noch viele weitere Trockenübungen, bis Harvey genug hatte. Anschließend scheuchte er sie zwei Stunden durch den Wald, bevor sie Mittagessen kochten.

Nach dem Essen gab Harvey Luisa eine kleine Schachtel, die sie misstrauisch öffnete. Das konnte doch nicht wahr sein. Schokolade! Sie starrte ihn völlig ungläubig an, doch er beachtete sie nicht weiter, sondern nahm seinen Tee und starrte ausdruckslos aus dem Fenster.

Schokolade! Wie sehr man sich doch über Kleinigkeiten freuen konnte. Nachdem sie das viel zu kleine Stück verschlungen hatte, schnappte sich Luisa die Zeitung, die auf dem Küchentisch lag. Das Titelblatt berichtete von Kommunalwahlen in London und vom Krieg in Syrien. Dazu gab es einen kurzen Hinweis auf eine deutsche Terroristin, mit mehr Informationen auf Seite drei. Hier war die Zeitung etwas eingerissen. Luisa blätterte weiter. Komisch. Genau diese Seite fehlte. Sie fragte Harvey danach, doch der ignorierte sie. War ja klar.

Harvey hatte anscheinend eine umfangreiche Shoppingtour hinter sich. In der Dusche gab es jetzt Duschgel und Shampoo, und diesmal auch für Frauen. In ihrem Zimmer fand sie einige Bücher, überwiegend Liebesromane. Normalerweise las sie lieber Thriller. Wobei sie sich nicht sicher war, ob das nach ihren Erlebnissen überhaupt noch zutraf. Aber egal. Bücher! Sie konnte es kaum glauben. Rasch schnappte sie sich ein Buch und lief nach draußen, wo Harvey an einem Stück Holz herumschnitzte. „Danke!", rief sie. „Vielen Dank."

Er ließ sich nicht stören.

Luisa beschloss, eine Unterhaltung mit ihm zu versuchen. Bisher war er sehr schweigsam gewesen. Aber es musste doch irgendein Thema geben, bei dem er etwas auftaute. Sie war es gewöhnt, den ganzen Tag lang zu reden. Nicht nur, dass sie durch ihre Arbeit jeden Tag sieben Stunden am Stück telefonieren musste, mit Jonas hatte sie sich ebenfalls stundenlang über alles Mögliche unterhalten können. Früher jedenfalls ... Dass Mike relativ wenig redete, hatte sie irritiert. Dass Harvey überhaupt nicht zu reden schien, machte sie fertig.

Sie versuchte es mit dem Thema Wetter. Das sorgte eigentlich immer für Gesprächsstoff. Und in Schottland sowieso. Zumeist war es sehr wechselhaft, mit Nebel am Morgen, es konnte aber auch längere Zeit regnen. Und immerhin hatten sie einmal fast eine ganze Woche lang Sonne gehabt, auf die allerdings wieder eine Woche mit Regen und Sturm gefolgt war.

„Es sieht so aus, als ob es gleich regnen wird." Das war korrekt, den dunklen Wolken nach, die sich über dem Moor auftürmten

Schweigen. Das war wohl noch nicht das Richtige. Sie beschloss, es mit Fragen zu versuchen. Da musste er eigentlich antworten – das gebot die Höflichkeit. Und mit Fragetechniken war Luisa durch ihren Job ebenfalls bestens vertraut.

„Wie wird wohl das Wetter in den nächsten Tagen?", fragte sie.

Keine Antwort. Harvey hatte offensichtlich beschlossen, unhöflich zu sein. Vielleicht war auch das Wetter kein gutes Thema. Zu abgedroschen.

Was konnte sie ihn denn noch fragen? Es war natürlich nicht so, dass sie keine Fragen gehabt hätte. Es gab viel, das sie wissen wollte. Wie weit war es wirklich bis zum nächsten Telefon? Wie stand es um die Beweise gegen Royce? Wo hatten Harvey und Mike die ganzen Narben her? Doch sie hatte das Gefühl, auf diese Fragen keine Antwort zu bekommen.

Fußball, das Dauerthema, mit dem man nahezu jeden Mann zum Reden bringen konnte, fiel ebenfalls aus. Erstens kannte sie die britische Premier League zu wenig. Und zweitens sah Harvey nicht aus wie ein Fußballfan.

„Was schnitzt du da?", fragte sie schließlich.

Diesmal erhielt sie eine Reaktion. Harvey sah auf und warf ihr einen durchdringenden Blick zu und Luisa beschloss daraufhin, die Konversation auf den nächsten Tag zu verschieben. Oder auch auf die nächste Woche. Sie murmelte etwas von wegen „Ich bin müde" und verschwand in ihr Zimmer. Dort zog sie einen der Liebesromane hervor.

Sie bemühte sich, langsam zu lesen. Schließlich hatte sie nicht so viele Bücher zur Verfügung. Und sie wusste nicht, wie es mit Nachschub aussah. Die Handlung ließ sich in zwei Sätzen zusammenfassen: Junge, bildhübsche Frau geht auf Geschäftsreise nach Russland, verliebt sich dort in einen gutaussehenden Traumprinzen und wird schwanger. Nun ist sie hin- und hergerissen zwischen ihrer ebenfalls gutaussehenden Jugendliebe, die sie kurz vorher erst wiedergetroffen hatte, und Iwan, dem schrecklich Schmachtenden. Luisa seufzte. Das war wirklich nicht ihr Ding, aber zumindest deutlich besser als die Konversation mit Harvey.

Mike gab den Leihwagen am Bahnhof von Dover zurück. Die Strecke hatte er in zehn Stunden geschafft – ein neuer Rekord. Betont langsam schlenderte er in die Innenstadt. An einem kleinen Kiosk kaufte er einen Kaffee, wohl wissend, dass ihn die Überwachungskameras beobachteten und Royce innerhalb kürzester Zeit über sein Wiederauftauchen informiert werden würde. Nach der Stille der Schottischen Highlands erschien ihm Dover laut und hektisch. Ihm graute bereits vor London. Aber an der Megacity führte kein Weg vorbei.

Nach kurzer Suche fand er einen Handyladen, wo er sich ein billiges, kleines Smartphone sowie einen Haufen Prepaid-Karten besorgte. Diese registrierte er auf Mohammed Ibn Ali aus dem Libanon. Dann mietete er einen Kombi bei einer anderen Mietwagenfirma und fuhr in Richtung London. Unterwegs hielt er an einer Raststätte und rief den General an.

„Mike hier, Sir", begann er respektvoll, auch wenn er mittlerweile fast jeglichen Respekt vor dem General verloren hatte.

„Mike! Wo zum Teufel hast du gesteckt?", brüllte der General.

Mike hielt das Handy etwas weiter vom Ohr weg.

„Sie haben von Luisa gelesen", stellte er sachlich fest.

„Ja, verdammt!", fauchte der General.

„Nun, Sie können bestätigen, dass sie eine Terroristin ist."

Einen Moment herrschte Schweigen. „Wir haben jeden Zentimeter ihrer Wohnung auseinandergenommen. Wir haben mit ihrer Familie und ihren Freunden gesprochen. Da ist nichts. Sie ist absolut sauber", erwiderte der General schließlich deutlich ruhiger.

„Nun, da kann man nachhelfen." Mike erklärte seinen Plan. „Niemand wird sie hier vermuten, so wenden wir Royces Plan gegen sich selbst."

„Hm", machte der General. „Das stimmt natürlich. Ich werde sehen, was sich machen lässt. Mike?"

„Ja, Sir?"

„Ich kann euch helfen, sie zu verstecken. Ihr müsst das nicht alleine tun. Sie weint doch bestimmt den ganzen Tag. Oder habt ihr sie unter Beruhigungsmittel gesetzt?"

„Wir kommen klar."

„Du schuldest mir noch was." Der General änderte seine Taktik. „Denk daran, was ich alles für dich getan habe."

„Das werde ich nicht vergessen." Seine Stimme war kalt wie Eis.

Sein Gesprächspartner stutzte einen Moment. „Ich kann euch zwingen, Mike. Ich werde euch alle unter Beobachtung stellen und jeden eurer Schritte überwachen! Eure Konten habe ich bereits eingefroren."

„Sie haben uns alle Vollmachten gegeben, um Ihre kleine Privatoperation auszuführen. Nichts anderes tun wir. Sie werden uns vertrauen müssen."

„Apropos Vertrauen. Ich frage mich, wer gerade auf die Kleine aufpasst. Danny und Frances sind in London. Du wirst sie doch wohl nicht etwa mit Harvey allein gelassen haben?"

Mike schwieg.

„Bist du wirklich so kaltblütig? Du kennst seine Vergangenheit."

„Sie kennen sie auch. Und trotzdem ist er Teil unseres Teams", erwiderte Mike.

„Aber ich würde ihn nicht mit einer Frau allein lassen. Willst du dasselbe wie mit Isabella noch einmal durchmachen?"

Da beendete Mike das Gespräch abrupt. Er brauchte etwa eine halbe Stunde, bis er ruhig genug war, um weiterzufahren. Fest umklammerte er das Lenkrad mit beiden Händen und zwang sich, auf den Verkehr zu achten. Auf der langen Fahrt vom Moor zurück in die Zivilisation hatte ihn kaum etwas anderes als diese Frage beschäftigt. Aber es gab keine andere Möglichkeit. Danny und Frances waren nicht willens, mehrere Monate weitab vom Schuss in einer Hütte im Moor zu verbringen. Sie hielten die gesamte Aktion sowieso für völlig wahnsinnig. Und Mike wusste nicht, an wen er sich sonst hätte wenden sollen. Blieb nur Harvey – Vergangenheit hin oder her.

Der General rief noch mehrmals an, doch Mike ignorierte ihn. Er konnte nichts mehr ändern. Sie hatten die Chance, Royce zu schnappen. Sie waren ihrem Ziel so nah wie in den letzten Jahren noch nie. Dass sie dafür Opfer bringen mussten, war ihm von Anfang an bewusst gewesen.

Immerhin würde sich Harvey denken können, was ihm blühte, wenn er Luisa auch nur ein Härchen krümmte. Von eventuellen Trainingsmaßnahmen einmal abgesehen. Er wird es nicht wagen, versuchte sich Mike immer und immer wieder einzureden. Doch ein kleiner Rest Zweifel blieb.

„Dover, hm?", fragte Royce. „Was treibt Mike in Dover?" Er lehnte sich zurück und starrte missmutig auf den grauen Himmel über Zermatt. Die Ärzte hatten ihm verboten, sich aufzuregen. Er versuchte, ruhig zu bleiben. Er würde Mike finden und die Schlampe und dann würden beide bezahlen.

„Er könnte vom Festland gekommen sein“, meinte Ali hilfsbereit.

„Könnte er“, bestätigte Royce. „Oder er will nur, dass wir das denken. Vielleicht ist die Schlampe in England und das war ein Ablenkungsmanöver. Wo zum Teufel hat er nur die letzten sechs Wochen gesteckt? Und wie kann es sein, dass wir nicht einmal den Hauch einer Spur haben?“

„Was ist mit dem General?“

„Der General weiß auch nichts. Die Schlampe ist wie vom Erdboden verschwunden. Bezüglich der Terroristengeschichte ist bisher auch noch nichts passiert ...“

„Sir, das sollten Sie sich ansehen...“ Vier Stunden später reichte Ali Royce einen Laptop. Das BBC-Video dauerte zwei Minuten.

„Der Auslandsgeheimdienst hat die terroristischen Aktivitäten von Luisa Marcovic bestätigt.“ Auf dem Bildschirm erschien ein offenbar etwas älteres Bewerbungsfoto. „Quellen mutmaßen, dass sie sich in einem Terrorcamp in Libyen aufhält“, fuhr die Nachrichtensprecherin fort. „Es ist davon auszugehen, dass sie weitere terroristische Anschläge plant. Im April hatte Marcovic den Geschäftsmann und Kandidaten für Westminster Council, William Royce ...“ Fassungslos starrte Royce auf den Laptop.

„Was?“, brüllte er. „Wieso haben sie das bestätigt?“ Sein schöner Plan hatte sich gerade verselbstständigt.

Ali, ein Arzt und zwei Krankenschwestern hatten große Mühe gehabt, Royce wieder zu beruhigen, doch schließlich hatten sie ihn davon überzeugt, im Bett zu bleiben und nicht loszustürmen und jemandem den Kopf abzureißen. Royce lehnte sich zurück und atmete tief durch. Das Adrenalin in seinem Körper baute sich langsam ab. Er begann wieder klar zu denken. Vielleicht ist das alles gar nicht so schlecht, überlegte er. Eigentlich hatte er Luisa diskreditieren wollen, er hatte Zweifel sähen wollen und einfach einen Grund gebraucht, um sie aufzuspüren. Die Ermittlungen konzentrierten sich jetzt natürlich au´f den Nahen Osten und liefen so ins Leere Doch wenn er die Schlampe erst einmal geschnappt hätte, würde kein Hahn mehr nach ihr krähen – auch nicht, wenn ihre verstümmelte Leiche eines Tages in der Themse trieb. Und wenn Mike dann ebenfalls als Terrorist gebrandmarkt würde ... Eigentlich entwickelte sich die Sache prächtig. Er brauchte eben Geduld.

Und wieder grinste Royce diabolisch, während er sich die schlimmsten Qualen für die beiden ausmalte.

Am nächsten Morgen klopfte es zu Sonnenaufgang an Luisas Zimmertür. Harvey hatte leider auch diese Routine von Mike übernommen. Luisa beschloss, es nicht auf eine kalte Dusche ankommen zu lassen, vor allem nicht von Harvey. Zehn Minuten später joggten sie durch den Wald. Eigentlich war es nicht schlecht, dieses morgendliche Fitnesstraining. Vielleicht würde sie endlich den sportlich-durchtrainierten Körper bekommen, den sie sich immer gewünscht hatte. Allmählich merkte sie, dass sie tatsächlich fitter wurde. Mittlerweile schaffte sie es, etwa einen Kilometer zu laufen, ohne dass sie Angst vor einem Lungenkollaps haben musste.

Die Tage und Wochen mit Harvey verbrachte sie neben dem Joggen mit Schießtraining, Querfeldeinmärschen, Klimmzügen und den ganzen anderen unangenehmen Sachen. Langsam gewöhnte sie sich an das Pensum. Sie war auch nicht mehr ganz so erschöpft wie zu Anfang. An den Abenden verschlang sie ein Buch nach dem anderen. Luisa war irre froh, dass sie die Bücher hatte. Denn Harvey redete nach wie vor so gut wie überhaupt nicht, außer beim Training. So sehr Luisa Mike auch gehasst hatte, mit ihm war wenigstens ab und zu etwas möglich gewesen, das mit gutem Willen als Konversation durchgehen mochte. Insbesondere den gemeinsamen Abend mit dem tollen Blick über das Moor hatte sie in guter Erinnerung. Vielleicht hat Mike gewusst, dass Harvey kommt, dachte sie. Vielleicht ist er nur deswegen nett gewesen …

„Los!", bellte Harvey.

Sofort sortierte sie sich. Beine breit. Hüfte gerade. Schultern locker. Arm strecken. Der linke Arm unterstützt.

„Schneller!", donnerte Harvey in seinem besten Kasernentonfall.

Sie wiederholte es.

Er korrigierte ihre Haltung und ließ sie schließlich abdrücken. Wieder machte es laut Klick.

Er nahm ihr die Waffe aus der Hand und Luisa beobachtete mit großen Augen, wie er mehrere Patronen aus der Tasche zog und die Pistole lud. Dann gab er, ohne groß zu zielen, eine Reihe von Schüssen auf einen Baum ab.

Luisa zuckte bei jedem Schuss. Dass er getroffen hatte, zeigten die sechs Löcher im Baum, alle ziemlich nah nebeneinander.

„Jetzt du." Harvey drückte ihr die Waffe in die Hand.

War noch eine Kugel drin? Sie hatte keine Ahnung.

„Schussposition!"

Beine breit, Hüften gerade … Sie hob die Waffe, zielte, baute Druck auf, ließ den Abzug gleichmäßig kommen. Der Schuss krachte laut. Luisa fuhr erschrocken zusammen. Die Kugel war mit Sicherheit nicht im Baum gelandet.

„Weiter!", knurrte er.

Am Abend gab sie Harvey ihre Briefe. Es war schwer

gewesen und sie hatte mehrere Entwürfe pro Brief benötigt. Sie wollte hauptsächlich, dass ihre Eltern, ihr Bruder, ihre Freundinnen und Jonas wussten, dass es ihr gutging. Aber sie wollte auch nicht zu viel schreiben. Harvey musste ja nicht alles wissen. Die meisten Briefe hatte sie Anfang Mai geschrieben. Nachdem Mike das Training verschärfte hatte, war sie abends so müde gewesen, dass das Papier vor ihren Augen verschwamm und sie kaum vernünftige Sätze zustande gebracht hatte. Insgesamt hatte Luisa aber zwanzig Seiten für Jonas verfasst, fünfzehn für ihre Eltern und ihren Bruder Martin, etwa zehn für diverse Freundinnen und Freunde sowie zwei Seiten für ihre Arbeitgeberin als Entschuldigung für ihr Fernbleiben. Das musste für die nächsten Wochen reichen.

Nachts träumte Luisa nun davon, dass sie Royce gegenüberstand und nicht die richtige Schussposition fand, während Harvey „Konzentrieren!" und „Atmen!" brüllte und Royce immer näherkam. Eine neue Variation ihrer Albträume, aber keine angenehmere.

In den nächsten Tagen versuchte sie noch ein paar Mal, etwas wie ein Gespräch mit ihrem neuen Aufpasser anzufangen. Doch egal, was sie begann, von Harvey kamen ausschließlich Befehle oder Schweigen. Schließlich hörte sie ganz damit auf. Manchmal war sie sich in den nächsten Tagen nicht einmal sicher, ob sie überhaupt noch reden konnte, bis sie sich schließlich bei einem leise gemurmelten Selbstgespräch ertappte.

Das einzig Gute an Harvey war, dass er ihr wenigstens etwas Freiheit ließ. Jedenfalls erhob er keine Einwände, wenn sie sich abends bei schönem Wetter von der Hütte entfernte und allein durch den Wald tappte. Deswegen kehrte sie in den nächsten Tagen und Wochen öfter zum neu entdeckten Ausblick zurück. Der Abend mit Mike wollte ihr nicht mehr aus dem Kopf. Teilweise verdrängte er sogar ihre Sehnsucht nach Jonas und ihrer Familie. Oft saß sie lange dort und beobachtete den Sonnenuntergang. Sie hatte sich noch nie so einsam gefühlt wie in diesen Tagen in Schottland, seit dem Moment, in dem Mike davongefahren war und sie mit Harvey allein gelassen hatte.

Nach Beginn des Trainingsprogramms mit Mike war an einen weiteren Fluchtversuch nicht zu denken gewesen. Sie war viel zu erschöpft gewesen und er hatte sie nicht aus den Augen gelassen. Nun fühlte sie sich etwas fitter und während sie von ihrem Aussichtspunkt über das Moor blickte, kamen die Fluchtgedanken zurück. Doch wo sollte sie hin? Durch die Joggingtouren und Querfeldeinmärsche hatte Luisa einen guten Überblick über das Gelände im Umkreis von zehn Kilometern erhalten. Es gab tatsächlich nichts außer Wälder, Berge und Moor.

Wenn sie fliehen wollte, musste sie sich gut vorbereiten. Sie brauchte ihre Taschenlampe sowie Essen und Trinken. Und sie musste einen Weg finden, der möglichst weit weg vom Moor verlief. Sie hatte keine Lust darauf, in einem der Schlammtümpel zu ertrinken. Das Beste war wohl durch die Berge.

Eines Abends war es so weit. Harvey war draußen und hackte Holz. Luisa schlüpfte in die Küche und organisierte sich ein paar Dosen mit Bohnen und Ananas sowie eine große Flasche Wasser. Was konnte sie noch gebrauchen? Irgendetwas, um die Lebensmittel leicht transportieren zu können ... Sie drehte sich suchend um und schrak dann zusammen, als Harvey plötzlich im Türrahmen stand und sie mit ausdruckslosem Gesicht betrachtete.

„Oh, ich bekomme nachts immer so viel Hunger ...", stammelte sie.

Harvey zog ein paar Handschellen aus der Jacke, wedelte damit vor ihrer Nase herum und verschwand wieder.

Luisa atmete tief durch. Ihren Fluchtversuch musste sie wohl erst einmal verschieben.

Zwei Tage später befanden sich Luisa und Harvey gerade auf einer Joggingtour durch das Moor, als er plötzlich stehen blieb und in Richtung Berge starrte. Sie hielt ebenfalls inne. In der Ferne waren zwei kleine Pünktchen zu erkennen, ein rotes und ein gelbes. Luisa blickte genauer hin und staunte. Bunte Regenjacken! Sie hatte es nicht für möglich gehalten, dass sie in dieser trostlosen und gottverlassenen Gegend irgendwann einmal Menschen sehen würden.

„Was machen die hier?", fragte sie.

„Wandern", knurrte Harvey.

„Wandern? Hier?" Wenn die Sonne schien, war die Gegend ja ganz schön. Aber sonst ... Und das Moor lud wirklich nicht zu Spaziergängen ein. Das hatte sie ja schon am eigenen Leib erfahren.

Harvey zuckte die Schultern.

„Was ist, wenn sich mal jemand zur Hütte verirrt?", setzte Luisa nach.

„Unwahrscheinlich", knurrte er. Dann setzte er sich in Bewegung – zurück in Richtung Wald. Und Luisa folgte ihm verzagt. Die beiden waren viel zu weit weg. Und Harvey würde sie sicher nicht dorthin gehen lassen.

Harvey wusste: sie hatten tatsächlich alles Menschenmögliche getan, um ungebetene Besucher abzuweisen. Zum Beispiel hatten sie ein Schild aufgestellt, das mit den Worten „Achtung! Moor. Lebensgefahr!" davor warnte, eine große sumpfige Lichtung zu überqueren, die auf dem Weg zur Hütte lag. Das schreckte die meisten ab. Zusätzlich achteten sie darauf, den Weg zur Hütte nur unter bestimmten Bedingungen zu befahren. Bei zu viel Regen bestand die Gefahr, dass der Wagen im Moor steckenblieb. Bei zu wenig Regen drückten sich die Reifenspuren lange deutlich im Morast ab und konnten ungebetene Gäste zu einem Spontanbesuch verleiten. Es war trotz aller Vorsichtsmaßnahmen in den letzten Jahren dreimal passiert, dass neugierige Wanderer die Hütte aufgespürt hatten. Das war damals kein großes Problem gewesen. Doch wenn Wanderer oder Jäger sie beim Schießtraining überraschten oder gar Luisa erkannten, würde Harvey sie nicht zum Tee einladen können. Deswegen hatten sie Strategien entwickelt, falls sie doch einmal Besuch bekamen. Wenn es hart auf hart käme, würde er mit Luisa in den Wäldern untertauchen und sich bis zum nächsten Telefon durchschlagen, um Mike oder Danny zu alarmieren. Und sie hatten einen kleinen Moortümpel identifiziert, weit weg von der Hütte, der sehr gut als die letzte Ruhestätte von besonders neugierigen Besuchern geeignet war.

„Bitte entschuldigt die Verspätung", sagte Mike, als er eine Stunde zu spät den Pub in einem Londoner Vorort betrat, in dem er sich mit Frances und Danny verabredet hatte. „Aber ich habe heute Morgen einen Supermarkt zu Tode erschreckt und die Polizei hat mich erst gerade wieder gehen lassen."

„Was ist passiert?", rief Danny alarmiert. Mikes Gesichtsausdruck gefiel ihm überhaupt nicht. Er wirkte angespannt und war sehr blass.

„Eine blöde Rotzgöre hat eine Dose aus dem Regal geworfen", erklärte Mike. „Ich war sofort wieder im Kriegsmodus, hab sie unter einen Wühltisch geschubst, um sie zu retten und bin neben ihr in Deckung gegangen. Das Geschrei war groß. Natürlich hat irgend jemand die Polizei gerufen ... Verdammter Mist, verdammte Psyche, verdammte PTBS."

„Das war heute Morgen?", vergewisserte sich Danny.

„Sie haben mich nach zwei Stunden wieder laufen

lassen und sich sogar noch für das Missverständnis entschuldigt. Gott sei Dank hatte ich keine Waffe dabei."

Frances kicherte. „Das Gesicht der Leute im Supermarkt hätte ich zu gerne gesehen."

Danny war alles andere als amüsiert. „Es wird schlimmer." Mit einer Posttraumatischen Belastungsstörung war nicht zu spaßen.

„Ich muss mich erst wieder an London gewöhnen", murmelte Mike.

„Du musst unbedingt mit Rick darüber sprechen. Nicht, dass wirklich einmal etwas passiert."

„Hm", machte Mike. Er wirkte nicht sehr enthusiastisch.

„Warum eigentlich ausgerechnet zu Rick?", schaltete sich Frances ein. „Der Milchbubi hat doch vor allem und jedem Angst. Der ist damit doch vollkommen überfordert."

„Es ist jedenfalls kein Wunder, dass er vor dir Angst hat, so, wie du ihn immer ansiehst", meinte Danny ruhig. „Und Rick ist immerhin Psychotherapeut und zwar der einzige, den wir persönlich kennen. Und dem wir trauen können."

„Er ist doch selbst traumatisiert", schnappte Frances. „Ich weiß noch gut, wie wir ihn sabbernd und weinend im Keller von diesem Psychopathen Marzini gefunden haben, vollgepumpt mit Drogen."

„Rick ist gut", murmelte Mike. „Marzini hat ihn heroinabhängig gemacht, aber er hat sein Studium trotzdem beendet. Er …"

„Ich kann immer noch nicht glauben, dass er auf Heroin Medizin studiert hat", unterbrach Frances. „Ich habe genug Junkies in meinem Leben gesehen. Von denen wäre dazu keiner in der Lage gewesen."

„Er ist stark. Stärker als man glaubt", meinte Mike.

„Was, wenn er der Verräter ist?", lächelte Frances böse. „Schließlich hat der General ihm das Studium finanziert. Und das Heroin, wenn ich mich recht entsinne."

„Ich erzähle ihm ja nicht alles", murmelte Mike.

Danny schüttelte den Kopf. „Rick ist die beste Option, die wir haben. Wir haben ihm geholfen, er hilft uns und er ist loyal. Das muss reichen. Außerdem hat Mike ihm ja hoffentlich nicht verraten, wo die Kleine steckt. Der General hat mich übrigens heute Morgen erst wieder kontaktiert und wieder ganz besorgt nach ihr gefragt."

„Pah." Mike machte ein Gesicht, als hätte er in etwas ganz besonders Saures gebissen. „Als ob ihn das wirklich interessiert. Er ist angepisst, weil er nicht weiß, wo sie ist. Das ist alles. Gibt es sonst etwas Neues?"

„Ja, leider", erwiderte Danny und seine Miene verdüsterte sich. „Ein paar Schlägertypen haben Brians Pub überfallen, alles kurz und klein geschlagen und Amy bedroht. Das ist ziemlich kurz nach der Verfolgungsjagd passiert, die ihr euch mit den Männern von Royce geliefert habt. Nach der Geschichte auf der Baustelle."

Mike wurde noch blasser, als er sowieso schon war. „Verdammt." Das kam aus tiefstem Herzen. „Ist Amy etwas passiert?"

„Brian hat nicht versucht, mich umzubringen. Ich geh mal davon aus, dass es ihr den Umständen entsprechend gut geht", erwiderte Danny. „Gott sei Dank war es wohl die zweite Garnitur von Royces Leuten. Brian hatte keine großen Probleme, sie zu überwältigen. Aber glücklich war er nicht."

Mike seufzte. „Also noch einer weniger, der uns unterstützen wird. Wissen wir mittlerweile etwas von Royce?"

„Er ist noch immer in Zermatt, soll aber bald entlassen werden. Fit ist er wohl noch nicht. Der General vermutet, dass er sich auf seiner Jacht auskurieren wird. Das heißt, wir haben wohl noch einige Zeit lang Ruhe vor ihm – und können uns überlegen, wie wir weiter vorgehen werden."

„Ich werde nächste Woche zurück zur Hütte fahren", erklärte Mike. „Ich hoffe, dass von Luisa dann noch etwas übrig ist."

„Du solltest Harvey mehr Vertrauen entgegenbringen", schalt Danny. „Schließlich gehört er jetzt seit fast sieben Jahren zu unserem Team. Mittlerweile solltest sogar du gemerkt haben, dass er sich geändert hat."

„Ich hoffe es", murmelte Mike. „Ich hoffe es wirklich."

Danny und Frances waren gegangen. Mike blieb sitzen. Er wollte auf keinen Fall mit der vollgestopften Underground fahren, hatte aber auch keine Lust, in einen Bus zu steigen, und überlegte, stattdessen wieder ein Taxi zu nehmen. Seine Spesen in London waren drei mal höher als in seinen Aufenthalten zuvor. Es stimmte, dass seine posttraumatische Belastungsstörung immer schlimmer wurde. Mittlerweile konnte er London kaum noch ertragen. In der Underground bekam er regelmäßig Schweißausbrüche.

Er hatte noch immer keine Ahnung, wie er es damals in Afghanistan geschafft hatte, drei Tage unter Dauerbeschuss zu überleben, während er zusehen musste, wie seine Kameraden der Reihe nach wegstarben. Nach der Sache mit Isabella war es dann richtig schlimm geworden. Ich bin nicht mehr belastbar, musste er sich eingestehen. Kein Wunder, dass der General uns nicht mehr vertraut. Nun, diese eine Sache musste er noch hinter sich bringen. Wenn sie Royce geschnappt hatten, würde alles besser. Und dann würde auch Isabella damit aufhören, ihn in seinen Träumen zu verfolgen. Das hoffte er zumindest.

„Hallo! Ist hier noch frei?"

Er blickte hoch. Eine schlanke Frau Anfang vierzig in einem beige-farbenen Business-Kostüm stand neben ihm. Ihre Gesichtszüge wirkten durchschnittlich, kaum zu übersehen waren jedoch ihre feuerroten Haare, die sie zu einer Hochsteckfrisur aufgetürmt hatte.

Mike seufzte. „Sarah", murmelte er. Chefin der Abteilung Islamischer Terrorismus im SIS, dem britischen Auslandsgeheimdienst. Die hatte ihm gerade noch gefehlt.

Sarah grinste und setzte sich neben ihn, ohne seine Erlaubnis abzuwarten. „Mike. Wie geht es dir?"

Er zuckte die Achseln.

„Ich hab von dem kleinen Zwischenfall heute Morgen gehört."

Er zuckte erneut die Achseln. „Was willst du?"

„Ich wollte mich mal mit dir unterhalten. Kommt schließlich nicht alle Tage vor, dass eine Terroristin aus dem Nichts auftaucht. Und dann plötzlich noch William Royce niedergeschossen haben soll. Den du seit über sieben Jahren jagst. "

Er schwieg.

„Der BND hat zwar einige Daten über sie gesammelt, da war aber keine heiße Spur dabei. Und dann plötzlich das. Ich frage mich, was dahintersteckt."

Dazu hatte er nichts zu sagen.

„Was macht überhaupt eure Jagd auf Royce?"

Mike schwieg weiter hartnäckig. Das ging Sarah überhaupt nichts an.

Sie seufzte. „Ihr habt keine Chance, Mike. Außer euch und dem General hat niemand daran Interesse, ihn überhaupt zu verfolgen. Die Sache wird komplett im Sand verlaufen."

„Das ist mir egal", erwiderte er kalt.

„Du ruinierst deine Karriere."

Er lachte auf. „Welche Karriere? Ich bin seit sieben Jahren ausgemustert. Ich kann froh sein, dass der General mich noch unterstützt."

„Das hast du jetzt gesagt. Du weißt, dass du jederzeit wieder für mich arbeiten kannst."

„Ich stehe nicht so sehr auf diesen Geheimdienst-Mist."

„Du hast gute Arbeit in Syrien geleistet."

Mike verzog angeekelt das Gesicht. „Wenn ich die Islamisten umbringen darf, statt sie auszubilden, können wir darüber reden. Aber erst, wenn wir Royce zur Strecke gebracht haben."

„Dein Undercover-Einsatz war notwendig. Dadurch ist es uns gelungen, an al-Afghani heranzukommen. Und du warst da nur wenige Wochen. Was meinst du, könnten wir erreichen, wenn wir dich da langfristig einschleusen könnten?"

„Nein." Mikes Stimme war fest. „Ich war lang genug im Irak und in Afghanistan. Das hat völlig gereicht. Ich habe dir nur geholfen, um al-Afghani zu fassen." Das hatte tatsächlich gut gepasst, weil al-Afghani ein guter Bekannter von Royce gewesen war, der dessen Drogentransport nach England organisiert hatte. So hatte Mike zwei Fliegen mit einer Klappe schlagen können.

„Unsere Missionen sind auf jeden Fall sinnvoller als deine nutzlose Jagd auf Royce."

Mikes Gesicht verhärtete sich.

Sarah seufzte. „Im Ernst. Der General nutzt euch aus und spannt euch für seine eigenen Zwecke ein. Du solltest dich fragen, was ihm der Tod von al-Afghani bringt."

„Ich war lange genug in der Armee. Ich habe gelernt, Befehle zu akzeptieren. Das ist der Deal mit dem General. Er gibt mir die Möglichkeit, Royce zu verfolgen. Dafür führe ich seine Operationen durch. Und es ist mir scheißegal, was dahintersteckt."

Sarah schüttelte leicht den Kopf. „Die Sache mit Isabella ist passiert, weil du Royce jagst, Mike."

Mike zählte in Gedanken bis zehn, um Sarah nicht an die Gurgel zu gehen. „Das spielt keine Rolle. Die Jagd auf Royce hat für mich höchste Priorität."

„Gut." Sie zuckte die Schultern. „Wenn du meinst.

Ich wünsche dir viel Erfolg. Komm auf mich zu, wenn es geklappt hat. Ich werde bestimmt eine andere interessante Aufgabe für dich finden."

Royce lag entspannt auf dem Deck seiner Jacht. Endlich hatten seine Ärzte ihm erlaubt, das Krankenhaus zu verlassen. Von einer Kur in der Südsee hatten sie nicht so viel gehalten, aber auch nicht direkt von Lebensgefahr gesprochen. Royce konnte sich jedenfalls keinen besseren Ort vorstellen als seine mit jeglichem Prunk ausgestattete kleine Luxusjacht. Es wurmte ihn gewaltig, dass er sich nicht auch so ein Ungetüm kaufen konnte wie Prinz al-Walid ibn Talal al-Saud mit seiner hundertachtzig Meter langen Assan. Aber die britischen Steuerzahler sollten ihn wählen und nicht darüber nachdenken, warum er sich eine der größten Luxusjachten der Welt leisten konnte. Deswegen musste er sich mit einer vierzig Meter langen Sunseeker zufriedengeben. Darüber hinaus bot die Jacht ihm die Möglichkeit, ungestört seinen unzähligen Geschäften nachzugehen. Das war der Vorteil der neuen, digitalisierten Welt – es gab so gut wie nichts, was seine direkte Anwesenheit erforderte. Dazu hatte er seine Jacht mit jedem möglichen und unmöglichen Hightech-Schnickschnack ausgestattet. Noch nicht einmal für Besucher musste er an Land gehen – ganz im Gegenteil kamen die meisten Gäste liebend gerne zu ihm.

Ali näherte sich. „Neuigkeiten von Mike."

Royce setzte sich auf. „Wo ist er?"

„In Libyen."

„Was macht er denn da?" Überrascht runzelte er die Stirn.

„Er ist über Zypern geflogen und hat alles getan, um seine Spuren zu verbergen. Eine Videokamera am Flughafen von Tripoli hat ihn entlarvt", sagte Ali. „Wir arbeiten mit Hochdruck daran, sein gegenwärtiges Versteck ...“

„Dieses Arschloch!", brüllte Royce.

Ali musterte ihn irritiert. „Ich verstehe nicht recht", murmelte er. „Es ist doch plausibel – die Nachrichten haben gemeldet, dass die Marcovic im Terrorcamp in Libyen ist ..."

„Ja, nachdem wir diese Nachricht in die Welt gesetzt haben!", brüllte Royce. Er hatte das Gefühl, dass Mike das nur tat, um ihn zu ärgern – und das passte ihm überhaupt nicht.

„Oh!"

„Finde Mike! Verlier ihn nicht aus den Augen!", befahl Royce. „Er ist mit Sicherheit auf dem Weg zu dieser verdammten Marcovic."

Ali griff zum Telefon. Nachdem er alle Anweisungen getreu wiedergegeben hatte, setzte er sich auf eine Liege neben Royce. Als engster Vertrauter konnte er sich so etwas herausnehmen. „Ich verstehe das nicht", sagte er. „Es muss doch noch andere Möglichkeiten geben, an sie heranzukommen. Warum entführen wir nicht ihren Mann? Oder ihre Eltern?"

„Ihre Familie wird rund um die Uhr überwacht", antwortete Royce. „Das ist eine Nebenwirkung unserer Terrorgeschichte. Wenn wir das am Anfang versucht hätten, wären wir vermutlich damit durchgekommen. Aber da konnte ich nicht klar denken. Und nun hält der BND sie ja für eine Terroristin. Er überwacht ihre Eltern, ihre Verwandten, ihren Freund und was weiß ich wen, weil er glaubt, dass sie vielleicht mit jemandem Kontakt aufnehmen könnte. Es würde auffallen, wenn einer von ihnen plötzlich verschwindet. Und selbst, wenn es klappen sollte – ich glaube nicht, dass Mike einem Austausch zustimmen würde. Vermutlich würde er der Schlampe noch nicht einmal etwas davon erzählen, um sie zu schützen. Nein, es muss einen anderen Weg geben, um sie in die Finger zu bekommen. Und wenn ich sie habe, dann gehört Mike auch mir. Seit Isabellas Auftritt und Ende ist er ein nervliches Wrack."

„Warum jagt er dich überhaupt? Das war doch schon lange vor Isabella, nicht wahr?", hakte Ali nach. Er fragte sich schon seit langem, was Mike seinem Chef getan haben mochte.

Royce seufzte. „Ich kenne Mike schon seit Ewigkeiten. Wir waren zusammen beim Militär in Afghanistan. Ich hatte damals den Auftrag, die Taliban zu demoralisieren. Also haben wir ihre Familien terrorisiert. Alles, was du dir vorstellen kannst. War nicht offiziell, das Ganze, aber es wurde gebilligt. Mike war nicht in meiner Einheit, aber in derselben Kaserne stationiert. Er hat davon Wind bekommen. Wir waren ... nicht gerade diskret. Es war eine geile Zeit." Er grinste, während er in Erinnerungen schwelgte. „Mike ist daraufhin zum General gelaufen, um uns zu melden. Allerdings war der General unser Vorgesetzter, der uns diese Mission befohlen hatte. Nebenbei hat er noch Geschäfte mit den Warlords gemacht und Drogenhandel betrieben. Mike hatte natürlich keine Ahnung, dass der General hinter der ganzen Sache gesteckt hat. Ich glaube, er hat es bis heute nicht kapiert. Der General hat Mike dann jedenfalls versetzt. Und Mike hat niemanden gefunden, der ihm geglaubt hat. Wir konnten unbehelligt weitermachen. Jedenfalls, bis ..."

Er schwieg nachdenklich.

„Was ist passiert?", fragte Ali.

„Einmal waren wir längere Zeit in der Kaserne eingeschlossen. In unserem Einsatzgebiet wurde heftig gekämpft und der General wollte nicht, dass uns was passiert. Hatte Angst wegen seinen eigenen Geschäften, die wir mit für ihn abgewickelt haben. Mir war schon nach kurzer Zeit stinklangweilig. Da hab ich mir eine Soldatin gekrallt." Anschaulich beschrieb Royce Ali, was er alles Unappetitliches mit ihr angestellt hatte. „Dummerweise habe ich die Falsche erwischt."

„Warum?", fragte Ali.

„Das war die Tussi vom General. Ich hatte keine Ahnung, dass er überhaupt eine Geliebte hatte. Wenn ich das gewusst hätte, wäre ich vorsichtiger gewesen. Aber nun war es zu spät. Der General war von da an mein unerbittlicher Feind. Er hat dafür gesorgt, dass ich unehrenhaft aus der Armee entlassen wurde, die ganze Sache aber ansonsten vertuscht. Er hatte wohl Angst, ich könnte was wegen seiner Geschäfte ausplaudern. Deswegen hat er Mike rekrutiert und auf mich angesetzt. Keine Ahnung, was der General ihm erzählt hat. Seitdem habe ich Mike jedenfalls am Hals.“

„Interessant“, sagte Ali. Er schwieg einen Moment. „Gibt es denn bei Mike keine Angriffspunkte? Er muss doch noch Eltern haben. Oder Geschwister. Oder eine Geliebte. Oder sonst irgendjemanden.“

„Mike und die anderen haben alle keine Familie mehr. Deswegen hat der General sie ausgesucht. Frances kennt ihren Vater nicht und ihre Mutter ist mittlerweile gestorben. Danny hat seine Eltern in einem Zeugenschutzprogramm in Frankreich untergebracht. An sie heranzukommen, wäre nur mit erheblichem Aufwand möglich. Und mit Sicherheit stehen sie unter Schutz. Seine Exfrau arbeitet schließlich für den französischen Geheimdienst. Und Mikes Eltern sind vor Jahren bei einem Autounfall gestorben.“

Ali sah Royce vielsagend an.

„Ich hatte nichts damit zu tun“, antwortete dieser auf die nicht ausgesprochene Frage. „Im Gegenteil. Es gibt das Gerücht, dass Mike seine eigenen Eltern umgebracht hat, damit ich sie nicht entführen kann.“ Royce zuckte die Achseln. „Mike ist verrückt. Aber so verrückt dann vermutlich auch nicht. Seine letzte Geliebte war Isabella. Mit Sicherheit hat er vorher auch Affären gehabt, anscheinend war aber nie was Ernstes dabei.“

„Und Harvey?“, fragte Ali.

„Harvey …“, murmelte Royce und blickte in die Ferne. „Harvey ist noch immer einer von uns.“

Mike hatte sich mit dem Kontaktmann des Generals mitten in einem Café nahe der Innenstadt von Tripoli verabredet. Er war schon mehrmals in Libyen gewesen und hatte nicht gerade die besten Erinnerungen daran. Seine Besuche hatten in der Regel hauptsächlich darin bestanden, stundenlang durch die Wüste zu fahren, ein paar Islamisten festzunehmen und diese einer peinlichen Befragung zu unterziehen. Zumindest das blieb ihm heute erspart. Nach einem kleinen Einkaufsbummel saß er in einem Café direkt an einer belebten Marktgasse, trank Tee und beobachtete die Vorübergehenden. Seine Einkäufe lagen in weißen Plastiktüten gehüllt zu seinen Füßen. Es war heiß, aber Mike hatte nichts anderes erwartet. Ein Mann mit einem weiteren Berg von weißen Einkaufstüten erschien in seinem Blickfeld. Keinen Meter von Mike entfernt blieb er stehen und richtete seinen Schuh. Dazu stellte er die Einkaufstüten auf dem Boden ab. Wenig später ging er weiter – nur dass eine seiner Tüten nun nicht mehr eine Stange Zigaretten sowie neue gefälschte Papiere für Mike beinhaltete, sondern eine Stange Zigaretten und den Schlüssel eines Schließfachs, in dem Mike vor zwei Stunden einen ziemlichen Batzen Geld für den Kontaktmann deponiert hatte. Woher das Geld stammte, ob es sich um eine Geheimdienstoperation handelte oder der General Geschäfte in eigener Sache tätigte, wusste Mike nicht und es war ihm auch herzlich egal. Vielleicht hatte der General ihn auch nur hierhergeschickt, um Royce zu ärgern … Wenn dem so war, sollte es Mike auch recht sein. Er trank seinen Tee und suchte anschließend eine öffentliche Toilette nahe dem Hafen auf. Wenig später verließ er die Toilette wieder, diesmal bekleidet mit der Uniform eines britischen Marinesoldaten, die dort für ihn versteckt worden war.

Er machte sich auf die Suche nach seinem Schiff, eine Fregatte, die im Kampf gegen Piraten vor Somalia beschädigt worden war und nun zur schottischen Marinebasis Faslane-on-Clyde überführt werden sollte. Mike meldete sich beim zuständigen Unteroffizier, der ihm einen seltsamen Blick zuwarf. Doch die Unterlagen wiesen Mike eindeutig als den Marinesoldaten Thomas Miles aus, der sich nach einem Gefecht mit libyschen Islamisten mehrere Tage in einem Krankenhaus erholt hatte und nun zur Marinebasis zurückbeordert wurde. In den nächsten Tagen lag er faul in einem Liegestuhl auf Deck, denn offiziell war er noch krankgeschrieben. In Faslane-on-Clyde angekommen, ging er von Bord und ließ sich in die Stadt fahren. Dort mietete er ein Auto, kaufte eine Zeitung und fuhr in Richtung Hütte – in der Hoffnung auf eine möglichst intakte Luisa.

Mitten in der Nacht kam er an. Harvey erwartete Mike vor der Hütte, er hatte wohl den Wagen gehört. Sie gingen hinein und ließen sich in der Küche nieder. Mikes Nerven waren zum Zerreißen gespannt. Harvey hingegen sah Mike mit ausdruckslosem Gesicht an. Mike wollte nicht gleich mit der Tür ins Haus fallen, deswegen schob er Harvey zunächst die Zeitung herüber. Er beobachtete Harveys Miene genau. Keine Regung.

Vermisste Deutsche vermutlich in libyschem Terrorcamp

Britischen Geheimdienstinformationen zufolge befindet sich die seit April vermisste Luisa Marcovic in einem Terrorcamp im Süden Libyens, das insbesondere Kämpfer für den Bürgerkrieg in Syrien und für Terroranschläge im Irak ausbilden soll. Die 28-Jährige, die ein Studium der Arabistik in München absolviert hat, ist bereits mehrmals in Syrien gewesen. Im April verschwand sie spurlos während einer angeblichen Urlaubsreise in London. Indizien weisen darauf hin, dass Marcovic vorher versucht hat, den britischen Geschäftsmann William Royce zu ermorden. Royce setzt sich im Rahmen seiner zahlreichen Wohltätigkeitsstiftungen unter anderem für syrische Flüchtlinge und dabei insbesondere für Hilfsprojekte im Libanon ein.

„Hilfsprojekte im Libanon", sagte Mike verächtlich, als Harvey fertiggelesen hatte. „Dass ich nicht lache. Geldwäsche, Waffenschmuggel, Drogenhandel und Menschenhandel trifft es wohl eher."

Harvey nahm die Seite, legte sie in die Spüle und zückte sein Feuerzeug, um den Artikel zu verbrennen.

Mike atmete tief durch. „Wie macht sie sich?" Er bemühte sich um einen möglichst ausdruckslosen und desinteressierten Tonfall, war aber bereit, Harvey notfalls an die Gurgel zu gehen.

„Lebt noch", sagte Harvey.

Mike sprang auf.

„Ich hab sie nicht angefasst", versicherte Harvey. Seine Miene änderte sich zum ersten Mal, war jedoch für Mike trotz allem nicht zu interpretieren. War das Verblüffung? Zorn? Schuldbewusstsein? Er schnappte sich die Taschenlampe und trat auf den Gang hinaus.

Möglichst leise öffnete er die Tür zu Luisas Zimmer, trat an ihr Bett und leuchtete ihr ins Gesicht. Sie schlief unruhig, leise murmelte sie etwas, das Mike nicht verstehen konnte. Plötzlich riss sie die Augen auf, blickte verstört in das helle Licht und begann entsetzt zu schreien. Rasch ließ er die Taschenlampe auf das Bett fallen und nahm sie in seine Arme. „Alles in Ordnung", murmelte er sanft. „Er kann dir nichts mehr tun." Ich werde ihn nämlich umbringen, fügte er in Gedanken hinzu.

Luisa beruhigte sich allmählich. „Sorry", seufzte sie. „Ich dachte, du bist Royce."

„Royce?" Mike hielt Luisa noch immer in seinen Armen.

„Er verfolgt mich noch immer." Sie schluckte.

„Und sonst? Das Training mit Harvey?"

„Okay." Sie zuckte die Schultern.

Mike atmete erleichtert auf. „Gut. Schlaf weiter." Er half ihr, sich wieder hinzulegen. Luisas Schlafshirt war hochgerutscht. Mike konnte einen Blick auf ihre nackten Beine erhaschen. Keine Blutergüsse, keine Kratzer. Gut. Mike deckte sie zu und verließ ihr Zimmer.

Harvey saß in der Küche am Tisch und las Zeitung. Mike setzte sich wortlos dazu.

„Du hättest dir das überlegen sollen, bevor du mich mit ihr allein gelassen hast", meinte Harvey, ohne aufzublicken.

Mike zuckte die Achseln. Er war einfach nur erleichtert. „Wie macht sie sich sonst so?"

Nun war es an Harvey, die Achseln zu zucken.

„Kondition?"

„Null."

Mike nickte. Er hatte nichts anderes erwartet. „Hat sie dir ihre Briefe gegeben?"

„Ja. Nichts drin", sagte Harvey.

„Beklagt sie sich viel?"

„Nein."

„Sie hat nicht gejammert, wie böse wir alle sind?", fragte Mike erstaunt.

„Nein."

„Vielleicht will sie nicht, dass sich ihre Familie Sorgen macht", überlegte Mike laut. „Oder es ist ihr unangenehm, weil sie weiß, dass du die Briefe liest. Nun gut. Ich habe noch ein paar Ideen für das Beschäftigungsprogramm. Über Langeweile wird sie sich kaum beklagen können."

Kapitel 3

Pünktlich zum Morgengrauen war Luisa wach. Sie wartete nicht erst auf das Weckkommando von Harvey, sondern stand gleich auf und zog sich an. Was für ein komischer Traum heute Nacht, dachte sie. Und so real. Sie wollte aber lieber nicht anfangen zu interpretieren, warum sie auf einmal davon träumte, dass Mike sie vor Royce rettete. Vermutlich, weil es mit ihm immer noch besser gewesen war als mit dem ewigen Schweigen von Harvey ...

In der Küche brannte Licht. Sie steckte den Kopf herein, um Harvey trotz allem einen guten Morgen zu wünschen. Nur, dass da statt Harvey Mike saß. Luisa musterte ihn völlig verblüfft. Träumte sie etwa immer noch?

„Guten Morgen, Luisa", begrüßte er sie und lächelte.

Das muss ein Traum sein, dachte sie verwirrt.

„Möchtest du Tee?"

Sie setzte sich neben ihn. „Wo ist Harvey?"

„Gefahren."

Sie nippte an ihrem Tee und musterte Mike durchdringend. Er wirkte real. „Warst du heute Nacht in meinem Zimmer?"

Mike blickte verwirrt drein. „Nein. Haben wir zu laut geredet? Sorry, wenn wir dich geweckt haben."

„Nein, nein." Luisa nahm noch einen Schluck Tee. Konnte es sein, dass sie ihn heute Nacht gehört und deswegen in ihren Traum integriert hatte? Wie wahrscheinlich war es schon, dass er sie in den Armen hielt und fragte, ob ... Luisa überlegte. Nach was hatte er noch einmal gefragt?

„Für dich", unterbrach er ihre Gedanken und deutete auf eine kleine Reisetasche.

Überrascht verteilte sie den Inhalt auf dem Tisch. Mike hatte ihr Kleider in ihrer Größe sowie mehrere

Trainingshosen in unterschiedlichen Größen mitgebracht und einen kleinen MP3-Player mit einem Haufen Batterien.

„Danke!", stammelte sie.

„Du kannst dich ruhig noch etwas ausruhen. Heute lassen wir das Training ausfallen."

„Danke!"

Luisa brachte ihre neuen Schätze in ihrem Zimmer in Sicherheit. Die Musik aus dem MP3-Player erwies sich als eine Mischung aus Pop, Rock und Klassik. Auch nicht unbedingt das, was Luisa sonst zu Hause hörte. Sie bevorzugte zum Leidwesen von Jonas deutsche Gruppen wie Subway to Sally oder ASP, die eher in Richtung Gothic gingen. Er bevorzugte Blues und Jazz. Deswegen waren sie so gut wie nie gemeinsam auf Konzerte gegangen. Luisa seufzte. Dann grübelte sie über Mike nach. Was bedeutete es nun für sie, dass er wieder da war? Mit Harvey war eine Unterhaltung undenkbar gewesen. Zugleich hatte er sie aber niemals in den Bach geworfen und das Training war auch nicht so hart gewesen wie mit Mike. Der hatte sein Image als Sadist und Leuteschinder durch sein Verhalten am letzten Abend vor seiner letzten Abreise zwar wieder etwas ausgeglichen, aber das hieß nicht, dass er jetzt nicht wieder damit anfangen würde. Luisa beschloss, erst einmal abzuwarten.

Gott sei Dank, dachte Mike, als Luisa in ihrem Zimmer verschwunden war. Sie lebt noch und sie wirkt zwar müde, aber nicht verstört. Nicht mehr als vorher, jedenfalls. Und sie hat auch nicht weiter nachgehakt, ob ich in ihrem Zimmer gewesen bin oder nicht. Nun, er erwartete keine Wunder. Mit Sicherheit würde sie noch so manches Mal in Tränen ausbrechen. Aber er glaubte, das ertragen zu können. Im Moment schien alles besser als das Gedränge in London, Telefonate mit dem General und Überraschungsbesuche von Sarah.

Und so sah er dem neuen Aufenthalt in Rannoch Moor deutlich positiver entgegen als beim letzten Mal, als er die bewusstlose Luisa in die Hütte getragen hatte, voller Angst, dass ein hysterischer Anfall den nächsten jagen würde und er sie ständig unter Beruhigungsmittel würde setzen müssen, um sie ertragen zu können ... Bisher hatte sie sich eigentlich ganz gut geschlagen.

„Nun, was hast du so getrieben?", fragte er später beim Frühstück. Er hatte Käse, Wurst und Brot mitgebracht. Insbesondere über den Käse freute sich Luisa wie wahnsinnig, den von Harvey mitgebrachten Cheddar hatte sie innerhalb von zwei Tagen vernichtet. „Schießen gelernt", verkündete sie.

Er zog die Augenbrauen nach oben. „Das musst du mir morgen mal zeigen."

Tatsächlich ließ er sie den gesamten ersten Tag über in Ruhe. Er wirkt ja richtig tiefenentspannt, dachte Luisa. Ob er irgendwelche Drogen genommen hat?

Nach dem Mittagessen saßen sie einige Stunden draußen. Ab und zu fielen ein paar Regentropfen, aber in der Laube waren sie davor geschützt. Mike erzählte ein bisschen davon, was in den letzten Wochen in der Welt passiert war. Lauter unverfängliche Dinge von der Wichtigkeit eines umgefallenen Sackes Reis in China. Doch Luisa genoss die harmlose Plauderei. Abends ertappte sie sich bei dem Gedanken, dass es mit Mike doch viel angenehmer war als mit Harvey. Er war den ganzen Tag sehr freundlich und aufmerksam ihr gegenüber gewesen. Eigentlich war er doch wirklich ganz nett. Bei dem Gedanken an ihn durchströmte sie ein warmes Gefühl.

Hallo?, unterbrach ihre verloren geglaubte Stimme der Vernunft grob ihre eigenen Gedanken. Nett? Wie war das mit dem Eisbad im Bach, den ewigen Joggingtouren und den dämlichen Hanteln? Hast du das schon vergessen? War das etwa nett?

Mit Harvey war es zumindest nicht viel besser, verteidigte sie ihre neuen Gefühle vor sich selbst. Er hat nie etwas gesagt. An Konversation war überhaupt nicht zu denken. Und außerdem ist es doch wohl harmlos, festzustellen, dass Mike nett ist.

Tatsächlich blieb Mike nett. Die morgendliche Joggingrunde klappte, ohne dass sie zu oft stehenbleiben und nach Luft schnappen musste. Und Luisa hatte den Ehrgeiz, Mike ihre neue Kondition zu zeigen. Er wirkte tatsächlich angenehm überrascht. Nach dem Frühstück wollte Mike ihre neu erworbenen Schießkünste sehen. Das verlief nicht ganz so glatt, denn Luisa war plötzlich tierisch nervös und fühlte sich so, als ob sie noch nie eine Waffe in der Hand gehabt hätte.

„An deiner Treffgenauigkeit musst du noch arbeiten", sagte Mike auch prompt nach dem Training. Enttäuscht machte sich Luisa ans Kochen.

Ach was, dachte sie. Ist nicht so tragisch. Dann überrasche ich ihn eben beim nächsten Mal. Trotzdem war sie den Rest des Tages etwas geknickt.

„Ich möchte etwas Neues mit dir ausprobieren", sagte Mike am nächsten Tag nach dem Jogging.

„Was denn?", fragte Luisa zurückhaltend. Bisher waren die meisten seiner Vorschläge schließlich in Quälerei ausgeartet.

„Es schadet nicht, wenn du die Grundlagen der Selbstverteidigung kennst. Nachdem es mit dem Schießen halbwegs klappt, werden wir das jetzt in Angriff nehmen. Okay?"

„Gut." Das klingt doch nach einer vernünftigen Sache, dachte Luisa. Jedenfalls dachte sie das die ersten fünf Minuten des Trainings. Danach litt sie nur noch vor sich hin.

„Zuerst musst du lernen zu fallen", erklärte Mike. Er

ließ sich aus dem Stand in die Liegestützposition fallen. Luisa versuchte es ihm gleichzutun. Es war nicht so einfach, wie es aussah. Sie stützte sich immer zuerst mit dem Knie ab, bevor sie sich aus dem Stand auf die Hände fallen ließ. Immerhin konnte sie mittlerweile Liegestütze. Die Übung wäre vor zwei Monaten völlig undenkbar gewesen. Mike wirkte nicht vollkommen zufrieden, aber nachdem er sie gefühlt mehrere Stunden hatte üben lassen, trainierten sie als nächstes das Abrollen über die Schulter. Kopf anwinkeln, über die rechte Schulter abrollen, einen schrägen Purzelbaum schlagen und auf den Füßen landen, ohne die Hände dazuzunehmen. Denn die brauchte man ja später zum Kämpfen. Luisa fand das logisch, aber alles andere als einfach. Stattdessen wurde ihr schwindelig von der ganzen Am-Boden-Herumkugelei. Zusätzlich hatte es den Effekt, dass ihre Schulter anfing zu schmerzen.

Nachdem Luisa viele Purzelbäume später kapiert hatte, dass das korrekte Hinfallen nicht so einfach war, ging es daran, wieder aufzustehen.

„Das ist für dich die wichtigste Übung", erläuterte Mike dazu. Er legte sich vor ihr auf den Rücken und zeigte ihr, wie sie wieder aufstehen sollte. Dazu stützte er sich mit dem linken Bein und dem rechten Arm ab, schwang das rechte Bein nach hinten, drückte sich mit den Händen vom Boden weg wie bei einem Sprintstart, stand in einer fließenden Bewegung auf und machte drei Schritte nach vorne.

Immerhin, diese Übung verstand sie beinahe auf Anhieb. Endlich etwas, bei dem sie sich nicht ganz so dämlich angestellt hatte, dachte sie erleichtert.

Natürlich war das Mike zu einfach. „Fallen lassen, aufstehen, eine Runde um die Hütte joggen, wieder fallen lassen. Bis ich sage, dass es reicht."

Also absolvierte Luisa das Ganze etwa zwanzig Mal, bis sie schweißüberströmt und kurz vor dem Kollaps war und Mike gnädig nickte. „Das klappt ja so halbwegs. Dann üben wir jetzt eine andere Art, wieder aufzustehen. Leg dich mal auf den Rücken. Hände vors Gesicht in Abwehrposition. Du winkelst jetzt ein Bein an, nimmst Schwung und kniest dich hin. So." Er machte es vor. „Wichtig ist, dass du dich auf das rechte Bein kniest und mit dem linken Fuß auf dem Ballen zu stehen kommst. Siehst du?"

Luisa sah es und bemühte sich, es ihm nachzutun.

„Gut", sagte Mike. „Jetzt aufstehen. Nicht die Hände benutzen." Luisa versuchte es, doch sie brauchte ihre Hände, um die Balance zu halten.

„Noch einmal!", befahl er.

Luisa legte sich wieder hin, rollte nach vorne und stützte sich mit den Händen ab. Mike stieß sie hart vor die Brust. Sie fiel nach hinten und krachte auf den Rücken. Gut, dass der Schlamm weich war und kein Stein im Weg gelegen hatte. „Nicht mit den Händen abstützen!", knurrte Mike. „Sonst bist du viel zu angreifbar. Merkst du das?"

Luisa hatte es gemerkt und versuchte, es sich zu merken. „Wie nennt sich das eigentlich, was wir da machen?", keuchte sie zahlreiche blaue Flecken später. „Ist das Jiu Jitsu?" Davon hatte sie irgendwann in einem früheren Leben mal etwas gelesen.

„Das ist Krav Maga. Es basiert aber auf Jiu Jitsu."

„Nie gehört. Klingt hebräisch", stellte Luisa fest.

„Ist es auch. Das wurde zuerst vor allem in der israelischen Armee trainiert. Mittlerweile gilt es als eine der effektivsten Selbstverteidigungstechniken und wird von den meisten Spezialeinheiten genutzt."

„Kann Royce das auch?", fragte Luisa zaghaft.

„Natürlich", entgegnete Mike.

„Oh. War ja klar." Sie seufzte tief.

„Was denkst du, ist die beste Möglichkeit, dich gegen Royce zur Wehr zu setzen? Nach dem, was du heute gelernt hast?", fragte Mike.

„Ich glaube nicht, dass ich gegen ihn eine Chance hab", murmelte sie verzagt.

„Richtig. Hast du nicht", bekräftigte Mike. „Wenn du Royce siehst oder irgendjemand anderen, der halbwegs trainiert aussieht, dann rennst du weg, so schnell du kannst. Ist das klar?"

„Ja", erwiderte Luisa leise. Das war völlig klar.

Den restlichen Nachmittag übten sie hinfallen und aufstehen. Als sie endlich fertig waren, gab es keinen Körperteil, der nicht schmerzte. Und das war erst der Anfang.

„Es gibt mehrere Möglichkeiten, zuzuschlagen", erklärte Mike am nächsten Tag. „Versuch es zuerst einmal mit dem Handballen. So. Okay?"

Mit dem Handballen schlagen. Konnte ja nicht so schwer sein.

„Schlag mich. Hierhin." Er klopfte sich auf die Brust.

Luisa sah ihn mit großen Augen an.

„Los!"

„Aber ..."

„Stell dir vor, ich bin Royce!"

Luisa schlug ihm zaghaft gegen die Brust.

Er rollte mit den Augen. „Das nennst du zuschlagen? Noch einmal."

Sie versuchte es erneut, noch immer sehr zaghaft. Sie konnte ihn doch nicht so einfach schlagen ... Wie stellte er sich das vor?

„Schlagen, nicht schieben", sagte Mike und schlug ihr einmal kurz gegen die Schulter. „Merkst du das? So. Los!"

Aua! Das hatte weh getan und würde mit Sicherheit weitere blaue Flecke geben.

Mit aufsteigender Wut im Bauch schlug sie Mike noch einmal gegen die Brust, diesmal aber deutlich fester.

„Besser", lachte er. „Weiter!"

Diese Übung war eigentlich gar nicht so schlecht, befand Luisa nach einiger Zeit. Sie dachte weniger an Royce als vielmehr an all die Male, die Mike sie in den Bach gestoßen hatte. Er verzog keine Miene, so fest sie auch zuschlug. „Gut, das reicht", meinte er schließlich. Und sie übten wieder fallen und aufstehen, bis es ihr zu den Ohren herauskam.

Am Abend las Luisa in einer der Zeitungen, die Mike mitgebracht hatte, einen langen Artikel über den Einsatz von Chemiewaffen im syrischen Bürgerkrieg. Bashar al-Assad leugnete ... Was leugnete er? Die nächste Seite fehlte. Sie fragte Mike danach.

„Kann sein, dass ich es weggeworfen habe." Er zuckte die Schultern.

„Und wie ging der Artikel weiter?"

Mike zuckte die Achseln. „Das Übliche. Es wurde Giftgas eingesetzt und es wird vermutet, dass es das Regime war."

„Und dass die UN-Waffeninspektoren schon im Land waren?", fragte sie.

Mike nickte.

„Aber dann wäre die syrische Regierung ja schön dumm, wenn sie das Ganze angezettelt hat."

„Wer soll es denn sonst gewesen sein?"

„Al-Qaida? Irgendwelche anderen islamistischen Milizen? Der Mossad? Die CIA?", fragte Luisa zurück.

Mike seufzte. „Es lässt sich bislang noch nichts mit Sicherheit sagen. Vielleicht war es die Regierung, vielleicht auch nicht."

„Zuzutrauen wäre es wohl ihnen allen", murmelte Luisa.

„Ja, durchaus." Er musterte sie prüfend. „Warum interessierst du dich so dafür?"

„Ich habe Islamwissenschaften studiert", gab sie zu.

Mike zog die Augenbrauen hoch. „Ah. Und warum ausgerechnet das?"

„Einfach aus Interesse. Es heißt doch immer, der Islam ist eine gewalttätige Religion und ich wollte wissen, ob das stimmt."

„Und, stimmt es?"

„Ich denke, aus jedem heiligen Buch kann man Gewalt ableiten. In der Bibel steht ja auch: Ich bin nicht gekommen, um den Frieden zu bringen, sondern das Schwert. Im Koran gibt es zahlreiche Stellen, die ebenfalls ... nennen wir es mal widersprüchlich sind. Zum Beispiel den Schwertvers: Und tötet die Ungläubigen, wo immer ihr sie findet. An anderer Stelle wird dann wieder zu Milde und zu Vergebung aufgefordert. Ich denke, jeder Gläubige muss für sich entscheiden, was er oder sie glauben und leben möchte. Leider gibt es überall Idioten und Leute, die nur auf ihren Vorteil bedacht sind und die das auch unter dem Deckmantel der Religion tun, frei nach dem Motto: ich darf das, ich bin gläubig, und wenn du mir das verbieten willst, dann bist du eben ungläubig. Ich habe in Syrien viele Christen und Muslime kennengelernt und die allermeisten waren sehr nett zu mir und dazu überaus gastfreundlich. Es ist furchtbar, was da jetzt passiert. Wenn ich mir vorstelle, dass dort, wo ich mich vor nicht allzu langer Zeit noch frei bewegen konnte, jetzt Scharfschützen lauern und Bomben explodieren ..." Sie schüttelte traurig den Kopf.

„Hast du noch Kontakt nach Syrien?"

„Nein, nicht mehr viel. Noch ein paar Bekannte auf Facebook. Was die da posten ..."

„Und wo warst du in Syrien genau?"

„Hauptsächlich in Damaskus. Gewohnt habe ich in der Altstadt. Warst du schon einmal da?"

„Nein."

„Es war wirklich schön. Auch, wenn ich mich schwergetan habe, Arabisch zu lernen." Sie seufzte.

„Hm", machte Mike. Arabisch war seine Muttersprache. Aber er dachte nicht daran, ihr das zu sagen. Genauso wenig, wie er ihr erzählen würde, dass er schon öfter in Syrien gewesen war. Allerdings nicht in der Altstadt von Damaskus, sondern im Norden Syriens bei den radikalen Islamisten. Und er würde ihr erst recht nicht erzählen, was er da getan hatte ...

Luisa starrte ihn merkwürdig an und er stellte fest, dass er seine Finger in die Zeitung gekrallt und ein Loch hineingestoßen hatte. „Ich gehe nach drinnen", knurrte er. „Sicher regnet es gleich."

Und er stand auf, packte die Zeitung und ging in die Hütte. In der Küche goss er sich Tee ein. Leider war Luisa ihm gefolgt. Er hatte überhaupt keine Lust mehr, über Syrien zu sprechen.

Zögernd griff sie ebenfalls zur Thermoskanne und goss sich eine Tasse ein. „Wie seid ihr eigentlich an die Hütte gekommen? Habt ihr die selbst gebaut?"

„Ein Bekannter von Danny hat die Hütte und die Möbel gezimmert", erwiderte Mike, erleichtert über den Themenwechsel. „Er hat einen Ort gesucht, wo er ungestört jagen konnte. Irgendwann hat er Danny davon erzählt und ihn hierher eingeladen."

„Was ist mit ihm passiert?"

„Er ist gestorben. Er war krank." Er hat sich in der Küche erschossen und sein Gehirn über die gesamte Wand verteilt, fügte Mike in Gedanken hinzu. War nicht einfach, das alles wieder sauberzubekommen. Aber das war auch etwas, was er ihr lieber nicht erzählte.

„Wie lange werden wir noch hier bleiben? Wann beginnt der Prozess?"

Mike überlegte, was er ihr erzählen sollte. „Die Polizei sammelt noch Beweise", log er schließlich.

„Und ist Royce schon verhaftet worden?"

„Das noch nicht. Er ist so reich und mächtig, da müssen wir genau aufpassen, mit welchen Anschuldigungen wir kommen wollen."

„Und wo hat er das ganze Geld her?"

„Er steckt bis zum Hals in Drogengeschäften. Als Soldat in Afghanistan hat er wohl entsprechende Kontakte geknüpft. Dann hat er sich mit den falschen Leuten angelegt und wurde entlassen. Doch er hat es trotzdem geschafft, ein großes Vermögen anzuhäufen. Damit hat er nach und nach die halbe Unterwelt von London übernommen. Nach außen hin ist er jedoch nach wie vor ein angesehener und wohltätiger Geschäftsmann, der auf der ganzen Welt einen guten Ruf genießt."

„Kann man ihm da nichts nachweisen?"

„Er ist gerissen", erwiderte Mike. „Die Öffentlichkeit liebt ihn." Und die Geheimdienste schützen ihn, fügte er in Gedanken bitter hinzu. Die werden alles daran setzen, dass er nichts darüber erzählt, was er in Afghanistan getan hat. Wenn er ins Gefängnis muss, geht er nicht alleine.

„Ich verstehe nicht, warum unsere Zeugenaussagen nicht ausreichen sollen", murmelte Luisa trotzig.

„Es schadet nicht, noch mehr Beweise zu haben", entgegnete Mike. „Je mehr, desto besser. Wir arbeiten dran." Jetzt war auf alle Fälle ein Themenwechsel angebracht. „Ich denke, du beherrschst langsam die Grundlagen des Krav Maga. In den nächsten Tagen werden wir mit dem richtigen Training anfangen."

Luisa traute sich nicht, noch einmal auf Royce zu sprechen zu kommen. Mike gab ihr immer noch Rätsel auf. Mal war er richtig zugänglich, dann aber wieder so zugeknöpft, dass er fast überhaupt nicht den Mund aufmachte. Dennoch mochte sie ihn mittlerweile. Und sie hoffte sehr, dass er diesmal länger blieb. Sie hätte überhaupt nichts dagegen gehabt, wenn Harvey überhaupt nicht mehr gekommen wäre. Ihre Briefe an Jonas fielen derweil immer kürzer aus. Sie wusste einfach nicht, was sie ihm noch schreiben sollte. Für ihre Eltern und ihre

Freundinnen brachte sie viel mehr zusammen. Das Resultat waren Zeilen wie:

Lieber Jonas,
ich weiß gar nicht, was ich dir schreiben soll. Ich bin
so erledigt in den letzten Tagen. Ich kann dir gar nicht
sagen, wie sehr. Aber mach dir keine Sorgen, es geht
mir gut. Ist eben nur etwas stressig zur Zeit. Ich ver-
misse dich.
Deine Luisa

Am nächsten Tag klopfte Mike noch vor Sonnenaufgang an Luisas Zimmertür. Mühsam kämpfte sie sich aus dem Bett, bereit für eine erneute Joggingrunde. Er wartete wie immer vor der Hütte, doch an diesem Tag stand neben ihm ein großer Rucksack. Das sah nicht nach der üblichen Tour aus.

„Wir gehen heute wandern", verkündete er prompt. „Das Wetter ist ideal."

Tatsächlich versprach es ein sonniger Tag zu werden. Als sie aus dem Wald heraustraten, war die Sonne bereits aufgegangen.

„Da gehen wir hin." Er deutete auf einen Berg in etwa zehn Kilometern Entfernung. „Auf den Beinn a'Chreachain."

Gesundheit, dachte Luisa. Für sie klang es immer wie Niesen, wenn er den Namen dieses Berges aussprach. Sie konnte sich nicht vorstellen, wie er geschrieben aussehen mochte!

Wandern. Wie lange hatte sie das nicht mehr gemacht. Von den dämlichen täglichen Geländemärschen und Joggingtouren hatte sie die Schnauze voll. Der heutige Tag versprach einiges an Abwechslung!

Schnell musste sie jedoch wieder einmal feststellen, dass Wandern an sich zwar schön, die Tour durch das

111

Moor, das dummerweise zwischen ihnen und dem Berg lag, jedoch verdammt anstrengend war. Ständig musste sie aufpassen, wo sie hintrat. Schließlich wollte sie nicht wieder im Morast versinken. Das eine Mal hatte ihr völlig gereicht. Dazu war es sehr mühsam, über den aufgeweichten Untergrund zu laufen. Und das war nur der Beginn – schließlich hatten sie noch einen Berg zu erklimmen und mussten auch wieder durch das Moor zurück. Da machte sie sich keine Illusionen. Dennoch freute sie sich über die Abwechslung. Und als sie endlich felsigen Boden unter sich spürte, war sie mehr als erleichtert.

Mike machte kurz Halt. „Es kann sein, dass wir auf Wanderer treffen. Die Saison hat zwar erst angefangen und es war längere Zeit relativ kalt. Wenn es aber doch passieren sollte, benimm dich ganz normal. Dann wird dich keiner beachten. Wenn du versucht, auf irgendeine Art und Weise Aufmerksamkeit zu erregen, werde ich dich zukünftig in der Hütte anketten. Ist das klar?"

Es war klar. Luisa war trotzdem hin- und hergerissen. Andere Menschen. Wie lange war das schon her, dass sie jemanden anderen als Harvey oder Mike gesehen hatte? Manchmal konnte sie sich kaum vorstellen, dass das alles nur zu ihrem Besten sein sollte. Kein Strom, kein warmes Wasser … Sollte sie nicht vielleicht doch das Risiko eingehen und sich jemand Fremden anvertrauen?

Dennoch folgte sie Mike zunächst einmal widerspruchslos nach oben. Es war steil, aber nicht so schlimm, wie sie erwartet hatte. Irgendwann muss sich das Training ja auszahlen, dachte sie säuerlich. Sie umrundeten den Berg auf halber Höhe. Auf der Nordseite kamen sie an einem kleinen See vorbei. Luisa blieb stehen und genoss die herrliche Aussicht über das Moor. Am Fuß des Berges entdeckte sie plötzlich zwei kleine Pünktchen. Wanderer. Mike hatte sie anscheinend auch gesehen, sah aber nicht so aus, als würde er sich

Sorgen machen.

Trotz aller Strapazen – als Luisa oben auf dem Gipfel stand, war alles vergessen. Sie setzte sich neben einen von Menschenhand aufgetürmten Steinhaufen, den Mike auf Nachfrage als Cairn bezeichnete. Etwa eine Stunde saßen sie nur da, ohne viel zu reden. Luisa war auch gar nicht nach Reden zumute. Es war ein großartiges Gefühl, einfach nichts zu tun. Mit Mike neben sich …

Als in etwa hundert Metern Entfernung ein grauhaariges Rentner-Wander-Pärchen auftauchte, gab er das Zeichen zum Aufbruch. Luisa zögerte. Das war die Gelegenheit. Sie konnte aufstehen, auf die beiden zulaufen und um Hilfe flehen. Doch was sollte sie ihnen sagen? Dass sie von Mike gegen ihre Willen festgehalten wurde? Wie sollte sie dann diese Wanderung erklären? Und selbst, wenn die beiden ihr glaubten - wie sollte ihr ein älteres Ehepaar in dieser Einöde gegen den durchtrainierten Mike, der Krav Maga und weiß Gott noch alles beherrschte, helfen? Was konnten sie groß tun, außer die Polizei zu rufen, wenn sie nach ein paar Stunden oder Tagen ein Telefon gefunden hatten?

Luisa spürte, dass Mike sie ganz genau beobachtete. Sicher würde er nicht tatenlos zusehen, wenn sie sich dem Ehepaar zu Füßen warf. Vermutlich würde er sie beim ersten Anzeichen niederschlagen. Sie konnte sich zwar nicht vorstellen, wie er das den beiden erklären wollte, aber er würde sicher einen Weg finden. Vielleicht hatte er eine Polizeimarke dabei oder etwas Ähnliches. Und damit würde es ihm mit Sicherheit gelingen, sie zurück zur Hütte zu schleifen oder irgendwo anders unterzutauchen. Und es war höchst unwahrscheinlich, dass der neue Ort mehr nach ihrem Geschmack sein würde. Und Mike würde wahnsinnig wütend sein. Und enttäuscht. Es hatte mit Sicherheit seinen Grund, dass das Innenministerium sie im Moor ohne Kommunikationsmöglichkeiten untergebracht hatte. Vielleicht würde durch diese Aktion sogar Royce auf sie aufmerksam.

Luisa seufzte und atmete tief durch. Dann stand sie auf, nahm einen Schluck aus ihrer Wasserflasche und stapfte unter Mikes wachsamen Blicken den Berg wieder hinunter.

Der Weg zurück durch das Moor zog sich endlos. Natürlich stapfte er munter vorneweg. Sie hasste ihn wieder einmal aus ganzem Herzen, während sie auf seinen Rücken starrte. Sie konnte es kaum glauben, als sie endlich die Hütte erreicht hatten. Müde warf sie sich auf das Bett und beschloss, sich an diesem Tag nicht mehr zu bewegen.

Am nächsten Tag ließ Mike sie zum Glück komplett in Ruhe. So setzte sie sich nach draußen, um zu lesen. Diese unglaubliche Stille. Keine Flugzeuge, keine Autos, nur das Zwitschern der Vögel ... Eigentlich war es ganz schön hier, stellte sie fest. Sie hätte es sicher wesentlich schlimmer treffen können.

Am nächsten Tag stand wieder Selbstverteidigung auf dem Trainingsplan. „Heute verteidigst du dich gegen Würgegriffe", erläuterte Mike. „Das Wichtigste ist, deinen Gegner davon abzubringen, dich zu würgen. Deswegen zielst du auf den Hals des Gegners. Genau auf diese Stelle." Er legte zwei Finger auf einen Punkt an Luisas Halsansatz. „Das ist unangenehm, stimmt's?"

Oh ja. Sehr unangenehm. Und nicht nur seine Finger an ihrem Hals. Irgendwie war ihr die ganze Sache schrecklich peinlich.

„Du rammst deinem Gegner deine Finger in den Hals. Genau dahin. Alternativ in die Augen. Klar?"

Klar ... Was? Nichts war klar.

„Gut. Runter. Leg dich auf den Rücken."

Natürlich. Super. In das nasse Gras neben der Hütte im strömenden Regen ... Und jetzt beugte er sich auch noch über sie ... Oh, dachte Luisa. Es fühlte sich komisch an, ihn so nah neben sich zu spüren.

„Wenn ich dich würge, dann stößt du mir mit rechts zwei Finger hierhin. So." Er setzte ihre Finger an seine Kehle. „Nicht zu fest, okay?" Er lachte. „Gleichzeitig formst du deine Hand wie eine Schaufel, so", er krümmte seine Finger. „Dann umklammerst du meine rechte Hand damit und ziehst sie von deinem Hals weg. So kannst du mehr Kraft ausüben. Okay?"

Hm, dachte Luisa. Schaufel. Ich muss mich konzentrieren. Aber wie soll ich das tun, wenn er mir so nahe ist und mich die ganze Zeit so eindringlich anstarrt?

„Du holst Schwung und drückst dein rechtes Knie gegen mein Schlüsselbein. Je höher, desto besser. Streck deine Hüfte und hole mit dem Fuß aus. Ziel ist ein Kick an meinen Kopf. Klar?"

Nichts war klar. Außer, dass sie nicht wusste, wo sie hinsehen sollte, wenn sie nicht in seinen braunen Augen versinken wollte.

„Du bist dran", sagte Mike.

Oh Gott, dachte Luisa. Zwei Finger an Mikes Hals, die rechte Hand wegziehen. Okay. Knie gegen seine Schulter – gut.

„Hüfte strecken."

Was? „Wie denn?", fragte Luisa ratlos. Was wollte er von ihr? Wie sollte sie was strecken?

„Würg du mich mal." Mike legte sich neben sie auf den Rücken, Luisa beugte sich über ihn. Würgen, dachte sie. Wie um Himmels Willen soll ich dich denn würgen?

Sie legte jedoch zaghaft ihre Hände um seinen Hals.

„Fester", befahl Mike.

Luisa drückte etwas fester.

Mike rollte die Augen. Ehe sie es sich versah, tippte Mikes Fuß ihren Kopf von der Seite her an. „Noch mal langsam", wiederholte er geduldig. „Mein Knie ist hier."

Luisa spürte es an ihrem Schlüsselbein.

„Ich strecke die Hüfte – so – und jetzt habe ich genug Bewegungsfreiheit, um gegen deinen Kopf zu treten. Merkst du das?"

Luisa brauchte jedoch noch geraume Zeit, um es zu verstehen. Als sie sich endlich so weit sortiert hatte, dass sie die von ihm gewünschten Bewegungen mehr oder weniger ausführen konnte, machte er auch schon weiter mit der nächsten Übung.

„Setz dich auf meine Beine", forderte Mike.

Hört das denn nie auf?, dachte sie, setzte sich aber gehorsam auf ihn. Um Gottes Willen, ich sterbe, dachte sie dabei.

„Gut", sagte Mike. „Jetzt würgst du mich."

Oh je, nicht schon wieder, stöhnte sie innerlich, legte aber gehorsam ihre Hände erneut an seinen Hals und deutete wieder ein Würgen an.

„Das müssen wir noch üben", murmelte Mike. Etwas lauter fuhr er fort: „Ich hebe jetzt meine Hüfte. Merkst du das?"

„Ja."

„Zuerst packe ich deine Hände und ziehe sie zur Seite, damit du mich nicht mehr würgen kannst. Okay?"

„Okay."

Mike warf Luisa zur Seite und war plötzlich über ihr. Um Gottes Willen, dachte sie völlig perplex.

„Ich werfe dich auf die Seite, während ich deine Hände festhalte. In einer Kampfhandlung setze ich jetzt alles daran, dich außer Gefecht zu setzen. Ich schlage dir ins Gesicht" – Mike deutete eine entsprechende Bewegung an – „und anschließend in den Unterleib. Das tut übrigens auch bei Frauen weh. Jetzt stütze ich mich auf deine Knie, drücke diese auseinander und nach unten, stütze mich darauf und stehe auf. So." Er machte es vor. „Hast du den Druck auf deinen Knien gespürt? Anschließend trete ich dir noch mal in den Unterleib. Das sollte fürs erste reichen, um dich außer Gefecht zu setzen. Okay?"

„Hm." Großer Gott. Sie wollte in die Hütte fliehen und sich unter der Decke verkriechen, wusste aber, dass er das nie zulassen würde.

Den restlichen Nachmittag verbrachte Luisa stattdessen damit, wahlweise im nassen Gras oder im Schlamm am Bach auf dem Rücken zu liegen und zu versuchen, Mike zu Boden zu werfen und auf ihn einzuschlagen. Sie wusste, dass sie dabei nicht gerade durch eine rasche Auffassungsgabe glänzte. Er muss mich für total bescheuert halten, dass ich das nicht kapiere, dachte sie, als sie endlich fertig waren. Wieso kann ich mich nicht konzentrieren? Das einzig Gute daran war, dass er am Ende genau so dreckig war wie sie selbst. Wenigstens ein kleiner Trost.

Läuft doch ganz gut mit dem Training, dachte Mike beschwingt, während er Holz hackte. Sie ist zwar verdammt begriffsstutzig, aber auch irgendwie ... niedlich. Wenn sie mich mit ihren großen Augen so verwirrt ansieht ... Nun ja, viel erwarten kann ich natürlich auch nicht, schließlich hat sie sich dieses Bootcamp nicht ausgesucht. Dafür hält sie sich doch ziemlich gut. Nur noch wenige Heulattacken, Gott sei Dank, und wenn, dann in ihrem Zimmer. Damit kann ich leben. Damit kann ich gut leben. Auch die Wandertour hat ziemlich gut geklappt. Und ich glaube, eine Flucht hat sie sich endgültig aus dem Kopf geschlagen.

Der Regen hielt eine ganze Woche lang an. Luisa war heilfroh, als eines Morgens keine dunklen Wolken mehr am Himmel standen. Es war das erste Mal seit längerer Zeit, dass sie auf einen Pulli verzichtete und im T-Shirt joggen ging. Mittlerweile genoss sie die morgendlichen Touren – zumindest wenn die Sonne schien. Sie fühlte sich so fit wie nie zuvor. Beschwingt lief sie hinter Mike ins Moor, als ihre Arme und ihr Gesicht plötzlich zu kribbeln begannen.

Luisa schrie auf und blieb stehen. „Was ist das?", rief sie aus und starrte ungläubig auf ihren Arm, auf dem unzählige kleine graue Punkte saßen.

Mike trat zu ihr. „Oh", murmelte er. „Das habe ich vergessen. Komm, lass uns hier verschwinden!"

Luisa konnte sich nicht erinnern, jemals so schnell gelaufen zu sein. Doch es half nicht viel – Arme, Gesicht und Nacken fühlten sich an, als wäre jeder Millimeter von Feuerameisen attackiert worden.

In der Hütte angekommen, machte Mike als allererstes alle Fenster zu.

„Es juckt so", beschwerte Luisa sich. Sie hatte sich schon ihren halben Arm blutig gekratzt, der mit unzähligen roten Pusteln übersät war. „Was um Himmels Willen ist das?"

„Midges", seufzte Mike. „Highland-Mücken. Die sind hier leider eine Plage."

„Und was können wir dagegen tun?" Sie kratzte weiter an ihrem Arm herum.

„Lass morgens und abends die Fenster geschlossen. Und wir werden das Training umstellen und ab sofort erst ab neun Uhr joggen. Sieh zu, dass du dabei so viel Haut wie möglich bedeckt hältst."

Luisa war Mike unendlich dankbar dafür, dass er offensichtlich nicht vorhatte, sie der Midges-Plage mehr als nötig auszusetzen. Ein warmes Gefühl durchströmte sie. Vielleicht hatte er sie ja doch gern?

In den nächsten Tagen fingen sie tatsächlich später mit dem Training an. Tendenziell hatte Luisa nichts dagegen, länger zu schlafen, aber sie war sich nicht sicher, ob sie nicht lieber weiter im Morgengrauen aufgestanden wäre und dafür auf die Mücken verzichtet hätte. Denn obwohl diese tagsüber weniger aktiv waren, gab es eben doch einige Ausnahmen, die Luisa sämtliche

Trainingseinheiten zur Hölle machten.

„Und wie lange geht das mit denen?", fragte sie eines Tages verzweifelt nach einer besonders schlimmen Tour. Ihre Arme sahen mittlerweile so aus, als hätte sie gerade einen Tigerangriff überstanden.

„Etwa bis Anfang September", sagte Mike.

Sie stöhnte gequält. „Was ist mit dir?", fiel ihr plötzlich ein.

Mike zuckte die Achseln. „Ein paar haben mich auch erwischt."

Misstrauisch betrachtete sie seine Arme. Er wirkte nicht so, als ob er in einem Ameisenhaufen gebadet hätte.

„Die Midges mögen manche Menschen lieber als andere", meinte er.„Insbesondere auf Highland-Neulinge haben sie es abgesehen. Die haben wohl noch keine Antikörper im Blut." Fröhlich pfeifend ging er nach draußen.

Luisa verbarrikadierte sich in ihrem Zimmer und versuchte zu lesen. Doch schon seit längerem konnte sie sich nicht mehr richtig konzentrieren. Ihre Gedanken wanderten ständig zu Mike. Jedes Lächeln, das er ihr schenkte, versetzte sie in Entzücken, jeder harsche Befehl kratzte an ihrem Selbstbewusstsein. Oh Gott, dachte Luisa zum wiederholten Male. Wenn das so weitergeht, werde ich wahnsinnig. Und trotzdem hoffte sie, dass er weiter bei ihr bleiben würde.

In den nächsten Tagen begann Mike, mit Luisa Ausweichmanöver zu üben. Hatte sie bisher gelernt, selbst zuzuschlagen, sollte sie nun Mikes Schlägen ausweichen oder sie abblocken. Am ersten Tag nach der Trainingsumstellung fühlte sie sich im wahrsten Sinne des Wortes erschlagen. Jeder Teil ihres Körpers schmerzte. In dieser Nacht träumte sie nicht von Royce, sondern von Mike, der sie auf den Arm schlug und sie anbrüllte, dass sie sich wehren solle. Und der ihr gegen die Brust stieß, dass sie drei Meter nach hinten flog. Luisa hatte überall blaue Flecken. Mike nahm darauf natürlich keine Rücksicht. Das Training ging weiter. Und sie fühlte sich mehr denn je hin- und hergerissen. War es ihm egal, dass sie blaue Flecken bekam? Schlug er sie nicht manchmal etwas fester als notwendig?

An einem Spätnachmittag zeigte er ihr einen neuen Bewegungsablauf. „So musst du dich wegducken", erklärte Mike und machte es ihr vor. „Verstanden?"

Luisa war nicht voll konzentriert. Sie waren den halben Tag durch Büsche gerobbt. Dazu kam, dass Mike noch immer durch seine bloße Anwesenheit ihre Konzentrationsfähigkeit beeinträchtigte. Und es machten sich erneut Anzeichen einer Erkältung bemerkbar.

„Ja", murmelte sie geistesabwesend.

Mike holte aus und schlug zu. Luisa wich nicht aus. Sein Schlag traf sie an der Schläfe, und obwohl er nicht zu feste zugeschlagen hatte, geriet sie ins Stolpern und schlug lang hin. Alles wurde schwarz.

Verdammt, dachte Mike, eilte zu ihr und rüttelte sie an der Schulter, doch sie blieb liegen.

„Ich hab doch gesagt, du sollst ausweichen." Langsam musste sie doch wieder zu sich kommen! So fest hatte er nun auch nicht zugeschlagen. Schnell holte er einen Eimer kaltes Wasser aus dem Bach und schüttete ihn ihr über den Kopf.

Das zeigte Wirkung. Sie blickte bedröppelt zu ihm auf.

„Los, aufstehen! Jetzt ist nicht die Zeit, um zu schlafen."

Gehorsam setzte Luisa sich auf und machte Anstalten, auf die Füße zu kommen, ließ sich aber plötzlich wieder zurück auf den Boden sinken. Ihr Gesicht war unnatürlich bleich, ihr Blick flackerte unruhig.

„Los, vorwärts!", fuhr Mike sie an. Aber er ahnte

nichts Gutes, vor allem nicht, als er den blutver-
schmierten Stein sah, an dem sie sich bei ihrem Fall
zielsicher den Hinterkopf angeschlagen hatte. Erneut
bemühte sie sich, auf die Beine zu kommen. Tatsächlich gelang es ihr, aufzustehen. Aber sie konnte sich
sichtlich kaum auf den Beinen halten. Wie ferngesteu-
ert torkelte sie ein paar Schritte auf der Wiese herum.
Mike trat dicht an sie heran. Sie taumelte. Er fing sie
auf und hob sie hoch. Behutsam trug er sie in die Hütte
und legte sie auf das Bett, versorgte die Wunde an ihrem Hinterkopf, legte ihr ein feuchtes Tuch auf die
Stirn und stellte einen Eimer neben ihr Bett.

Als sie erwachte, musste sich Luisa alle fünf Minuten
übergeben. Dazu klagte sie über schlimme Kopfschmerzen. Mike hatte die Vorhänge zugezogen, er
brachte ihr Tee ans Bett und versorgte sie mit Parace-
tamol und kalten Umschlägen. Sie konnte kaum essen.
Am liebsten hätte Mike sie ins Krankenhaus gefahren,
um ein Schädeltrauma oder etwas ähnlich Katastro-
phales auszuschließen. Doch er wusste, dass sie das
nicht riskieren konnten, wenn sie keine Aufmerksamkeit erregen wollten. Nicht zuletzt, da Luisa als Terroristin gesucht wurde, von Royce einmal ganz zu schweigen.

Stundenlang saß er neben ihrem Bett und wachte
über ihren Schlaf. Sie hielt die Augen geschlossen und
bewegte sich nicht. Sie ist so schrecklich blass, dachte
Mike und ergriff ihre Hand. Wenn er ihr nur irgendwie
helfen könnte. Sie hat so viel durchgemacht und ich
habe ihr ebenfalls viel zugemutet, aber sie ist immer
noch tapfer ... Sanft strich er ihr über die Stirn.

Eine Erinnerung durchfuhr ihn. So etwas hatte er
schon einmal erlebt. Und wohin hatte es ihn geführt?
In die Klapsmühle, beinahe in den Knast. Das würde er
nicht noch einmal durchstehen. Einmal hatte völlig gereicht. Mike stand abrupt auf und ging nach draußen.
Nachdem er ein paar Stunden Holz gehackt hatte,

fühlte er sich besser. Er musste aufpassen. Es wurde Zeit, dass Harvey ihn ablösen kam.

Nach drei Tagen Dauererbrechen ging es Luisa wieder etwas besser. Ihr Kopf schmerzte aber noch immer wie die Hölle, sodass sie Mikes Anweisung, strenge Bettruhe zu halten, nur zu gerne folgte. Sie fühlte sich einsam, konnte weder lesen noch Musik hören. Mike ließ sich nur blicken, wenn er ihr etwas zu essen oder zu trinken brachte. So blieb Luisa viel Zeit zum Nachdenken. Einen Teil ihrer Gedanken nahmen ihre Eltern ein. Ab und zu schwirrte ihr Jonas durch den Kopf. Am meisten dachte sie jedoch an Mike. Sehnsüchtig wartete sie darauf, dass er kam, um ihren Kopfverband zu wechseln oder ihr Suppe einzuflößen, doch er machte sich rar. Vielleicht wollte er ihr nicht zu viel zumuten. Schließlich hatte sie gehört, dass bei einer Gehirnerschütterung strikte Bettruhe und auch sonst absolute Ruhe verordnet wurde. Er könnte trotzdem öfter hier sein, dachte sie traurig.

Auch als es ihr besser ging, fiel es Luisa schwer, wieder auf die Beine zu kommen. An Joggen war erst einmal überhaupt nicht zu denken. Als Mike sie zum ersten Mal langsam durch die Hütte laufen ließ, war sie danach völlig erschöpft. Zwei Tage später war sie immerhin fit genug, um ein paar Runden um die Hütte zu drehen. Die Kopfschmerzen ließen langsam nach. Am schlimmsten fand sie jedoch, dass sich Mike nach der missglückten Krav-Maga-Lektion ganz anders als sonst verhielt. Er redete so gut wie überhaupt nicht mehr mit ihr und ging so weit wie möglich auf Abstand. Auch vermied er es, mit ihr in einem Raum zu sein. Nach dem Frühstück verließ er fluchtartig die Küche, bei den wiederaufgenommenen Trainingseinheiten beschränkte er sich darauf, sie anzublaffen.

Langsam begann Luisa zu begreifen, dass eine neue

Eiszeit angebrochen war – und dass sie sich rettungslos in Mike verknallt hatte. Das hat mir gerade noch gefehlt, dachte sie abends im Bett. Liebe, das ist doch, wenn man riecht, dass sich die Gene des anderen stark von den eigenen Genen unterscheiden. Das ist gut, wenn man Kinder hat, da so das Risiko, dass Krankheiten vererbt werden, geringer ist. Heißt das, ich habe mich in Mike verliebt, weil er als Einziger da ist und die Gene keinen Passenderen gefunden haben? Oder hat das was mit dem Stockholm-Syndrom zu tun? Dunkel erinnerte sie sich daran, davon in einem Buch gelesen zu haben. In Stockholm hatten einmal irgendwelche Gangster eine Bank überfallen und sich zusammen mit Geiseln darin für mehrere Tage verschanzt. Als die Bank schließlich gestürmt wurde, zeigten die Geiseln plötzlich Verständnis für ihre Entführer und hatten mehr Angst vor der Polizei als vor den Geiselnehmern. Luisa hätte das gerne nachgelesen. Doch Wikipedia stand ihr ja leider nicht zur Verfügung. Vielleicht wäre also auch das Stockholm-Syndrom eine Erklärung für meine Gefühle für Mike?, überlegte sie. Und bedeutet das, ich kann von Glück reden, dass ich mich nicht in Harvey verliebt habe? Was wäre gewesen, wenn Harvey zuerst dagewesen wäre – und nicht Mike? Bäh! Das war gruselig. Besser nicht darüber nachdenken.

Am Abend schrieb Luisa zum ersten Mal wieder einen längeren Brief an ihre Freundin.

Liebe Kathrin,
ich hoffe, es geht dir gut. Ich selbst bin dabei, mich wieder zu erholen – ich hatte nämlich einen kleinen Unfall und eine leichte Gehirnerschütterung. Wenn das leicht war, möchte ich nicht wissen, was eine schwere Gehirnerschütterung bedeutet. Ich habe drei Tage nur gekotzt. So dreckig ging es mir noch nie. Jetzt wird es zum Glück langsam wieder besser. Es tut

mir leid, dass ich nicht mehr über mein Leben hier schreiben kann. Es ist aber in Ordnung. Das einzig Doofe ist, dass der Typ, der hier mit mir ist, sauer auf mich ist. Ich hab mich mal wieder zu blöd angestellt und jetzt redet er kein Wort mehr mit mir. Das ist echt schade, denn bisher habe ich ihn schon gemocht. Er würde dir sicher gefallen, auch wenn er keine Locken hat. Aber damit ist es nun wohl vorbei.

Sie strich die letzten Zeilen wieder durch. Schließlich würde Harvey das auch lesen. Alles brauchte er nicht zu wissen.

Stattdessen schrieb sie weiter:

Ich weiß irgendwie gar nichts mehr. Insbesondere bezüglich Jonas. Es kommt vor, dass ich tagelang kein einziges Mal an ihn denke. Dieses neue Leben füllt meine Gedanken komplett aus. Ich komme eigentlich überhaupt nicht mehr zum Nachdenken – und wenn, dann ist es bestimmt nicht Jonas, an den ich denke. Es war ja schon bevor ich gegangen bin nicht mehr so harmonisch zwischen uns. Vielleicht ist es an der Zeit, einen Schlussstrich zu ziehen ...

An Jonas schrieb Luisa:

„Hallo Jonas,
ich hoffe, es geht dir gut. Tut mir leid, dass ich nicht so viel schreiben kann, aber ich bin immer
noch ständig müde. Auch hatte ich einen kleinen Unfall, aber es geht mir wieder besser. Es geht mir
gut, mach dir keine Sorgen.
Viele Grüße
Luisa

Als sie den Brief später noch einmal las, zerriss sie ihn und machte sich nicht die Mühe, einen neuen zu schreiben.

Harvey hatte sich gut vorbereitet. Im Kofferraum des Jeeps befanden sich mehrere Gasflaschen, Dosen mit Lebensmitteln, Brot, Hygieneartikel, Zucker, Tee. Dazu hatte Frances ihm wieder einige Dinge für Luisa gekauft. Er war froh, dass sie das erneut übernommen hatte. Er kaufte nicht so gerne Damenhygieneartikel. Eigentlich hatte er schon eine Woche früher fahren wollen, doch das schlechte Wetter in Schottland hatte ihm einen Strich durch die Rechnung gemacht.

Nach starken Regenfällen war der Weg zur Hütte so gut wie nicht befahrbar. Und Harvey hatte keine Lust gehabt, irgendwo in den unzugänglichen Highlands im Matsch festzustecken, kilometerweit von jeglicher Zivilisation entfernt. Musste Mike eben noch eine Woche länger dort aushalten. Er würde es überleben.

Ruhig bog er auf die Autobahn Richtung Birmingham und blickte in den Rückspiegel. Ein Wagen folgte ihm schon seit einer ganzen Weile. Harvey wusste nicht genau, wer das da hinter ihm war, ob es sich um Gefolgschaft des Generals handelte, der alle Trümpfe in den Händen haben wollte, oder um einen Handlanger von Royce, der mit Sicherheit nicht ruhte und rastete, bis er die schlimmste Niederlage der letzten Jahre eliminiert hatte. Ausgerechnet eine Frau hatte ihn niedergeschossen. Normalerweise sprach Royce Frauen nur Vergnügungsstatus zu. Er musste wirklich wütend gewesen sein, schließlich hatte er tatsächlich in allen Zeitungen verbreitet, dass sie ihn angeschossen hatte. Royce würde alles dafür tun, um Luisa in seine Finger zu bekommen und sich zu rächen.

Harvey tippte jedoch darauf, dass es sich um den General handelte, der ihn beschatten ließ. Royce hätte ihn vermutlich eher entführt und versucht, Luisas Versteck durch Folter aus ihm herauszupressen. Doch auch dem

General durfte Luisa nicht in die Hände fallen. Deswegen musste Harvey zusehen, dass er den Verfolger loswurde. Dies war die einzige Schwachstelle der Hütte. Da es keinen Strom gab, keine Handys, kein Funkgerät – kurz, keinerlei Berührungspunkte mit der Zivilisation – war es nahezu unmöglich, die Hütte aufzuspüren. Auf Satellitenbildern sah sie so aus wie unzählige andere Jagdhütten in einem riesigen, nahezu menschenleeren Gebiet. Doch ab und zu mussten sie sich austauschen und sich mit neuen Vorräten versorgen und da konnten sie definitiv keinen Verfolger gebrauchen. Aber sie hatten genug Wege ausgetüftelt, um ungesehen zur Hütte zu kommen. Harvey fuhr in aller Seelenruhe auf der Autobahn weiter. Die Sonne ging gerade unter und es regnete in Strömen – alles andere als bequemes Autofahrwetter. Aber er hatte Zeit. An einer Raststätte genehmigte er sich einen Tee und beobachtete, wie sein Verfolger, ein junger Mann mit dichtem Vollbart, draußen rauchte und von einem Fuß auf den anderen trat. Konnte es wirklich sein, dass die Beschattung so stümperhaft durchgeführt wurde? Harvey konnte es kaum glauben. Vielleicht wartete noch jemand anderes irgendwo da draußen und der rauchende Typ war ein Ablenkungsmanöver? Vielleicht beschatteten sie den Wagen gar mit Satellitentechnologie?

Das konnte er sich aber kaum vorstellen. Schließlich handelte es sich um einen Leihwagen, den Brian gerade erst unter falschem Namen abgeholt hatte. Sicherlich war von irgendeiner Datenbank gespeichert worden, dass das Auto heute Nacht von einem Steve Miller, geboren am 24. Mai 1980, gemietet worden war. Wer nachbohren wollte, würde feststellen, dass es tatsächlich einen Steve Miller mit diesem Geburtsdatum gab. Dieser war, ähnlich wie Brian, einsachtzig groß, wog ebenfalls circa fünfundsiebzig Kilo und hatte wie dieser sandfarbenes Haar. Nur hatte der echte Steve Miller keinen Wagen im Westend gemietet.

Mit Sicherheit war Brian von unzähligen Kameras gefilmt worden, als er den Wagen abgeholt hatte. Doch in London mieteten täglich Tausende Menschen ein Mietauto. Die Informationen wurden gespeichert, doch der Zusammenhang zwischen Brian, Steve Miller und Harvey erschloss sich nicht einfach so. Und Harvey, Mike, Frances und Danny standen nicht auf den Fahndungslisten. Dafür hatte der General gesorgt, obwohl Royce es versucht hatte. Und Luisa wurde in Libyen vermutet. Das hatte zur Folge, dass die Informationen zwar vorlagen, aber sich nicht ohne Weiteres in den richtigen Zusammenhang bringen ließen. Und wenn dies doch einmal geschehen sollte, würde zunächst Steve Miller die Probleme bekommen.

Wenig später fuhr Harvey wieder auf die Autobahn, der Verfolger hinterher. Die Sonne war mittlerweile untergegangen. Harvey fuhr an Birmingham vorbei in Richtung Wales. Bei Brecon bog er im letzten Moment ab. Der Verfolger machte das Manöver leider mit und erschreckte einen Autofahrer, der ebenfalls abbiegen wollte, zu Tode, indem er sich kurz vor dem Abzweig noch vor ihn setzte.

Harvey fuhr gemächlich weiter, hinein in die hügeligen Ausläufer des Brecon Beacons National Park. Hier kannte er sich aus. Mittlerweile war es stockdunkel. Noch immer fiel Regen, als probe der Himmel für eine neue Sintflut. Harvey bog um eine Ecke in einen Feldweg, schaltete den Scheinwerfer aus und blieb stehen. Das Fahrzeug, das ihn verfolgte, kam etwa eine Minute später ums Eck gebogen und folgte weiter dem Straßenverlauf durch das gebirgige Gelände. Es würde sicher ein Weilchen dauern, bis der Fahrer erkannte, dass Harvey nicht mehr vor ihm fuhr. Der älteste Trick der Welt, dachte er kopfschüttelnd. Nun, klassische Geheimdienstmethoden wurden heute nicht mehr gelehrt. Alle verließen sich nur noch auf Satellitenüberwachung. Sehr kurzsichtig. Das half eben nicht immer.

Rasch wendete er und fuhr in aller Ruhe zurück nach Brecon und wieder auf die Autobahn Richtung Birmingham. Diesmal passte er genau auf, doch niemand schien ihm mehr zu folgen. Er fuhr jedoch nicht bis nach Birmingham, sondern bog ab Richtung Welshpool. Auf dem Mid Wales Airport wartete das Privatflugzeug eines Bekannten auf ihn, das ihn mit dem ganzen Gepäck nach Inverness bringen würde.

Drei Stunden später saß er wieder in einem Wagen, der auf einen alten Freund zugelassen und für genau solche Fahrten vorgesehen war. Noch etwa zweieinhalb Stunden Fahrzeit und dann würde er an der Hütte sein. Die Anfahrt war wirklich verdammt umständlich, aber wenn er Glück hatte, würden nicht mehr allzu viele Fahrten notwendig sein.

Kapitel 4

Luisas Herz setzte einen Moment lang aus, als Harvey am nächsten Morgen in der Küche saß und von Mike keine Spur zu sehen war.

„Mike ist schon weg?", fragte sie.

„Hm", war die ganze Antwort von Harvey.

Sie fühlte eine große Leere in sich aufsteigen, als sie sich an den Tisch setzte und sich Tee einschenkte. Mike war gefahren. Einfach so. Ohne sich zu verabschieden. Es tat weh, stellte sie fest. Mehr weh als ihr Kopf in den letzten Tagen.

„Hast du meine Briefe eingeworfen?", war das Einzige, was sie Harvey noch fragte.

„Ja." Er kaute konzentriert auf seinem Brot herum und sah sie nicht an. Hoffentlich hatte er es wirklich getan. Sie traute sich nicht nachzuhaken. Als sie mit dem Frühstück fertig war, ging sie wortlos in ihr Zimmer zurück und warf sich auf das Bett. Loser Luisa. So war sie manchmal in der Schule genannt worden und genau so fühlte sie sich jetzt.

Sie sieht blass aus, dachte Harvey bei sich. Sie hat ordentlich abgenommen. Und sie sieht nicht sonderlich glücklich aus. Mike wirkte richtig erleichtert, als ich angekommen bin. Flüchtig fragte er sich, was wohl vorgefallen sein mochte, widmete sich dann aber anderen Dingen. Das ging ihn nichts an.

Er gönnte Luisa einen Tag Pause.

Am nächsten Tag weckte er sie im Morgengrauen.

„Die Midges ...", wagte Luisa einzuwenden.

„In fünf Minuten draußen", war alles, was Harvey dazu zu sagen hatte. Und so kämpfte sich Luisa durch den Wald, verfolgt von einem ganzen Schwarm der kleinen Quälgeister. Immerhin lenkten die Mücken sie von der Leere ab, die sie ergriffen hatte.

Nach dem Frühstück drückte Harvey Luisa eine Pistole mitsamt Schulterhalfter in die Hand. „Für dich ...“

Luisa runzelte überrascht die Stirn, schnallte sich die Waffe aber gehorsam um.

In den nächsten Tagen und Wochen absolvierte sie das übliche Training mit Harvey – Joggen, Klimmzüge, Liegestützen, Pistolentraining. Aus irgendeinem Grund führte Harvey das Krav-Maga-Training nicht weiter fort. *Vielleicht hat er Angst, dass er mich auch niederschlägt*, überlegte Luisa.

Doch eigentlich war es ihr egal. Ihr war so ziemlich alles egal, seit Mike weg war. Lustlos schlappte sie hinter Harvey her und bemühte sich halbherzig, seine Anweisungen auszuführen. In den Nächten schlief sie noch schlechter als sonst. Oft konnte sie lange überhaupt nicht einschlafen, um anschließend wieder von diversen Albträumen gequält zu werden. Die neueste Variation bestand darin, dass Royce sie packte, auf den Boden warf und drohend über ihr aufragte. „Komm her, kleine Schlampe“, zischte er und lachte höhnisch. Währenddessen stand Mike daneben und sah diabolisch grinsend zu.

Am nächsten Morgen fragte sie Harvey beim Frühstück: „Was ist, wenn Royce mich niederschlägt? Wie kann ich schießen, wenn ich am Boden liege?“

Harvey zog die Augenbrauen hoch, fragte aber nicht, sondern ließ sie nach dem Frühstück in unterschiedlichen Positionen üben. Sitzend, liegend, auf dem Bauch, auf dem Rücken.

„Nicht zielen. Du wirst keine Zeit haben“, knurrte er.

Nach dem Training steckte sie die Pistole ins Halfter. Wie Harvey befohlen hatte, trug sie diese nun immer bei sich.

Einmal hatte sie während des Trainings eine spontane Eingebung. „Hast du noch mehr Pistolen für mich?", fragte sie.

Harvey zog die Augenbraue hoch. „Du kannst sie nachladen."

Luisa wurde rot. „Ich weiß", murmelte sie. „Ich hab da aber eine Idee ...", fügte sie hinzu, als sonst keine Reaktion kam.

Harvey sah sie ausdruckslos an. „Nein", knurrte er. Und das Thema war damit erledigt.

Das einzig Positive war, dass Luisa fühlte, wie sich ihr Körper zu verändern begann. Mittlerweile musste sie Angst haben, ihre Jogginghose zu verlieren. Gut, dass die meisten eine Kordel hatten. Sie konnte jetzt fünf Kilometer am Stück joggen und eine Pistole so abfeuern, dass sie einen Baum in zehn Metern Entfernung traf. Nicht super toll, aber immerhin eine Verbesserung.

Abends hatte sie trotzdem Zeit zum Grübeln. Ihre Eltern und ihr Bruder waren fast völlig aus ihren Gedanken verschwunden. Jonas sowieso. Stattdessen dachte sie nahezu ausschließlich an Mike. Was tat er wohl? Ob er ab und zu an sie dachte?

Royce lag am Strand einer einsamen Südseeinsel, vor der seine Jacht verankert lag.

„Sie ist in Großbritannien", sagte er zu Ali. „Harvey war mit einem Mietwagen unterwegs und er ist einfach verschwunden. Der Mietwagen tauchte drei Tage später wieder auf. Es war Nacht, als der Schlüssel eingeworfen wurde. Der Mann, den die Überwachungskamera aufgezeichnet hat, war definitiv nicht Harvey. Ich schätze, es war Mike. Luisa ist irgendwo dort. Gebt das an die Medien weiter! Bald haben wir sie. Und wenn wir sie haben, haben wir auch Mike. Er wird alles daran setzen, um nicht so kläglich zu versagen wie beim letzten Mal. Und deswegen wird er wieder scheitern. Ich bin gespannt, in welchem Loch er sie versteckt hält.

Aber egal, wo sie ist – er kann sie nicht für immer beschützen."

Es waren nun genau vier Wochen, seit Mike verschwunden war. Luisa seufzte. Es tat noch immer weh. Dass er einfach so gegangen war. Dass er sie in den letzten Tagen so völlig ignoriert hatte. Mittlerweile war sogar Harvey aufgefallen, dass etwas mit ihr nicht stimmte – sie ertappte ihn manchmal dabei, wie er sie seltsam von der Seite ansah. Luisa hatte das Gefühl, dass das Leben sich in Zeitlupe abspielte. Jeder Tag und insbesondere jede Nacht zog sich endlos. Am liebsten wäre sie gar nicht mehr aufgestanden. Doch das ließ Harvey nicht zu. Einmal stand er tatsächlich mit einem Eimer Wasser in ihrer Kammer. Luisa überlegte, trotzdem liegen zu bleiben, quälte sich aber schließlich doch aus dem Bett. Statt auf ihre Gefühle Rücksicht zu nehmen, intensivierte Harvey sein Beschäftigungsprogramm und scheuchte sie sogar nach dem Abendessen nach draußen, hinein in die Mückenschwärme. Anfangs hatte sie sich gerne auf den Baumstamm mit der Aussicht auf das Moor und die Berge zurückgezogen – das wussten Harvey und die Midges nun zu verhindern. Das harte Training mit Harvey und die unzähligen Mückenattacken halfen ihr dabei, sich von Mike abzulenken. Der Schmerz war noch da, aber es waren keine tiefen Messerstiche mehr, die sie fühlte, nur noch ein dumpfes Pochen. Das aber saß tief und wollte nicht weichen.

Todesengel in Großbritannien

Britischen Geheimdienstinformationen zufolge befindet sich die im April in London verschwundene Luisa Marcovic nicht mehr im libyschen Terrorcamp. Das Terrorcamp wurde im Rahmen der Operation „Frieden und Freiheit" gestürmt. 200 mutmaßliche

Terroristen wurden dabei verhaftet. Doch von der Deutschen fehlt jede Spur. Nach Geheimdienstinformationen soll Marcovic nach England zurückgekehrt sein. Im libyschen Camp soll sie eine paramilitärische Ausbildung mit Waffentraining erhalten und den Umgang mit Sprengstoffen gelernt haben. Sicherheitskräfte befürchten, dass der deutsche Todesengel mit dem unschuldigen Gesicht Anschläge in Großbritannien plant. Unterstützung soll sie von einem ehemaligen Soldaten der Special Forces bekommen haben.

Der Artikel war mit einem Bild versehen, das eine Frau mit Gesichtsschleier zeigte. Nur ein paar helle Augen waren zu sehen. Mike seufzte. Royce war ihnen auf den Fersen. Die Wege zur Hütte wurden immer gefährlicher. Er legte die Zeitung auf den Tisch und scannte erneut die Umgebung. Es war seine Idee gewesen, sich in dieser Bäckerei inmitten einer belebten Einkaufspassage zu treffen. Mittwochvormittag war eigentlich die Zeit mit den wenigsten Passanten. Trotzdem war es ihm zu laut und zu lebhaft. Im Moor war es ihm viel besser gegangen. Doch nun konnte er nicht mehr zurück.

Nervös blickte er in die Gesichter der Konsumsüchtigen auf der Suche nach Frances und Danny, mit denen er sich hier verabredet hatte.

Als sie endlich eintrudelten, kam er gleich zur Sache.

„Ich habe einen Plan", sagte Mike. „Diesmal muss es klappen."

„Was hast du vor?", fragte Danny.

„Royce muss Luisa auf jeden Fall sehen", erwiderte er. „Er wird nur dann kommen, wenn er sich ganz sicher ist, dass sie wirklich da ist. Und wenn er weiß, dass nicht die Kavallerie irgendwo wartet. Wir schaffen Luisa nach London und lassen sie einmal kurz durch eine Fußgängerzone laufen. Die Kameras werden sie aufspüren. Royce wird diese Information erhalten und Luisa finden. Nur, dass wir da sein werden, um ihn zu fangen."

„Was, wenn der General erfährt, dass sie in London ist? Oder der MI5? Sie steht überall auf den Fahndungslisten", wandte Danny ein. „Was, wenn sie vor uns da sind? Und dazu kommt die Geschichte, dass sie von Special-Forces-Kräften unterstützt wird. Da haben wir schnell ein richtiges Problem am Hals."

„Bisher war uns Royce immer einen Schritt voraus", erwiderte Mike. „Er muss überall seine Leute haben. Wenn seine Organisation nur halb so effizient ist, wie wir befürchten, wird er der Erste sein."

„Bisher sind alle unsere Pläne schiefgelaufen, was Royce betrifft", seufzte Danny. „Wenn nur wir vier beteiligt sind, gibt es keine Garantie, dass er Luisa nicht doch in seine Finger bekommt. Dann wäre der gesamte Plan zum Teufel."

„Wir wissen ja auch nicht, ob Royce wirklich aufkreuzt", meinte Frances. „Was, wenn er nur seine Helfershelfer schickt?"

„Er wird kommen", sagte Mike. „Er wird Luisa haben wollen – und mich. Zusammen werden wir eine Versuchung für ihn darstellen, der er nicht widerstehen kann. Er liebt das Risiko. Und er traut seinen eigenen Leuten nicht."

„Warum nehmen wir nicht die Hütte?", warf Frances dazwischen. „Das Gelände ist ideal für einen Hinterhalt. Und wir müssten so die Operation nicht in London durchführen. In Schottland haben wir die Kontrolle."

„Ich möchte die Hütte nur ungern als Rückzugsort verlieren", sagte Mike. „Und es wird schwer, ihn dorthin zu locken. Wir brauchen einen Beweis, dass Luisa dort ist und nicht nur die Kavallerie. Oder aber wir brauchen einen Informanten, der so über jeden Verdacht erhaben ist, dass Royce ihm blind vertraut."

„Wir könnten dem Verräter falsche Informationen geben", schlug Frances vor.

„Wenn es ihn denn gibt", murmelte Danny zweifelnd.

„Nachdem wir nicht wissen, wer er ist, wird das schwierig. Und irgendwann werden wir dem General reinen Wein einschenken müssen. Ohne seine Unterstützung können wir die ganze Sache vergessen", entgegnete Mike. „Nein, ich denke, London ist unsere beste Chance. Ich habe ein paar Ideen, wo wir es machen könnten. Die Orte werde ich demnächst auskundschaften. Das kann aber dauern. Was bedeutet, ich brauche euch beide, um Harvey abzulösen."

Danny warf Frances einen raschen Seitenblick zu. „Von dieser Idee halte ich ehrlich gesagt wenig, Mike."

„Ich auch nicht", grummelte Frances. „Was kann man da schon machen außer jagen?"

„Ich sehe keine andere Möglichkeit", erwiderte Mike fest. „Ich kann das nicht aufschieben."

„Ich denke wirklich, dass das keine so gute Idee ist, Mike", sagte Danny beschwörend. Er warf Frances erneut einen Seitenblick zu. Mike kannte Danny gut und wusste, was ihm dieser zu verstehen geben wollte. Frances kannte Danny noch besser.

„Was genau willst du andeuten, Danny?", fragte sie finster. „Glaubst du, dass ich der kleinen Schnepfe etwas antue?"

„Du solltest sie zumindest nicht umbringen", sagte Mike, an Frances gewandt.

„Wenn ich der Kleinen ein bisschen Beine machen darf, können wir darüber reden", erklärte France gelangweilt.

Sie schwiegen einen Moment.

„Okay", sagte Danny schließlich zögernd. „Wenn es sein muss ..."

„Wie ist sie denn so?", fragte Frances neugierig.

„Ich will dir nichts vormachen", sagte Mike. „Stell

dich auf das Schlimmste ein. Immer wieder hat sie ausgedehnte Heulattacken. Ihre Kondition ist nach wie vor gleich Null. Vom Schießen will ich erst gar nicht anfangen. Und sie fällt um, wenn du sie auch nur ansiehst."

„Das werde ich ihr schon austreiben", verkündete Frances betont fröhlich.

„Oh Gott", murmelte Danny. Die nächsten Wochen würden die Hölle werden. Da war er sicher.

„Da habt ihr mir ja was Schönes eingebrockt", rief der General missgelaunt am Telefon.

„Was meinen Sie?", fragte Mike überrascht.

„Royce hat verbreiten lassen, dass Luisa Unterstützung durch die Special Forces erhält", sagte der General. „Sie haben mich dazu befragt. Mich! Ich hatte größte Mühe, sie davon zu überzeugen, dass das unmöglich sein kann. Ihr müsst wirklich vorsichtig sein, Mike. Wenn die Presse dich in Verbindung mit ihr bringt, habt ihr ein riesiges Problem. Am besten, ihr haltet euch so weit zurück, wie es irgendwie geht."

„Royce zieht sein Netz enger", stellte Mike fest.

„Dazu kommt, dass sie sie jetzt mit dem Tempura-Programm überwachen. Sie haben ihr Foto eingelesen und ihre Stimme", sagte der General. „Wenn sie nur einmal irgendwo auftaucht oder telefoniert, haben sie sie."

„Sie ist gut versteckt."

„Ich biete es euch nochmals an. Ich kann euch helfen."

„Keine Chance, Sir. Sie ist absolut sicher. Sie sollten es am besten wissen. Schließlich haben Sie sie bis jetzt auch nicht gefunden. Wenn Sie aber etwas anderes für uns tun wollen ...?"

„Was?", schnappte der General.

„Sie könnten ein paar falsche Spuren für uns legen", sagte Mike. „Dann haben die Medien genug, über das

sie berichten können und die Dienste genug zum Er-
mitteln. Und wir haben für den Moment unsere Ruhe."
„Ich werde sehen, was ich tun kann."

„Royce vermutet, dass Luisa in England ist – oder
zumindest nicht allzu weit weg", hatte Mike gesagt.
„Seht zu, dass er euch nicht zur Hütte folgen kann."
Danny und Frances hatten deswegen einige Umwege
auf sich genommen, um zur Hütte zu gelangen. Zuerst
buchten sie zwei Wochen Urlaub in einem teuren Hotel
an der Côte d'Azur. Sie benahmen sich wie ein ganz
normales Liebespaar, lagen am Strand und gingen
schwimmen, machten einen Abstecher nach Monaco,
genossen zum Abendessen Menüs in den besten Res-
taurants und sorgten anschließend mit lautstarkem
Liebesspiel dafür, dass ihre Zimmernachbarn die halbe
Nacht nicht schlafen konnten. Nachdem der General
zähneknirschend die Spesenkonten wieder freigegeben
hatte, konnte er ruhig einmal die Kosten für einen an-
genehmen Luxusurlaub übernehmen.
Eine Woche nach Beginn ihres Urlaubs standen sie
mitten in der Nacht leise auf. Danny hatte sich während
des Urlaubs nicht rasiert. Jetzt setzte er sich blaue Kon-
taktlinsen ein und eine Baseball-Kappe auf. Frances
griff zu einer Perücke mit tiefschwarzem Haar. Gegen
Tempura würde das vielleicht nicht reichen, aber sie
hofften schwer, dass sich Royce bislang keinen Zugriff
auf die Daten des Nachrichtendienstes verschafft hatte.
Eng umschlungen verließen sie das Hotel. Bei sich
trugen sie lediglich ihre Reisedokumente – ihr Gepäck
ließen sie im Zimmer. Für den Portier waren sie ein Liebespaar, das einen Nachtspaziergang unternahm. Sie
schlenderten gemütlich in den Ort und nahmen ein
Taxi zum Strand. Dort knackten sie ein altes, klappri-
ges Auto und fuhren zum Flughafen. Aus einem
Schließfach nahmen sie eigens für ihre Reise deponier-
tes Gepäck und zogen sich um. In Business-Kleidung

bestiegen sie ein Flugzeug nach Dublin, das sie zuvor gebucht hatten, um von dort aus direkt in eine Maschine nach Glasgow zu steigen. In Schottland nahmen sie einen Wagen, der auf einen Bekannten zugelassen war, und kamen gegen drei Uhr nachts bei der Hütte an.

Kapitel 5

Am nächsten Morgen saßen zur großen Überraschung von Luisa Danny und Frances in der Küche. Erneut spürte sie einen Stich in der Brust. Wieder kein Mike. Zwar hatte sie sich einerseits vor seinem Kommen gefürchtet. Innerlich hatte sie jedoch die Hoffnung nicht aufgegeben, dass er wieder so sein würde wie vor ihrem kleinen Unfall. Nun, daraus wurde wohl nichts. Danny und Frances. Auf der Straße hätte Luisa die beiden nicht wiedererkannt. Schließlich hatte Luisa sie nur einmal kurz getroffen – an jenem denkwürdigen Tag. War das wirklich schon vier Monate her?

Verstohlen betrachtete sie die beiden Neuankömmlinge. Danny hatte dichtes braunes Haar und hellbraune Augen. Seine Nase wirkte leicht deformiert, ansonsten sah er ziemlich durchschnittlich aus, fand Luisa. Immerhin wirkte er nicht unfreundlich, sondern verzog sein Gesicht zu einem Lächeln. Das war neu. Sie merkte, dass sie sich ein klein wenig entspannte.

Die Frau an seiner Seite hingegen wirkte im Vergleich zu Danny wie ein Eisblock. Sie hatte schulterlanges, dunkelblondes Haar, das sie zu einem Pferdeschwanz zusammengebunden trug, und kalte graublaue Augen. Sie wirkte nicht freundlich, sondern vor allem gelangweilt. Luisa schluckte.

Harvey war bereits in der Nacht gefahren. Sie fühlte sich trotz allem alleingelassen. Harvey war nicht Mike, aber ihn kannte sie wenigstens. Was sollte sie jetzt von Frances und Danny erwarten? Doch sie riss sich zusammen, ging in die Küche und machte Frühstück.

Luisa sieht schrecklich aus, dachte Danny, als sie

beim Frühstück saßen. Zu dritt war es ziemlich eng am Küchentisch. Danny erinnerte sich noch gut daran, wie Luisa von Harvey in das Haus von Brian gezerrt worden war. Natürlich hatte er sie auch damals nicht unter den günstigsten Bedingungen gesehen. Bleich war sie gewesen, ihr Gesicht blutverschmiert. Durch die viele frische Luft hatte sie mittlerweile ordentlich Farbe bekommen. Auch ihr Körper hatte sich verändert. Während sie im April noch deutlich mehr Gewicht auf den Rippen gehabt hatte, wirkte sie nun regelrecht ausgemergelt. Und die sich deutlich abzeichnenden Augenringe belegten, dass es um ihre Nachtruhe nicht zum Besten bestellt war. Er warf Frances einen raschen Blick zu. Er kannte seine Freundin lange genug und konnte ihre Anspannung spüren. Frances kam mit Frauen nicht sonderlich gut klar. Sie hasste Frisuren, Kleidung, Make-up und alles andere und hielt ihre Geschlechtsgenossinnen allgemein für schwach und weinerlich. Mit Isabellas Einzug bei ihnen war ihm das erst so richtig bewusst geworden. Kaum ein Tag war vergangen, an dem die beiden Frauen nicht aneinandergeraten waren. Es gab einfach viel zu viele Dinge, die Frances zur Weißglut trieben. Zum Beispiel Wehleidigkeit und Begriffsstutzigkeit. Nach allem, was Mike erzählt hatte, sprach vieles dafür, Luisa und Frances nicht miteinander allein zu lassen. Frances neigte zu Wutausbrüchen und baute ihre Aggressionen in der Regel durch Zuschlagen ab. Und Luisa hatte nichts getan, um dies im entferntesten Sinne zu verdienen.

Danny liebte seine Freundin, aber er war auch fest entschlossen, Luisa vor ihr zu beschützen und dafür auch eine Beziehungskrise zu riskieren. Diesmal durfte es nicht so enden wie damals mit Isabella.

Er räusperte sich. „Wir werden dein Training fortsetzen, Luisa. Jeden Morgen zehn Kilometer joggen, danach Schießtraining und später Selbstverteidigung." Er schwieg einen Moment und stellte sich auf Protest ein

wie „Aber mit Mike bin ich nur fünf Kilometer gejoggt."
Oder auf eine Heulattacke mit anschließender Flucht
aus der Küche. Dank der intensiven Vorbereitung von
Mike war er auf alles gefasst. Doch der Protest blieb zu
seiner großen Überraschung aus.

„In Ordnung", erwiderte Luisa stattdessen. „Noch
Tee?" Sie wies auf seine fast leere Tasse.

„Nein. Wir fangen direkt an", erwiderte Danny.

Dass Luisa nervös war, war nicht zu übersehen. Sie
hatte regelrecht gezittert, als sie sich Tee eingeschenkt
und Zucker hineingegeben hatte. Das war Frances natürlich auch nicht entgangen. Frances konnte auch nervöse und ängstliche Menschen nicht leiden. Ein Grund
mehr, um die beiden so weit wie möglich auseinander-
zuhalten. Zu Dannys großer Überraschung klappte das
Jogging erstaunlich gut. Luisa war nicht ganz so untrai-
niert, wie er erwartet hatte. Am Ende der ersten Joggingtour war sie zwar ziemlich außer Atem, aber sie
hatte durchgehalten, ohne zu jammern. Ein Pluspunkt
in den Augen von Danny, eine Selbstverständlichkeit in
den Augen von Frances. Um sie zu beeindrucken,
würde Luisa deutlich mehr zeigen müssen.

Auch vom Pistolentraining war Danny angenehm
überrascht. Nach den Schimpftiraden von Mike hatte
Danny wesentlich Schlimmeres erwartet. Als sie sich
auch bei der Selbstverteidigung geschickter erwies, als
er gedacht hatte, atmete Danny erleichtert auf. Jetzt
musste er nur noch dafür sorgen, dass Luisa aus
Frances Schusslinie blieb – und vielleicht würden sie
die nächsten Wochen doch ohne größere Probleme
überstehen.

Auch Luisa war erleichtert, als Danny das Training
für beendet erklärte. Vielleicht würde es mit ihm nicht
so schlimm werden, wie sie befürchtet hatte. Sie war
besonders am Anfang irre nervös gewesen. Als Danny
ihr beim Frühstück das Trainingspensum erläutert

hatte, hatte er sie angesehen, als ob sie irgendein ekliges Insekt wäre. Die Blicke, die Frances ihr zugeworfen hatte, waren auch alles andere als beruhigend gewesen. Beim Joggen hatte sich Luisa viele Gedanken zu den nächsten Wochen gemacht. Was, wenn er keine Geduld hatte? Oder wenn sie nicht verstand, was er von ihr wollte?

Bei Mike war sie sich immer vorgekommen wie der letzte Depp. Besonders am Anfang. Das zumindest war heute besser gelaufen. Natürlich hatte sie beim Nahkampftraining wieder jede Menge blaue Flecken gesammelt. Aber beim Schießen hatte sie sich im Laufe des Nachmittags immer sicherer gefühlt. Der Unterschied war vielleicht, dass Danny sie gelobt hatte. Das hatte Mike nie getan – und Harvey, der ja ganz offenbar nur im Befehlston sprechen konnte, erst recht nicht.

Der nächste Tag fing besser an, als der Abend aufgehört hatte. Es regnete nicht und Luisa traf beim Schießen so viel, wie sie noch nie getroffen hatte.

Es begann am Nachmittag. Frances hatte sich den ganzen Tag nicht sonderlich viel blicken lassen. Als sie gerade mit dem Selbstverteidigungstraining fertig waren, erschien Frances mit einer Art großem Koffer, der entfernt an einen Geigenkasten erinnerte. Nur, dass da keine Geige drin war.

„Ich gehe jagen", verkündete sie. „Luisa, du kennst dich hier doch aus. Wo treiben sich um diese Zeit denn die Rehe so rum?"

„Was für Bedingungen brauchst du denn dafür?", gab sie etwas eingeschüchtert zurück.

„Ein guter Beobachtungsposten mit einigen hundert Metern freiem Schussfeld wäre ideal", erwiderte Frances.

„Ich kenne da eine Stelle ...", meinte Luisa langsam. Sie sah immer wieder Rehe auf ihren Joggingtouren und Gewaltmärschen. Die Tiere waren auch nicht sonderlich scheu. Oft hoben sie nur den Kopf und beobachteten Luisa, während sie in ein paar Metern Entfernung an ihnen vorbeikeuchte.

„Kannst du sie mir zeigen?", fragte Frances.

Danny schaltete sich ein. „Ich sollte besser mitkommen."

Frances' Gesicht verdüsterte sich. „Das wird nicht notwendig sein. Ich denke, wir kommen gut allein klar. Nicht wahr, Luisa?"

„Ja, natürlich", murmelte sie etwas ratlos.

Danny zuckte die Achseln und Luisa und Frances machten sich auf den Weg.

Frances legte ein ordentliches Tempo vor. Luisa bemühte sich, Schritt zu halten. Eigentlich sollte sie ja die Richtung bestimmen ... Ihr entging nicht, wie Frances ihr immer wieder prüfende Blicke zuwarf.

„Wie ist Royce denn eigentlich auf dich gekommen?", fragte diese schließlich. „Er steht doch sonst immer auf große, schlanke und hübsche Frauen."

Luisa stutzte einen Augenblick. Was ist denn das für eine Zicke? Nach kurzem Überlegen erwiderte sie: „Eigentlich war er von mir auch nicht sonderlich begeistert. Es war wohl gerade keine Bessere in der Nähe."

„Ja, das hab ich mir fast gedacht", grinste Frances. „Jetzt würde er dich bestimmt nicht mehr wollen. So scheiße wie du jetzt aussiehst."

Luisa traute ihren Ohren nicht.

„Eigentlich meinte ich deine Augenringe. Heulst du dir etwa nachts die Augen aus, weil du heim zu deiner Mami willst?" Der sarkastische Unterton war nicht zu überhören.

„Ich habe Albträume", murmelte sie. Ruhig bleiben, mahnte sie sich innerlich. Irgendwann wird ihr langweilig und dann hört sie hoffentlich auf mit diesem Spielchen.

„Albträume, so. Ist das auch deine Entschuldigung dafür, dass du in vier Monaten nichts gelernt hast?", feuerte Frances die nächste Frage ab. „Ich habe Danny und dich beobachtet. Ist schon ein ziemliches Armutszeugnis, das du da abgibst. Sowohl beim Joggen als auch beim Kämpfen."

Was zum Teufel will sie von mir?, dachte Luisa. Sie zuckte nur die Achseln und wünschte, sie wäre nicht mitgegangen. Gerade sehnte sie sich nach der Hütte, ihrem Bett und ihrer Musik.

„Was hast du denn gemacht, bevor du Royce über den Weg gelaufen bist?", fragte Frances weiter. „Sicher irgendeinen Job, wo du den ganzen Tag im Büro sitzt, ohne deinen Hintern zu bewegen."

„Ich hab Handyverträge verkauft. Am Telefon."

„Igitt!", rief Frances aus und schaute drein, als wäre es das Widerlichste und Abstoßendste, was Luisa je hätte machen können.

„Immerhin ist es relativ ungefährlich."

„Außer, wenn man vom Stuhl fällt", grinste Frances.

„Das Unangenehmste daran ist, dass es viele Menschen gibt, die unzufrieden sind und sich beschweren", wagte Luisa einen Vorstoß. „Ist nicht so schön, wenn man den ganzen Tag beleidigt wird. Aber man gewöhnt sich dran. Vor allem lernt man, ruhig zu bleiben – egal, was sie einem an den Kopf schmeißen." Sie hoffte, dass Frances die Botschaft verstanden hatte.

Doch die lachte meckernd. „Ich denke, du wirst feststellen, dass schlimmer immer möglich ist."

„Echt schade, dass Harvey nicht gekommen ist", murmelte Luisa.

Frances hatte sie trotzdem gehört. „Wirklich? Du vermisst Harvey?", fragte sie sichtlich überrascht. „Bist du wohl in ihn verknallt? Armes Ding."

„Das nicht. Aber er redet wenigstens nicht", sagte Luisa. „Und ich wäre verdammt froh, wenn ich so schlimm aussähe, dass Royce mich nicht mehr jagt.

Denn dann könnte ich mir den ganzen verdammten Mist hier sparen."

Frances zog die Augenbrauen hoch, kicherte plötzlich in sich hinein und versetzte Luisa dann einen ordentlichen Stoß in die Rippen. „Ich glaube, du bist ganz in Ordnung", sagte sie.

Den Rest des Weges schwiegen sie. Es ging nun steil bergauf. Trotz des gesamten Gerennes durch die Hügel und Wälder war Luisa schweißgebadet, als sie endlich oben ankamen.

„Was hältst du von diesem Ort? Ich glaube, ich sehe einige Rehe da unten", sagte Luisa. Gott sei Dank waren wirklich Rehe da. Das wäre sonst sicher noch unangenehmer geworden.

„Sieht ganz gut aus!", lachte Frances. Sie ließ sich ins Gras sinken, Luisa tat es ihr nach. Frances öffnete den Kasten und packte die Einzelteile eines Scharfschützengewehrs aus. Sorgfältig baute sie es zusammen. Luisa war froh über die ungewohnte Atempause. Normalerweise rannten sie stundenlang durch die dämlichen Hügel, auf denen sie mittlerweile jeden Grashalm und jeden Baum kannte. Rumliegen und Faulenzen war bisher noch nicht dabei gewesen, aber eine willkommene Abwechslung.

Plötzlich schoss Frances direkt neben ihr das Gewehr ab. Luisa zuckte erschrocken zusammen. Der Schuss hallte noch lange in den Hügeln nach. Frances drückte Luisa die Waffe in die Hand. „Schau mal da."

Luisa spähte durch das Zielfernrohr und versuchte, Frances Richtungsanweisungen zu folgen. Schließlich machte sie aus, was Frances ihr zeigen wollte. Am Fuße des Hügels, mit bloßen Augen kaum zu sehen, lag etwas Braunes im Gras.

„Unser Abendessen", verkündete Frances.

„Wie weit ist das denn weg?", fragte Luisa erstaunt.

„Das sind ja mindestens ..." Sie traute sich nicht, eine konkrete Angabe zu machen.

„Eintausendfünfhundert Meter", grinste Frances stolz. „Das Gewehr, das du da grade hältst, ist ein CheyTac M200 Intervention. Damit kann man Ziele in bis zu zweitausenddreihundert Metern Entfernung ausschalten."

„Wow. Ich dachte, bei tausend Metern ist Schluss", staunte Luisa.

„Tausend Meter sind auch schon schwer genug." Frances tätschelte die Waffe. „Jetzt bist du dran", sagte sie zu Luisa und hielt ihr das Gewehr hin.

„Ich?" Luisa nahm die Waffe mit sehr viel Ehrfurcht entgegen. „Verdammt schwer!"

„So in etwa vierzehn Kilo", entgegnete Frances.

Seit Frances das Gewehr in der Hand hielt, war sie deutlich netter geworden, fand Luisa. Deswegen gab sie sich Mühe, so interessiert wie möglich zu wirken. Dabei musste sie noch nicht einmal schauspielern. Denn sie fand es durchaus spannend, einmal so ein Gewehr aus der Nähe zu sehen und zu halten.

Frances zeigte Luisa, wie sie die Waffe handhaben sollte. Dazu dozierte sie, auf was Luisa beim Schießen alles achten sollte. Es war nicht nur damit getan, das Gewehr auszurichten. Das allein war schon keine einfache Angelegenheit bei vierzehn Kilo. Zu berücksichtigen war auch die Windrichtung und die Windgeschwindigkeit, die Luftfeuchtigkeit und eigentlich überhaupt alles. Luisa fand es durchaus interessant, durch das Zielfernrohr zu schauen. Sie dachte plötzlich daran, was sie hier eigentlich tat. Gewehre wie dieses wurden auch in Syrien eingesetzt. Scharfschützen waren irgendwo in den Ruinen von Aleppo postiert und schossen auf alles, was sich bewegte, sowohl Rebellen als auch Regierungstruppen. So faszinierend ein Scharfschützengewehr war, so erschreckend schienen seine Einsatzmöglichkeiten. In den friedlichen Hügeln

Schottlands siegten bei Luisa aber weiterhin Faszination und Neugier.

„Hat es einen Rückstoß?", fragte sie.

„Kaum. Jedenfalls kein Vergleich zum 50 BMG." Frances redete sich weiter warm. „Am liebsten habe ich dieses Baby hier. Ist sehr zuverlässig und hat mich noch nie im Stich gelassen."

„Ist schon krass ...", murmelte Luisa. „Mein Bruder hat seinen Wehrdienst in Deutschland absolviert und immer wieder ein paar Geschichten erzählt, wie das so ist mit dem Schießen und so. Ich hätte nie gedacht, dass ich auch mal so ein Ding in der Hand habe. Wie genau machst du das denn mit der Berechnung der Windgeschwindigkeit?"

„Normalerweise gibt es dazu noch einen Ballistik-Computer, ein Tool für die Analyse der Wetterdaten und einen Entfernungsmesser. Damit kann ich die Bedingungen sehr gut einschätzen. Ist ein super Waffensystem. Den Technikkram habe ich heute aber weggelassen. Brauch ich nicht unbedingt hier für die Hügel."

Sie schwiegen eine Weile.

„Wie war das damals, als du Royce gegenüberstandest?", fragte Frances plötzlich.

Luisa sah sein Gesicht vor sich, hörte sein gezischtes „Komm her, kleine Schlampe ..." Sie schüttelte sich leicht. „Ich war so geschockt – ich wusste eigentlich gar nicht, was ich tat. Plötzlich hatte ich diese Waffe in der Hand ... Die muss schon entsichert gewesen sein, ich habe einfach den Abzug gedrückt ... Ein Wunder, dass ich ihn getroffen habe – ohne Beine beugen, Hüfte gerade, Schulter locker lassen ..."

Frances grinste. „Du scheinst es damals ja richtig gemacht zu haben. Mach dir keinen Kopf – wenn er dir noch einmal gegenübersteht, wirst du schon wissen, was zu tun ist."

„Ich hoffe, er wird mir nie wieder gegenüberstehen – es sei denn, im Gerichtssaal", murmelte Luisa.

Frances warf ihr einen abschätzenden Blick zu. „Zeit zum Aufbrechen."

Sie standen auf und Frances führte sie zielstrebig zu dem Reh, das sie fachmännisch mit einem Schuss ins Schulterblatt erlegt hatte.

Danny verließ ebenfalls seinen Beobachtungsposten. Er hatte nicht hören können, was sie gesprochen hatten. Aber es schien durchaus gut verlaufen zu sein. Er war sehr überrascht. Wenn er daran dachte, wie Frances damals Isabella behandelt hatte ... Oft hatte sie Isabella völlig grundlos angefahren. Er hatte sich damals gefragt, ob Frances vielleicht nicht doch eifersüchtig auf den modelhaften Körper und das makellose Aussehen der jungen Frau gewesen war. Sie war wirklich eine Schönheit gewesen. Selbst Harvey hatte sich anmerken lassen, wie sehr sie ihn beeindruckt hatte. Und das wollte schon etwas heißen. Kein Wunder, dass Mike ihr schließlich total verfallen war. Nun, dachte Danny, bei Luisa hat Frances zumindest keinen Grund, eifersüchtig zu sein. Sie ist absolut kein Modeltyp. Vielleicht funktioniert es deswegen besser. Aber er beschloss, trotzdem vorsichtig zu sein und dem Frieden nicht zu trauen.

„Mein Gott, wie viel wiegt denn dieses Vieh?", keuchte Luisa. Frances hatte ihr die Aufgabe übertragen, das tote Reh zur Hütte zu schleppen. Sie hatte es sich so gut es ging über die Schulter geworfen.

„So um die zwanzig Kilo", vermutete Frances. Sie schritt mit ihrem Gewehrkoffer fröhlich voraus, Luisa quälte sich hinterher. Immerhin hatte Frances aufgehört, beleidigende Fragen zu stellen. Eigentlich war der Nachmittag gut verlaufen, dachte Luisa. Das machte das tote Reh jedoch auch nicht leichter. Frances drehte sich immer wieder ungeduldig zu Luisa um.

Schließlich meinte sie: „Das kann ich nicht mehr mit

ansehen." Sie nahm Luisa das Reh ab, drückte ihr aber dafür den Gewehrkoffer in die Hand. „Nimm das, ich kümmere mich um das Reh ..."

Der Gewehrkoffer war eigentlich nicht so viel leichter als das tote Reh, stellte Luisa schnell fest. Doch sie biss die Zähne zusammen. Sie wollte sich nicht noch mehr beschweren. Aber sie war unendlich erleichtert, als sie endlich bei der Hütte angelangt waren.

Luisa setzte sich in die Laube und atmete tief durch. Frances setzte sich neben sie, zückte ein Messer und begann, das Reh fachmännisch auszuweiden. Luisa hatte so etwas noch nie zuvor gesehen. Vielleicht sollte ich doch Vegetarier werden, überlegte sie und vermied es, so gut es ging, in Richtung des toten Tieres zu blicken. Stattdessen betrachtete sie lieber die Anstrengungen von Danny, ein Feuer unter einem improvisierten Grillgestänge zu entfachen.

„Versuch nicht noch einmal mir hinterherzuschleichen", knurrte Frances plötzlich mit einem drohenden Unterton in der Stimme. Luisa zuckte zusammen.

Doch Frances sah nicht in ihre Richtung, sondern starrte Danny böse an. „Luisa und ich kommen klar. Nicht wahr?"

Danny murmelte etwas und schichtete weiter kleine Äste und Zweige auf.

War ja klar, dass sie es gemerkt hat, dachte Danny mürrisch. Aber sie hat doch nicht im Ernst gedacht, dass ich sie mit Luisa allein lasse. Immerhin ist ja alles gutgegangen. Auch wenn es vor allem am Anfang nicht so sehr danach ausgesehen hat .... Er warf Luisa einen raschen Blick zu. Sie war beim Ausweiden sehr blass geworden und bekam nur langsam wieder Farbe. Interessant, dass Frances sie in Ruhe ließ und nicht auf ihr herumhackte. Vielleicht bestand ja doch noch Hoff-

149

nung, dass Luisa den Aufenthalt mit Frances relativ unbeschadet überstehen würde, ohne dass er ständig zum Eingreifen gezwungen war. Danny seufzte. So sehr er Frances für ihre direkte Art liebte, so schwierig konnte es manchmal mit ihr sein. Frances nahm nie ein Blatt vor den Mund. Verstellung und Falschheit waren ihr völlig fremd. Mit ihrer provozierenden Art eckte sie oft an. Und ihre Art der Konfliktlösung war ebenfalls nicht jedermanns Geschmack. Aber Danny wusste, dass vieles davon nur Fassade war, die sich Frances über Jahre antrainiert hatte.

Als Harvey das kleine Café in SoHo betrat, wartete Mike bereits auf ihn. Den Ort hatten sie ausgewählt, weil in dieser Gegend weniger Videokameras installiert waren als in anderen Gegenden. Doch sie machten sich keine Illusionen. Royce würde wissen, dass sie sich getroffen hatten. Zumindest aber würde er keine Möglichkeit haben, sie während ihres Gesprächs zu beobachten. Harvey setzte sich und bestellte einen Tee. Dann sah er Mike aufmerksam an.

Dieser rührte in seiner eigenen Tasse herum und sagte schließlich: „Ich denke, wir müssen die Hütte opfern."

Harvey zog die Augenbrauen hoch. Dieser Sinneswandel überraschte ihn.

„Ich glaube, die Hütte ermöglicht wirklich den besten Hinterhalt. Dort kennen wir das Gelände und können am besten eingreifen", ergänzte Mike und schwieg dann. Zunächst störte Harvey das nicht weiter. Doch nach mehreren Minuten hatte Mike immer noch keinen Ton von sich gegeben. Das fand Harvey zunehmend irritierend. Schließlich war es Mikes Aufgabe, die Konversation am Laufen zu halten. Er sieht schlecht aus, dachte Harvey. London bekommt ihm wirklich nicht. Als Mike weiterhin nicht das Wort ergriff, fühlte sich Harvey genötigt, zu reagieren. „Was ist passiert?"

„Ich war bei Rick."

Harvey wartete ab. Das konnte noch nicht alles gewesen sein.

„Rick hat mich rausgeschmissen."

Harveys Augenbrauen wanderten in ungeahnte Höhen.

„Ich hab ihm ein bisschen was von unseren Plänen erzählt", erklärte Mike. „Er ist bleich geworden und hat gebrüllt, ich soll sofort verschwinden."

„Rick hat gebrüllt?", hakte Harvey sicherheitshalber noch einmal nach. Das war eine wichtige Frage. In all den Jahren hatte er nie erlebt, dass Rick überhaupt einmal laut geworden war.

„Hat er. Und er hat vorgeschlagen, mich bei Royce auf die Gehaltsliste setzen zu lassen, weil da kein Unterschied mehr wäre", ergänzte Mike. „Ich hab ihn noch nie so sauer gesehen ... Na ja, ich kann verstehen, dass er da etwas empfindlich ist. Aber es hat mich schon überrascht. Ich soll erst wiederkommen, wenn ich einen besseren Plan habe, hat er gesagt. Bei dem ich nicht in Kauf nehme, dass Luisa verletzt oder von Royce gefangen wird. Ich habe nachgedacht und beschlossen, wir versuchen es mit der Hütte. Jetzt müssen wir Royce nur noch dorthin locken. Das ist das Schwierigste. Vielleicht sollten wir es doch über den General und den Verräter versuchen – dann könnten wir mehrere Fliegen mit einer Klappe schlagen und dem General zeigen, dass es wirklich einen Verräter gibt."

„Luisas Chancen werden so nicht besser", wandte Harvey ruhig ein.

„Nein, aber unsere, Royce zu schnappen", entgegnete Mike. „Das ist es wert."

Er schwieg erneut.

„Und wie?", fragte Harvey, als Mike überhaupt keine Anzeichen zeigte, weiterzusprechen.

„Wir sagen dem General, dass Luisa hier ist. Der General wird die Kavallerie schicken. Der Verräter wird

Royce informieren. Royce wird kommen und Luisa fangen wollen und wir schnappen ihn mit den Truppen vom General. Der Verräter wird sich verraten und wir haben ihn auch."

„Hm", machte Harvey.

„Der Plan hat natürlich einen Schwachpunkt. Royce wird nur kommen, wenn er sicher weiß, dass Luisa in der Hütte ist, und wenn er keine Falle wittert", meinte Mike. „Das Wort des Verräters wird ihm vermutlich nicht ausreichen. Er wird einen Beweis wollen."

Sie schwiegen beide.

Harvey dachte nach. „Ich hab da eine Idee", sagte er schließlich.

Mike zog die Augenbrauen hoch. „Und die wäre?"

„Ich melde mich." Er stand auf und verließ ohne eine weitere Erklärung das Café. Er hatte einiges zu überdenken – und zu organisieren.

Es war schon weit nach achtzehn Uhr, als Harvey die Kaserne erreichte. Er hatte sich nicht angemeldet. Doch er war sicher, dass er den General antreffen würde. Dessen Hauptvergnügen bestand nahezu ausschließlich darin, Intrigen zu spinnen und den Millionenbetrag auf seinem Konto zu vergrößern. Harvey kannte den Mann im Wachhäuschen persönlich. Und so ließ sich der diensthabende Offizier nur seinen Ausweis zeigen und winkte Harvey durch. Fünf Minuten später betrat dieser die Kommandantur. Im Vorzimmer war niemand zu sehen. Er klopfte an die schwere Eichentür, die den Zugang zum Allerheiligsten des Generals blockierte.

„Herein!", hörte er den General rufen.

Harvey trat ein – und erstarrte. Der General thronte hinter seinem Schreibtisch. Soweit nichts ungewöhnliches. Doch direkt daneben stand Mark Hellman, ein Mann, den Harvey mittlerweile verabscheute wie kaum jemand anders – von Royce einmal abgesehen.

„Oh", sagte der General. „Ich hatte nicht mit dir gerechnet, Harvey."

„Sir", sagte Harvey ruhig.

„Mark, lass uns bitte allein", bat der General.

Mark warf Harvey seinerseits einen abschätzenden Blick zu und verschwand durch die Tür.

„Ich bitte um einen Spaziergang, Sir", sagte Harvey.

„Jetzt sei doch nicht so nachtragend", versuchte der General ihn zu beschwichtigen. „Überhaupt - wieso soll ich dir vertrauen und Mark nicht?"

„Die Luft ist schlecht hier drin, Sir", erwiderte Harvey.

Der General seufzte, zog aber seine Uniformjacke an. Harvey folgte ihm nach draußen. Drei Minuten später spazierten sie gemächlich über das Kasernengelände.

„Ehrlich, Harvey", sagte der General. Er klang genervt. „Ich weiß, dass ihr euch nicht gut versteht. Aber Mark ist auf unserer Seite. Glaubst du, er wäre mein Assistent, wenn ich ihm nicht vertrauen könnte? Er hasst Royce genauso, wie du ihn hasst. Und wie sagt man so schön: Der Feind meines Feindes ist mein Freund."

„Nein, Sir", sagte Harvey. Kaum zu glauben. Sie hatten sich monatelang den Kopf über den Verräter zermartert – und kaum unternahm Harvey einmal einen Überraschungsbesuch beim General, war alles klar. Der Verräter war niemand anderes als Mark Hellman. Warum nur war ihm vorher nie bewusst gewesen, dass Hellman für den General arbeitete – und das ganz offensichtlich auch ganz offiziell?

„Ich dachte, Ihr Assistent heißt Harley, Sir", fiel ihm ein.

„Mark hat einen anderen Namen angenommen. Er ist ein paar Leuten zu viel auf die Füße gestiegen", erwiderte der General. „Aber bist du wirklich wegen Mark hier?"

„Nein, Sir", sagte Harvey und fügte hinzu: „Kein

Wort zu Mark, Sir."

Der General rollte mit den Augen. „Willst du mir drohen? Nach allem, was ich für dich getan habe?"

Harvey würdigte ihn keiner Antwort.

„Ich verspreche es", gab der General schließlich auf. „Was willst du?"

„Zwei Stück x243pa."

„Was willst du denn damit?", fragte der General erstaunt.

Harvey schwieg.

„Ich weiß nicht, wo ich das so einfach herbekommen soll."

Harvey schwieg weiter.

„Ich werde sehen, was ich tun kann", seufzte er schließlich. „War's das?"

„Kein Wort zu Mark. Sir", sagte Harvey drohend. Dann ging er schnellen Schrittes davon.

Der General blickte ihm hinterher und fluchte leise. Dann machte er sich auf dem Weg zum Schießstand. Er hatte schon seit Monaten keine Waffe mehr in der Hand gehabt. Und auch seine Kondition war nicht mehr die beste. Besser, er fing wieder an zu trainieren. Man wusste ja schließlich nie.

Am nächsten Tag gegen 15 Uhr suchte Harvey Rick auf. Das war in der Regel der Zeitpunkt, an dem Rick am besten drauf war – schon länger wieder aus dem Heroinkoma erwacht, aber noch nicht auf Entzug. Er sieht erschöpft aus, dachte Harvey, als Rick ihm die Tür öffnete und ihn ins Wohnzimmer führte. Der General hatte sich nicht lumpen lassen und Rick ein eigenes Haus mit einer gut ausgestatteten Arztpraxis zur Verfügung gestellt. Soweit Harvey wusste, behandelte Rick darin ausschließlich Privatpatienten des Generals. Und experimentierte mit Heroin.

„Geht es allen gut?", fragte Rick müde, als sie Platz

genommen hatten.

„Sie sind okay", antwortete Harvey.

„Mike auch?"

Harvey zuckte die Schultern.

„Er gefällt mir gar nicht. Seine posttraumatische Belastungsstörung wird immer schlimmer", fügte Rick hinzu.

Harvey zuckte erneut mit den Schultern. Drei Tage Dauerbeschuss konnten jeden kleinkriegen.

„Wenn du ihn siehst, sag ihm, er soll ruhig wieder vorbeischauen. Wenn er nicht wieder so beschissene Pläne hat", fügte Rick bitter hinzu und schwieg einen Moment. „Was kann ich für dich tun?"

„Ich brauche ein Betäubungsmittel."

Ricks Brauen zogen sich düster zusammen. „Was habt ihr mit ihr vor?"

„Es ist nicht für sie."

„Gut, dann suche ich etwas heraus." Rick erhob sich zögerlich aus seinem Sessel. Er fühlte sich sichtlich unwohl bei der ganzen Sache.

„Hast du Hydromorphon als Retardkapseln?", fragte Harvey.

Rick blieb stehen und starrte ihn an. „Hydromorphon?", vergewisserte er sich. „Das ist ein hochwirksames Schmerzmittel." Er musterte Harvey durchdringend. „Was zum Teufel habt ihr vor?"

„Bitte", sagte Harvey. Er bat normalerweise nie um etwas.

Rick starrte ihn an. „Und es ist sicher nicht für die Frau?"

„Ja."

Rick nickte und verschwand. Wenig später kam er mit zwei Medikamentenschachteln wieder und verteilte ihren Inhalt auf dem Tisch. „So. Wie lang soll die Wirkung anhalten?"

„Vierundzwanzig Stunden."

„So lang?", rief Rick überrascht. „Es ist wesentlich

gesünder, das ganze einzeln zu dosieren und etwa alle sechs bis acht Stunden eine Pille zu nehmen."

„Geht nicht."

„Das ist höchst riskant. Das habe ich nicht da. Und ich brauche Hilfe dafür. Ich kenne da einen Apotheker ..."

Harvey runzelte die Stirn.

„Ich kenne ihn gut – er ist sehr vertrauenswürdig. Keine Sorge", beeilte sich Rick hinzuzufügen. „Er wird das für mich erledigen. Aber es wird vielleicht ein paar Tage dauern, bis ich die Pille habe. Du wirst noch einmal wiederkommen müssen."

„Kein Problem", sagte Harvey ruhig. Schritt zwei seines Planes war erfüllt.

Am nächsten Tag trafen sich Mike und Harvey in einem kleinen Café nahe der medizinischen Fakultät von St. Georges an der A24 Road in London. Mike musterte nachdenklich die medizinischen Fachbücher und Fachzeitschriften, die Harvey vor sich ausgebreitet hatte. Diese beinhalteten die unterschiedlichsten Themen. Fachbücher zu Schmerz- und Beruhigungsmitteln, Schockzuständen und posttraumatischer Belastungsstörung sowie zu amputierten Gliedmaßen und anderen unerfreulichen Dingen türmten sich vor Harvey auf. Ganz oben lag ein aufgeschlagenes Exemplar des medizinischen Fachmagazin The Lancet. „Mikrochirurgie: Abgetrennte Gliedmaßen wieder annähen", lautete die Überschrift.

Blöde Tarnung, dachte Mike. Wer wird Harvey schon abnehmen, dass er Arzt ist? Vor allem mit diesem Büchersammelsurium?

„Siehst schlecht aus", begrüßte ihn Harvey.

Mike musterte ihn äußerlich ungerührt. Aber es traf ihn trotzdem. Wenn Harvey das von sich aus sagte, ohne dazu aufgefordert zu werden, war das kein gutes Zeichen.

Mike fühlte sich tatsächlich nicht sonderlich gut. Seit er in London war, hatte er nicht mehr richtig geschlafen. Er hatte sich mittlerweile daran gewöhnt, dass Isabella ihn in seinen Gedanken heimsuchte. Dass Luisa sich zunehmend ebenfalls hineindrängte, war kaum zu ertragen.

„Der Verräter ist Mark Hellman", sagte Harvey unvermittelt.

Mike schaute auf.

„Mark Hellman ist Assistent vom General. Heißt jetzt Mark Harley", fügte Harvey hinzu.

„Was?", stieß Mike hervor.

Diesmal schwieg Harvey.

„Wir müssen die anderen informieren", knurrte Mike.

„Vielleicht solltest du zurück zur Hütte fahren. Schaust wirklich schlecht aus", sagte Harvey.

Mike musterte Harvey verärgert. Was ist denn mit ihm los?, dachte er. Er ist in letzter Zeit ja richtig gesprächig. Was hat Luisa mit ihm angestellt? Wenn Harvey noch einmal zurück zur Hütte geht, gewinnt er danach vermutlich den Nobelpreis für Eloquenz. „Ich habe keine Zeit", erwiderte er laut. „Der General hat mir einen Auftrag gegeben."

Harvey musterte ihn ruhig und zuckte nur die Schultern. „Ich fahre morgen", erwiderte er dann.

„Was macht dein Plan?", fragte Mike.

„Läuft", sagte Harvey nur.

„Sie ist in Schottland", sagte Royce.

„Aber die Marcovic wurde in Birmingham, Manchester und in drei verschiedenen Londoner Stadtteilen gesichtet", wunderte sich Ali.

„Blödsinn", knurrte Royce. „Alles Falschmeldungen."

„Mike war die letzten Wochen ausschließlich in London. Warum denkst du, dass sie in Schottland ist?"

„Ich habe alle Informationen auswerten lassen, die wir über die Reisen von Mike und den anderen haben. Harvey wurde in Inverness gesehen, Mike in Faslane-on-Clyde, Danny in Glasgow. Das sind zu viele Zufälle auf einmal. Ich glaube, jetzt sind wir endlich auf der richtigen Spur. Es ist nur noch eine Frage der Zeit, bis wir sie haben. Wir werden unsere Bemühungen intensivieren. Ich brauche Zugriff auf die Tempura-Daten. Koste es, was es wolle. Ich muss wissen, wohin sie gehen, mit wem sie sich treffen, wer wann aufs Klo geht. Einfach alles."

„Gut. Ich werde ...", sagte Ali.

„Nichts wirst du", unterbrach ihn Royce. „Hast du nicht zugehört? Da geht es um Tempura-Daten. Das muss ich selbst in die Hand nehmen. Es gibt genug, die mir noch einen Gefallen schulden. Die meisten werde ich aber wohl erst auf dem Bankett treffen. Das heißt, wir müssen unser Projekt aufschieben. Bis nach dem dreiundzwanzigsten Oktober."

„Das sind ja noch zwei Monate", sagte Ali zweifelnd.

„Das stimmt", erwiderte Royce. „Aber vorher komme ich an die Leute nicht heran, die ich brauche, um mir Zugang zu verschaffen. Außerdem hat das Bankett höchste Priorität. Das ist meine Bühne, um wieder in die Politik einzusteigen. Um die Schlampe kümmere ich mich danach."

„Was ist, wenn sie dich beim Bankett angreifen?", fragte Ali.

„Mit was denn?", lachte Royce. „Glaubst du, sie werden mich an diesem Abend verhaften? Ich habe genug Leute erpresst. Niemand wird es wagen, mich anzuklagen."

„Und was, wenn sie ein Attentat planen?", fragte Ali. „Es ist der einzige Tag, an dem sie mit Sicherheit wissen, wo du dich befindest."

„Mach dich nicht lächerlich", erwiderte Royce. „Die

Queen wird zu dem Bankett erwartet. Es wird vor Sicherheitskräften nur so wimmeln. Das einzige, was passieren kann, ist, dass sie versuchen, die Schlampe wegzuschaffen. Doch auch das dürfte schwierig werden. Sie ist die am meisten gesuchte Frau in ganz England. Tempura wird sie erwischen, wenn sie nur einmal ihre Nase irgendwo zeigt."

Frances beobachtete, wie Luisa im Matsch lag und versuchte, sich gegen Dannys Angriffe zur Wehr zu setzen. Sie schüttelte den Kopf. Das alles war viel zu zaghaft. Damit würde sie noch nicht einmal einen Achtjährigen abwehren können.

„Wartet mal!", schaltete sie sich ein. Sie verließ ihren Beobachtungsposten und setzte sich neben Luisa.

„Es ist viel effektiver, wenn du auf seine Augen zielst statt auf seinen Hals."

„Halt", lachte Danny. „Ehrlich gesagt möchte ich nicht, dass sie das an mir übt."

„Hmpf", machte Frances. „Lass mich mal."

Danny stand gehorsam auf und machte ein paar Schritte zur Seite. Frances kniete neben Luisa, packte ihren Hals und drückte feste zu. Luisa bekam keine Luft mehr und geriet in Panik. Instinktiv umklammerte sie Frances Hand und versuchte, sie wegzuschlagen. Gleichzeitig stocherte sie mit ihren Fingern nach Frances Hals. Doch Frances ignorierte Luisas verzweifelte Bemühungen und drückte weiter zu.

„Siehst du?", sagte sie dabei. „Die Augen sind viel effektiver. Du musst dann nicht mehr nach dem Ansatzpunkt suchen."

Luisas Finger schnellten nach oben und trafen Frances an der Wange.

Die zuckte zurück und ließ Luisas Hals los. „Gut!", lobte sie. „Viel besser!"

Luisa röchelte. Völlig geschockt starrte sie Frances an, die sich noch immer über sie beugte. Sie fasste sich an den Hals und schnappte nach Luft. Daraufhin schlug Frances ihr fest in den Bauch. Luisa schnappte erneut nach Luft. Sie rollte sich zur Seite, krümmte sich und stöhnte.

„Du musst immer kampfbereit bleiben!", hörte sie Frances irgendwo über sich schimpfen. „Wenn dich jemand würgt, sieh zu, dass du ihn niederschlägst. Wenn das nicht klappt, dann steh zumindest auf und hau ab. Was zum Teufel haben sie dir denn bisher beigebracht?"

„Im Training versuchen wir, Verletzungen so weit wie es geht zu vermeiden." Dannys Stimme war ganz nah. Er klang sehr ruhig. „Wir würgen niemanden – und wir schlagen niemanden zusammen."

Er beugte sich über Luisa und begutachtete ihren Hals.

„Sie wird nur lernen, wenn sie weiß, um was es geht", erwiderte Frances aufgebracht. „Ich glaube, sie hat bisher noch gar nicht kapiert, was es heißt, um ihr Leben zu kämpfen!"

Luisa setzte sich auf. Ihr Bauch tat höllisch weh. An geradesitzen war nicht zu denken. Dazu schmerzte ihr Hals wie wahnsinnig. Frances war völlig durchgeknallt, so viel war klar. Du bist ja völlig verrückt, versuchte Luisa zu sagen. Doch sie brachte nur ein heiseres Krächzen heraus.

„Komm." Danny half Luisa auf die Beine. Sich krümmend vor Schmerzen ließ sie zu, dass er sie in ihr Zimmer führte.

Dort zog sie die verschlammten Klamotten aus und setzte sich auf das Bett. Danny erschien mit einem feuchten Waschlappen.

„Kühl dir damit den Hals", sagte er. „Versuche, die nächsten Stunden nicht zu sprechen. Dann sollte es schnell wieder besser sein." Er ließ sie allein.

Wenig später hörte Luisa laute Stimmen. Ganz offensichtlich stritten Frances und Danny miteinander, höchstwahrscheinlich wegen Frances' rabiaten Trainingsmethoden. Luisa hielt sich den Lappen an den Hals.

Frances war völlig wahnsinnig. Das war sicher. Aber ein kleines Fünkchen Wahrheit lag schon in dem, was sie gesagt hatte. Luisa hatte noch nie solche unmittelbare Todesangst gehabt wie gerade. Eigentlich wusste sie gar nicht, was sie getan hatte, um sich zu befreien. Und das, obwohl sie vier Monate lang nahezu jeden Tag geübt hatte. Sie hatte lediglich völlig instinktiv und panisch reagiert. Wenn Royce mich angreift, habe ich schlechte Karten, dachte sie.

Einige Zeit später klopfte es. „Herein", wollte Luisa sagen, es kam aber wieder nur ein Krächzen heraus. Frances trat ein, schloss die Tür und setzte sich auf die Bettkante. Unwillkürlich zuckte Luisa zurück.

Frances seufzte. „Sorry", quetschte sie heraus. „War vielleicht doch etwas heftiger als ich gedacht hab. Geht's dir gut?"

„Ja", krächzte Luisa – und bereute es sofort.

„Vielleicht wirklich besser, wenn du erst mal die Klappe hältst", meinte Frances. „Hör zu. Ich mach dir einen Vorschlag. Ich bringe dir bei, wie man wirklich kämpft und wie man sich in echten Gefahrensituationen wehrt. Ich werde mich bemühen, nicht zu übertreiben. Es wird sicher etwas rauer als bisher. Aber dafür mache ich dich so fit und so tough wie möglich. Was denkst du?"

Luisa machte den Mund auf.

„Nein, sag besser nichts", unterbrach Frances sie sofort wieder. „Überleg es dir. Und sag's mir morgen." Dann stand sie auf und ging. Luisa starrte ihr hinterher.

In dieser Nacht jagte ein Albtraum den nächsten. Royce würgte sie, während Frances schrie, sie solle ihm in die Augen stechen.

Als sie am Morgen in der Küche auftauchte, wartete Frances schon auf sie. Von Danny war keine Spur zu sehen. „Hast du es dir überlegt?", waren Frances' erste Worte.

„Wir können es ja versuchen", krächzte Luisa.

Frances lächelte. „Du wirst es nicht bereuen."

Natürlich bereute Luisa es – und zwar bereits eine Stunde später. Nach dem Frühstück ging sie mit Frances joggen. Ihr Hals schmerzte noch immer. Sie dachte gerade an die Würgeattacke von Frances und fragte sich, wie deren weiteres Training wohl aussehen würde, als sie plötzlich von hinten gepackt und in den Bach gedrückt wurde. Wasser drang ihr in Mund und Nase. Luisa schlug verzweifelt um sich, konnte sich aber nicht aus dem Klammergriff befreien. Das war's dann, dachte sie.

Plötzlich wurde sie gepackt und aus dem Wasser gezogen. Luisa drehte sich zur Seite und schnappte nach Luft. Ihr Hals schmerzte noch mehr als am Vortag. Wasser einatmen war nie sonderlich angenehm – aber vor allem dann nicht, wenn der betroffene Hals am Vortag gewürgt worden war.

„Warum hast du dich nicht gewehrt?", fragte Frances forschend.

Luisa warf ihr einen bösen Blick zu, blieb aber stumm.

„Im Ernst – das muss viel besser werden!", rief Frances aus.

„So wird das nicht funktionieren", krächzte Luisa.

„Das glaub ich auch." Frances schüttelte den Kopf, während sie sich neben Luisa an das Bachufer setzte. „Ich werde mir was überlegen", versprach sie, während sich Luisa langsam aufrappelte. „Kannst du weiterlaufen?"

„Muss wohl", murmelte Luisa.

Frances grinste breit und lief munter voraus.

Als sie zur Hütte zurückkehrten, wartete Danny

schon auf sie. Sein Blick glitt über Luisas nasse Kleidung. „Du musst das nicht tun", sagte er ruhig. „Wenn du willst, dann rede ich mit ihr. Und morgen machen wir beide weiter."

Luisa zuckte nur mit den Achseln und verschwand in der Hütte. Sie musste das Ganze erst einmal verdauen.

Frances stellte ihre Trainingsmethoden tatsächlich etwas um. Sie nutzte nach wie vor Überraschungsangriffe. Statt Luisa zu würgen oder zu ertränken, setzte sie jedoch darauf, ihr plötzlich mehr oder weniger starke Schläge zu versetzen. Schnell gewöhnte sich Luisa daran, Frances stets genau im Auge zu behalten. Trotzdem kam es besonders am Anfang immer wieder vor, dass sie Schläge und blaue Flecken kassierte. Neben diesen Überraschungsangriffen übte sie mit Frances außerdem Schießen und verfeinerte ihr Krav Maga. Dabei bemühte sich Frances, ihr die jeweils effektivste Methode zu vermitteln.

Am nächsten Abend war das Wetter schön. Luisa und Frances saßen zusammen vor der Hütte und genossen die letzten Sonnenstrahlen.

„Kannst du das?", fragte Frances plötzlich. Wie aus dem Nichts erschien ein Messer mit einer schmalen, gezackten Klinge in ihrer Hand. Sie machte eine kurze Bewegung und schleuderte die Waffe in den nächsten Baum. Der war immerhin etwa zehn Meter entfernt. Luisa stand auf und besah sich das Ergebnis von Nahem. Das Messer steckte mitten in einem Astloch. Das war mit Sicherheit kein Zufall. „Wow", staunte sie. „Nein, das kann ich nicht."

„Na, dann wird es Zeit, dass du es lernst", grinste Frances. „Bring ich dir morgen bei."

„Woher kannst du das alles?", fragte Luisa bewundernd.

„Das?", fragte Frances zurück. „Von einem Freund.

Da war ich zwölf oder dreizehn."

Luisa zog fragend die Augenbrauen hoch.

Und Frances erzählte. „Weißt du – ich war kein einfaches Kind. Meine Mutter hat mich allein aufgezogen und hatte als Krankenschwester wenig Zeit für mich. Sie hat mich wohl geliebt, aber sie war einfach nie da. Meine Oma sollte auf mich aufpassen, hat sich aber nie richtig gekümmert. Aufgewachsen bin ich auf der Straße – zwischen hohen Betonklötzen. Das Viertel war fest in der Hand von Jugendbanden. Mein bester Freund Tim war drei Jahre älter als ich. Als er in eine Gang aufgenommen wurde, war das für ihn kein Grund, mich nicht mehr zu sehen. Im Gegenteil, er hat mich überallhin mitgeschleppt. Die anderen Jugendlichen fanden es interessant, dass ich mit dabei war. Ich wurde so eine Art Maskottchen. Sie brachten mir bei zu kämpfen – mit Messer, ohne Messer, aber auch den Umgang mit Schusswaffen. Ich wurde älter und blieb in der Bande. War wie meine zweite Familie. Nein, eigentlich war sie meine Familie." Frances schwieg einen Augenblick. „Wir haben damals das getan, was Banden eben so tun – jüngeren Kindern das Essensgeld geklaut, mit anderen Banden gekämpft, ab und zu auch mal einen Laden überfallen. Ich war mehrmals im Jugendarrest, einmal auch im Jugendknast. Da war ich vielleicht sechzehn. Der Drill und die Kälte haben mir aber überhaupt nicht gefallen. Deswegen wurde ich vorsichtiger. Sie haben mich auch nicht mehr erwischt. Das Ganze ging noch etwa zwei Jahre gut. Bis es eines Tages einen wirklichen Fight gab – zwischen meiner Bande und einer anderen. Ich war damals gar nicht in der Stadt, heute würde ich vielleicht sagen, zum Glück. Drei von meiner Bande sind bei dem Fight gestorben. Mein bester Freund war darunter. Als ich davon erfahren habe, bin ich völlig durchgedreht, hab alles zusammengeschlagen, was mir untergekommen ist. Autos de-

moliert und so was. Als die Bullen kamen, bin ich abge-
hauen. Ein Wunder, dass mich niemand erwischt hat.
Naja, die, die mich gesehen haben, hatten vielleicht
auch Angst vor mir und haben deswegen die Klappe gehalten. Ich war ziemlich berüchtigt damals." Frances
grinste. Aber es sah nicht sonderlich fröhlich aus. „Ich
bin eine Nacht bei einer Freundin untergekommen, die
sich am nächsten Tag bei der Armee verpflichten
wollte. Weil ich nichts besseres zu tun habe, bin ich
mitgegangen. Kämpfen und das legal – den Gedanken
fand ich interessant. Also habe ich mich, spontan, so
wie ich da stand, ebenfalls verpflichtet. Allerdings habe
ich schnell gemerkt, dass das nicht die beste Entscheidung war. Denn was ich unterschätzt hatte, war die
Disziplin. Jahrelang hatte ich gemacht, was ich wollte.
Plötzlich sollte ich in einer Reihe stehen und Männchen
machen. Ich fand das so affig und bin mit ziemlich jedem aneinandergeraten, den es so gab. Ein Offizier hat
mir nach einer Schlägerei in der ersten Woche prophe-
zeit, dass ich innerhalb einer weiteren Woche wieder
draußen wäre. Das jedoch hat meinen Ehrgeiz angesta-
chelt. Ich wollte insbesondere ihm beweisen, dass ich
das konnte. Es war eine pure Trotzreaktion. Naja, ich
habe mich von da ab zusammengerissen. Der streng ge-
regelte Tagesablauf hat mir tatsächlich geholfen, über
den Tod von Tim hinwegzukommen. Eine Mustersol-
datin bin ich nie geworden, aber es hat gereicht. In der
Grundausbildung bin ich nur selten an meine Grenzen
gestoßen – ich war ja vorher schon relativ fit gewesen.
Als sie mir dann ein Gewehr in die Hand gedrückt haben, war es um mich geschehen. Das fand ich wirklich
faszinierend. Schießen fiel mir sehr leicht. Das haben
meine Ausbilder schnell gemerkt und mich dement-
sprechend zur Scharfschützin ausgebildet."

„Wow", murmelte Luisa. Mit so einer Geschichte
hatte sie nicht gerechnet. „Da hast du ja ganz schön was
erlebt", meinte sie etwas lahm.

„Ziemlich viel Scheiße, hm?", murmelte Frances und starrte düster vor sich hin. Dann attackierte sie Luisa von der Seite und in den nächsten Minuten kassierte Luisa wieder ordentlich blaue Flecken.

Am nächsten Tag brachte Frances Luisa den Umgang mit dem Messer bei. Zunächst stand Messerwerfen auf dem Programm. Luisa konzentrierte sich auf den Bewegungsablauf und warf das Messer so, wie Frances es ihr gezeigt hatte. Die Waffe landete allerdings gut zwei Meter vom Baum entfernt im Gras. Kopfschüttelnd stand sie auf, um das Messer zu holen, da erhielt sie einen heftigen Stoß in die Seite, der sie beinahe umgeworfen hätte. „Au, verdammt", fuhr sie auf, drehte sich sofort Richtung Frances und hob die Hände vor das Gesicht.

„Gut", lobte Frances. „Das ist die richtige Einstellung. Beim nächsten Mal musst du mich aber endlich angreifen."

Danny saß neben der Hütte im Gras und beobachtete kopfschüttelnd die Trainingsmethoden von Frances, die so jedem Handbuch widersprachen, das es gab. Er konnte kaum glauben, dass sich Luisa darauf eingelassen hatte. Und ebenfalls konnte er kaum glauben, dass es seine Frances war, Frauenhasserin Nummer eins, die einer anderen Frau freiwillig etwas beibrachte. Außerdem fragte er sich zunehmend, warum Mike von Heulattacken und Wehleidigkeit gesprochen hatte. Seit er hier war, hatte er davon jedenfalls noch nicht allzu viel mitbekommen. Nun, ihm sollte es recht sein. Es war höchstens ein bisschen langweilig, da Frances das gesamte Training an sich gerissen und Danny lediglich eine Statistenrolle zugedacht hatte. Was ihm aber durchaus Sorgen bereitete, waren Luisas Albträume, die nicht zu überhören waren. Kein Wunder, dass sie so aussah, als ob sie die letzten Jahre nicht geschlafen hätte.

Am nächsten Tag gingen Frances und Luisa joggen. Auch Danny hatte sich ihnen angeschlossen. Als es daran ging, einen Bach zu durchwaten, ließ Frances Luisa den Vortritt. Luisa war auf alles gefasst. Tatsächlich ließ die nächste Attacke nicht lange auf sich warten. Als Frances Anstalten machte, sie zu schubsen, registrierte Luisa die Bewegung schräg hinter sich und fuhr herum. Frances war schneller. Sie verpasste Luisa einen ordentlichen Stoß. Luisa verlor das Gleichgewicht. Ihr gelang es aber, im letzten Moment Frances' Arm zu umklammern. So fielen beide in den Bach. Danny beobachtete kopfschüttelnd, wie die beiden anschließend versuchten, sich gegenseitig unterzutauchen und zu würgen. Frances hatte diesmal sichtlich Mühe, gewann aber schließlich die Oberhand und drückte Luisa unter Wasser. Aus dem nichts erschien plötzlich Luisas Fuß und donnerte Frances gegen den Kopf. Danny sah überrascht, wie seine Freundin taumelte. Luisa setzte sich schnell auf.

Frances hingegen blieb im Bach sitzen, blickte Luisa bedröppelt an und rieb sich den Schädel.

„Hab ich dich erwischt?", fragte Luisa, keuchend vor Anstrengung. Doch in ihrem Gesicht war Sorge zu lesen.

„Hast du", sagte Frances. Plötzlich grinste sie über das ganze Gesicht. „Hey, das war gut! Richtig gut!"

Luisa lächelte auch.

„Wollt ihr nicht mal wieder aus dem Bach steigen?", fragte Danny kopfschüttelnd. Er half beiden dabei, aufzustehen. „Das wird eine hübsche Beule geben", prophezeite er Frances. Die grinste nur weiter.

In den nächsten Tagen und Wochen setzte Frances ihre Trainingsmethode fort. Luisa war nur unter der Dusche und auf der Toilette vor einer Attacke von

Frances sicher. Doch es gelang ihr immer häufiger, Frances abzuwehren. Jedenfalls bei den Überraschungsangriffen. Am Nachmittag übten sie weiter Krav Maga. Dabei war sie natürlich auch nicht gerade zimperlich. Immerhin schlug Frances zwar hart zu, schaffte es aber, schlimmere Verletzungen zu vermeiden. So blieb die leichte Gehirnerschütterung, die Mike Luisa verpasst hatte, trotz allem der schwerste Unfall.

Obwohl Luisa immer fitter und reaktionsschneller wurde, hatte sie gegenüber Frances nicht den Hauch einer Chance. Ihre Schläge prasselten auf Frances ein. Doch was sie auch versuchte – es gelang ihr so gut wie nie, wirklich einen Treffer zu landen. „Warum mach ich das eigentlich?", rief sie schließlich einmal entnervt in einem Anfall von Enttäuschung und Verzweiflung aus. „Ist doch alles völlig sinnlos. Wie soll ich denn so gegen Royce eine Chance haben." Sie warf sich mutlos mitten in die nasse Wiese.

Frances setzte sich neben sie. „Richtig", sagte Frances. „Wirst du nicht."

„Sehr ermutigend", stöhnte Luisa und rollte sich zusammen.

Frances tätschelte ihr begütigend die Schulter.

Danny, der sie beobachtete, ließ vor Überraschung fast seinen Becher fallen. Frances war geduldig und zeigte Mitgefühl. Was zur Hölle war mit ihr passiert? Oder hatten die Probleme mit Isabella nur daran gelegen, dass sich die beiden nicht leiden konnten? Hatte er seine Freundin vielleicht die ganze Zeit falsch eingeschätzt?

„Ich habe auch keine Chance gegen Danny, Harvey oder Royce", erklärte Frances Luisa. „Die sind einfach viel größer und stärker. Was dich betrifft, so sind dir höchstwahrscheinlich neunundneunzig Prozent aller ernstzunehmenden Gegner körperlich überlegen."

„Ganz toll", murmelte Luisa.

„Du bist einfach klein und dürr, da sind deine Möglichkeiten von Haus aus begrenzt. Es gibt aber ein paar Strategien im Kampf gegen stärkere Gegner. Nutze jedes Überraschungsmoment, das sich dir bietet. Du siehst klein und unschuldig aus. Niemand wird vermuten, dass du kämpfen kannst. Lass dich niemals wirklich auf einen Kampf ein, wenn du es irgendwie vermeiden kannst. Versuche deinen Gegner bereits bei der ersten Attacke auszuknocken oder zu töten. Abschreckung funktioniert grundsätzlich auch gut."

„Was meinst du mit Abschreckung?", fragte Luisa misstrauisch.

„Mach was Krasses, womit keiner rechnet. Und das ohne Vorwarnung. Schneide deinem Gegner das Ohr oder die Nase ab. Schmeiß mit Handgranaten. Schlitze dem ersten, der dir blöd kommt, den Arm auf. Oder stich ihm in die Augen. Das macht dich nicht sonderlich beliebt, aber verschafft dir Respekt. Haben sie dir das bisher nicht beigebracht?"

„Hm. Nicht so direkt", murmelte Luisa. Mike hatte immer wieder betont, wie wichtig es war, wegzulaufen statt anzugreifen. Von erst schießen und dann fragen war ebenfalls nie die Rede gewesen.

„Hast du mich verstanden?", fragte Frances eindringlich.

„Ja," erwiderte Luisa und sah ihr in die Augen. „Das klingt durchaus – einleuchtend." Und das meinte sie. Grundsätzlich kam sie mit Frances viel besser klar als mit Harvey oder Mike. Vielleicht, weil Harvey mir noch immer unheimlich ist, überlegte Luisa insgeheim. Und Mike mich völlig konfus gemacht hat mit seinem „Würg mich, schlage mich ..." Bei Frances fällt mir das viel leichter. Vermutlich, weil ich nicht in sie verknallt bin.

„Wie hast du eigentlich Danny kennengelernt?", fragte Luisa eines Abends.

Frances schwieg einen Moment. „Das ist keine

schöne Geschichte.“

Luisa zog überrascht die Augenbrauen hoch. „Wieso nicht?“

„War bei einem Einsatz.“

„Oh.“ Jetzt war es an Luisa, einen Moment zu schweigen. „Sorry – ich wollte nicht indiskret sein. Kann ich verstehen, wenn du es nicht erzählen möchtest ... oder kannst.“

„Ich glaube, ich kann es dir schon erzählen“, sagte Frances langsam. „Vielleicht ist es sogar ganz gut. Vielleicht kann ich dir damit sogar helfen. Ich war damals in Afghanistan als Scharfschützin. Ich sollte einen Kommandanten der Taliban ausschalten. Drei Kameraden meiner Einheit sollten mich dabei begleiten und unterstützen. Die drei kamen mir von Anfang an verdächtig vor. Ist nicht so einfach, als Frau in der Armee. Dir droht nicht nur Gefahr von Seiten des Feindes. Wenn du verstehst, was ich meine.“

Luisa zog die Brauen zusammen. „Meinst du Richtung sexuelle Belästigung?“, fragte sie.

„Eher Richtung Vergewaltigung“, knurrte Frances düster.

„Wenn du es nicht erzählen möchtest ...“, bot Luisa noch einmal an. Ihr war etwas mulmig geworden.

„Nein, kein Thema“, erwiderte Frances. „Wir hatten unseren Auftrag erfolgreich abgeschlossen. Es war an der Zeit, einen Heli zu rufen, um uns abholen zu lassen. Ich musste mal pinkeln und habe mich etwas zurückgezogen. Als ich wieder zu den dreien aufschließen wollte, haben sie mich schon erwartet. Gewehr im Anschlag. Sie haben mir befohlen, mich auszuziehen. Sonst würden sie mich erschießen. Einer hat seine Hose runtergelassen. Es war widerlich.“

Luisa musste schlucken.

„Da habe ich ihnen dann eine Handgranate vor die Füße geworfen“, fuhr Frances fort. „Sie waren vielleicht drei Meter entfernt. Ich sage dir, es ist keine gute Idee, so etwas zu tun. Mach das nur, wenn du keine andere Option hast. Hörst du?"

„Okay", murmelte Luisa leicht fassungslos.

„Ich habe mich zu Boden geworfen", fuhr Frances fort. „Die Granate ist explodiert und hat die drei förmlich zerrissen. Da ist nicht mehr viel übrig geblieben. War ne ziemliche Sauerei. Ich war ja selbst auch verdammt nah drangewesen und habe erst einmal völlig die Orientierung verloren. Ich konnte nichts mehr hören. Kein sonderlich schönes Gefühl, kann ich dir sagen. Schließlich bin ich irgendwie auf die Füße gekommen, hab mein Gewehr aufgehoben, mich an einen Felsen gelehnt und erst einmal durchgeatmet. Ich wusste, dass ich verletzt war, aber nicht, wie sehr. Mein Plan war, wieder ganz zu mir zu kommen und dann den Heli zu rufen. Da ist plötzlich ein weiteres Team aufgetaucht. Das Team, das den Feind ausgespäht und das Ziel für uns markiert hatte, um uns Scharfschützen in die beste Position zu bringen. Die hatten die Explosion natürlich mitbekommen und wollten nach dem Rechten sehen. Ich dachte nur: Um Gottes Willen. Nicht nochmal. In dem Moment habe ich mit meinem Leben endgültig abgeschlossen. Es ist in der Armee nicht so gerne gesehen, wenn man die eigenen Kameraden umbringt – egal aus welchem Grund. Die von dem anderen Team kamen also auf mich zu. Einer hat mich angesprochen. Ich habe nur das Gewehr auf ihn gerichtet. Ich hab nichts gehört, aber ich habe in der Vergangenheit gelernt, mehr oder weniger von Lippen zu lesen. Das ist bei Einsätzen extrem nützlich. Der Typ hat mich jedenfalls gefragt, was passiert ist. Ich sagte, so gut ich das eben in dem Moment ausdrücken konnte, dass die Granate aus dem Nichts gekommen ist. Dabei hab ich mit dem Gewehr weiter auf ihn gezielt. Er hat sich umgesehen. Ich wusste, dass er wusste, was wirklich passiert ist. Danny ist eben schlau." Frances schwieg einen Moment. „Er hat mir Verbandszeug gezeigt und mich gebeten, das Gewehr herunterzunehmen. Ich glaube, in meinem Leben ist mir nie etwas schwerer gefallen. Schließlich habe ich es getan. Aber ich hielt mein Messer fest umklammert, während Danny mich verbunden hat. Er hat mir später erzählt, dass ihm selbst dabei verdammt mulmig gewesen war. Sie haben jedenfalls einen Heli gerufen und ich wurde ins Krankenhaus gebracht. Hat gedauert, bis ich wieder auf den Beinen war. Danny hat zu Protokoll gegeben, dass einer aus meinem Team auf eine Mine getreten ist. Der Vorfall war damit abgehakt. Niemand hat mehr groß nachgefragt. Danny hat mich dann im Krankenhaus besucht. So hat es damals mit uns angefangen. Seitdem machen wir fast alle Einsätze zusammen. Danny ist eigentlich bei den Special Forces gewesen. Da gibt es keine Frauen, die kämpfen. Aber er ist zu einer anderen Einheit gewechselt. Eine Spezialeinheit zur Ergreifung von Royce. Zusammen mit Mike und mit Harvey. Und er hat mich dazugeholt. Mike hat damals die Operation geleitet. Er war gar nicht begeistert, dass Danny darauf bestanden hat, mich mit einzubeziehen. Mike hatte vor allem große Sorge, dass Danny die Mission gefährden könnte, um mich in gefährlichen Situationen zu schützen. Ich hab dann Klartext mit Mike geredet. Begeistert war er danach immer noch nicht, aber er hat mir eine Chance gegeben."

„Interessant", stellte Luisa fest. „Jetzt weiß ich von dir mehr als von Harvey und Mike zusammen."

Frances grinste. „Über Harvey weiß ich auch so gut wie nichts. Außer dass Danny mit ihm einmal in Afghanistan gekämpft und ihm das Leben gerettet hat. Irgendwann hat er ihn dann für die Royce-Mission vorgeschlagen. Harvey hat mir am Anfang echt Angst gemacht. Er mustert dich immer so eindringlich."

„Stimmt", murmelte Luisa und dachte an die kalten Blicke, die er ihr immer zugeworfen hatte. „Wie ist er so wortkarg geworden? Und wo hat er die ganzen Narben her?"

Frances zuckte mit den Schultern. „Wie gesagt – keine Ahnung. Er war schon so, als ich ihn kennengelernt habe."

„Und Mike?", fragte Luisa. Nur nicht rot werden, dachte sie sich dabei. Frances sollte auf keinen Fall merken, wie viel Interesse sie wirklich an ihm hatte.

„Mike war früher anders", sagte Frances nachdenklich. „Er hat ab und zu mal gelacht."

„Kaum zu glauben", stelle Luisa fest und bemühte sich um einen möglichst trockenen Unterton.

„Nicht wahr?", grinste Frances. „Er ist damals oft mit uns um die Häuser gezogen. Wenn wir gleichzeitig in London waren, heißt das. Der Allerfröhlichste war er aber noch nie. Wobei er damals bei den Frauen durchaus beliebt gewesen ist. Jedes Mal, wenn er in London war, hatte er eine neue Freundin."

War ja klar, dachte Luisa mit einem leichten Anflug von Eifersucht.

„Bis die Sache mit Isabella passiert ist", fuhr Frances fort. Sie schwieg einen Moment und sagte dann langsam: „Nun ist er ganz anders. Viel verbissener. Seitdem hatte er keine Freundin mehr. Jetzt verfolgt er nur noch das Ziel, Royce zur Strecke zu bringen."

„Was ist mit Isabella passiert?", fragte Luisa.

Frances musterte sie durchdringend. „Ich glaube nicht, dass ich dir das erzählen sollte", sagte sie düster.

„Royce hat Isabella erwähnt", sagte Luisa. „Damals. Es klang für mich so, als ob er sie ..." Sie suchte nach einem passenden Wort, das nicht zu drastisch klingen sollte.

„Gefoltert und ermordet hat", vollendete Frances den Satz für sie. „Na, wenn du das sowieso schon weißt, kann ich dir auch die ganze Geschichte erzählen. Wir hatten damals einen heißen Tipp bekommen, dass Royce seine Opfer in einem Keller in einer ehemaligen

173

Fabrikhalle in London quält. Wir haben also den Keller gestürmt und die Wachen überwältigt. Royce war nicht da, dafür aber Isabella. Sie erzählte uns, dass Royce sie entführt und in diesen Keller gesteckt hatte. Tatsächlich hatte sie eine geschwollene Wange und leicht gerötete Augen, aber irgendwie kam sie mir von Anfang an falsch vor."

„Aber ... Royce hat sie gefoltert?", fragte Luisa, geschockt von so viel Kaltblütigkeit.

„Er hat sie damals nur ein bisschen verprügelt", sagte Frances. „Von Folter konnte da noch keine Rede sein. Dazu später mehr. Bei Mike jedenfalls war der Beschützerinstinkt geweckt. Er hat sich aufopferungsvoll um Isabella gekümmert, sie in Harveys Wohnung gebracht und uns darauf eingeschworen, sie vor Royce zu beschützen. Also sind wir alle bei Harvey eingezogen, um auf sie aufzupassen. Sie war wirklich hübsch. Makellose Haut, blonde Haare, blaue Augen. Nicht nur Mike, auch Danny und Harvey waren hin und weg von ihr. Das hab ich absolut nicht nachvollziehen können. Sie war dieser Typ falsche Schlange. Einmal ist sie zu mir gekommen und hat irgendwas gesagt, von wegen warum ich mich nicht hübscher anziehe, denn sonst könnte es ja sein, dass sich Danny sonst irgendwann eine andere sucht, die mehr auf sich achtet. Ich hab erst gedacht, dass ich nicht richtig gehört habe. Als sie weiter Schwachsinn erzählt hat, hab ich sie richtig zur Sau gemacht. Nicht, dass ich sie angefasst hätte oder so. Aber was macht die dumme Kuh? Rennt natürlich direkt zu Mike. Hat aber keinen Ton gesagt, sondern nur stumm Tränen vergossen. Mike war total besorgt und hat sie hundert Mal gefragt, was los ist. Doch sie wollte es ihm nicht sagen. Nachdem Mike sie förmlich bekniet hat, ist sie mit der Sprache rausgerückt. Ich hätte ihr gedroht, sie zu verprügeln, wenn sie mir auf die Nerven ginge. Mike war natürlich mega sauer und hat mich angefahren, dass Isabella meine Freundin sein möchte und dass ich mich gefälligst gut zu benehmen habe. Danny und Harvey waren ebenfalls wütend auf mich. Das Ganze hat sich ziemlich hochgeschaukelt. Ich habe versucht, die Schnepfe zu ignorieren, aber mach das mal, wenn du zu fünft in einer Sechzig-Quadratmeter-Wohnung hockst. Eines Tages waren alle unterwegs, nur Isabella und ich waren da. Sie hat sich im Schlafzimmer ausgeruht, ich habe ferngesehen. Dann kam Mike wieder und wollte sie sehen. In der Tür blieb er stehen. Wo ist sie?, fragte er. Und sie war tatsächlich verschwunden. Das Fenster stand offen, allerdings befand sich die Wohnung im zweiten Stock. Ich konnte mir nicht erklären, wie Royce sie da entführt haben sollte, ohne dass ich etwas mitbekommen habe. Wir haben sie überall gesucht, konnten aber keine Spur von ihr entdecken. Nach zwei Wochen ist Mike dann wieder einmal in seine eigene Wohnung gegangen. Da hat er sie dann gefunden. Royce hatte sie zu Tode gefoltert und in der Wohnung auf dem Sofa drapiert. Mike hat die Bullen gerufen und die haben ihn sofort als Hauptverdächtigen mitgenommen. Mike hatte aber ein Alibi und so mussten sie ihn wieder freilassen."

Frances erzählte an dieser Stelle nicht, dass das Alibi vom General gefaked worden war. Tatsächlich hatten sowohl Frances als auch Danny und Harvey nach wie vor keine Ahnung, was Mike in den Wochen nach Isabellas Verschwinden alles angestellt hatte. Sie wollten es auch gar nicht wissen. Frances verschwieg außerdem, wie unberechenbar Mike danach geworden war. So hatte er zum Beispiel einen Polizisten zusammengeschlagen. Auch diese Sache hatte der General unter den Teppich gekehrt, Mike aber in die geschlossene Psychiatrie einweisen und drei Monate lang medikamentös behandeln lassen. Gegen den ausdrücklichen Rat der Ärzte hatte der General anschließend Mikes Entlassung betrieben – wohl wissend, dass dieser nun alles daran setzen würde, Royce zu töten.

„Mike war danach ein anderer", fuhr Frances fort. „Er war bereit alles zu tun, um Royce zu ... Ich meine, vor Gericht zu bringen. Aber die Sache war noch nicht vorbei. Es hat mir keine Ruhe gelassen, wie Isabella damals aus dem zweiten Stock entführt werden konnte, ohne dass ich es mitbekommen habe. Also habe ich angefangen, in ihrer Vergangenheit zu wühlen. Mike hat damals kein Wort mehr mit mir gewechselt. War klar, dass ich die Schuldige war. Ich habe also im Alleingang Isabellas Leben nachkonstruiert und einen ehemaligen Mitbewohner ausfindig gemacht. Er hat mir erzählt, ihr Berufswunsch war es, Schauspielerin zu werden. Und dass sie eines Tages verschwunden ist, nachdem sie ein komischer Typ abgeholt hatte. Ein großer Typ mit Glatze und eisblauen Augen, den sie angehimmelt hat und der tatsächlich irgendwie berühmt war ... Ein paar Wochen später habe ich einen engen Mitarbeiter von Royce erwischt und zusammen mit Harvey zu Mike gezerrt. Der hat bestätigt, was ich schon geahnt hatte: Royce hat Isabella angeheuert, um Mike auszuspionieren. Und sie ist nicht entführt worden, sondern freiwillig zurück zu Royce, als dieser es ihr befohlen hatte. Nur, dass er sie dann eben getötet und versucht hat, ihren Tod Mike in die Schuhe zu schieben. Es hat Mike nicht wirklich geholfen, darüber hinwegzukommen. Aber immerhin hat er dann wieder mit mir geredet."

Frances verzichtete an dieser Stelle darauf, zu schildern, wie genau sie an die Informationen herangekommen waren und wie sie diese aus Royces Gefolgsmann geprügelt hatten.

Sie schwiegen ein Weilchen. Kein Wunder, dass Mike so ist, wie er ist, dachte Luisa. Da hat er bestimmt etwas anderes zu tun, als sich in mich zu verlieben. War ja so klar. Sie beschloss, das Thema zu wechseln. „Was ist denn jetzt eigentlich mit dem Prozess?"

„Welcher Prozess?", fragte Frances erstaunt.

„Der gegen Royce", erwiderte Luisa verwundert.

„Ah. Den Prozess meinst du." Frances schwieg einen Moment. „Ich denke, es wird klappen."

Nun war es an Luisa, einen Moment verwirrt zu schweigen. „Wann wird er denn überhaupt beginnen?"

„Royce muss ja erst einmal angeklagt werden."

„Und wie lange wird das noch dauern?" Wieso musste sie Frances alles aus der Nase ziehen?

„Ich denke, nicht mehr lange. Ende Oktober ist er in London. Da werden die Behörden zuschlagen."

„Kann ich dann wohl nach Hause?", fragte Luisa sehnsüchtig.

„Bestimmt", sagte Frances. „Hast du einen Freund?"

„Hm", machte Luisa, etwas irritiert über den plötzlichen Themenwechsel.

„Was macht er denn so?", fragte Frances.

„Er nervt."

Frances grinste.

Luisa versuchte, ihr die Sache mit Jonas zu erklären. „Am Anfang war ich in ihn verliebt. Aber jetzt ... Diese andauernde Routine ..." Sie seufzte.

„Bäh", machte Frances. „Das klingt wirklich mega langweilig Du freust dich aber sicher trotzdem darauf, ihn wiederzusehen?"

„Hm", seufzte Luisa. Und fragte sich dabei, wann sie eigentlich zuletzt einen Gedanken an Jonas verschwendet hatte.

An diesem Abend fasste sich Luisa ein Herz und schrieb einen Brief an Jonas. Sie schrieb einfach einmal drauf los, ohne groß nachzudenken.

Hallo Jonas,
ich habe über unsere Beziehung nachgedacht. Eigentlich stimmt es zwischen uns schon längst nicht mehr. Am Anfang war alles schön, voller Geigen und Rosen und was weiß ich, aber das ist längst vorbei.

Wir haben uns einfach nichts mehr zu sagen. Ich weiß schon längst nicht mehr, was ich dir noch schreiben soll.

Ich weiß nicht, wie lange ich noch hier bleiben muss und es ist nicht fair, wenn du auf mich wartest, während ich mir eine gemeinsame Zukunft immer weniger vorstellen kann. Deswegen gebe ich dich frei, Jonas. Ich bin sicher, dass es das Beste für uns beide ist.

Ich wünsche dir alles Gute. Lebe wohl.

Briefe schreiben ist doch viel einfacher, als reden zu müssen, dachte sie, als sie den Brief fertig geschrieben hatte. Wie Jonas darauf wohl reagieren würde? Mit Sicherheit würde er nicht in Liebeskummer zergehen und heulen. Vielleicht würde er nur die Achseln zucken und sich im Arbeitszimmer verkriechen und zocken oder klettern gehen ... Nun, egal, jetzt war es vorbei. Sie war regelrecht erleichtert.

Danny und Frances lagen im Bett, als sie von Motorengeräuschen geweckt wurden. Beide griffen nach ihren Waffen und spähten aus dem Fenster. Eine Taschenlampe leuchtete dreimal kurz und zweimal lang auf. Das Zeichen. Es war für die schottischen Berge Anfang Oktober mit zehn Grad eine verhältnismäßig warme Nacht. Sie ließen sich draußen in der Laube nieder und unterhielten sich leise.

„Der Verräter ist Mark Hellman", sagte Harvey, kaum, dass sie saßen.

„Was?", schnappte Frances.

„Wie ist das möglich?", fragte Danny ungläubig.

„Er ist der Assistent vom General", sagte Harvey bitter.

„Heißt der Assistent nicht Harley?", fragte Frances.

„Hat sich umgetauft", erklärte Harvey.

„Der General traut ihm?", hakte Danny nach.

„Offensichtlich – und vermutlich mehr als uns",

murmelte Frances. „Ausgerechnet der ..." Sie starrte finster vor sich hin.

„Immerhin wissen wir nun, dass Mike die ganze Zeit Recht hatte. Verdammter Mist", fluchte Danny, ohne weiter auf Frances zu achten.

„Wenn wir dem General sagen, dass wir Luisa hier haben, sagt der es dann Mark?", überlegte Frances laut. „Und wird Royce dann kommen, wenn er es weiß?"

„Wir haben dann nicht nur Royce, sondern auch den General am Hals", prophezeite Danny. „Wir geraten in eine unkontrollierbare Situation. Der General wird schnell hier sein und versuchen, Luisa wegzuschaffen. Und dann? Nein. Wir sollten den General möglichst komplett heraushalten."

„Royce wird kommen. Am dreiundzwanzigsten Oktober", sagte Harvey. „Der General wird es erst sehr kurzfristig erfahren."

„Wie das?", fragte Frances skeptisch.

„Das ist der Tag von seinem Bankett", stellte Danny fest. „Immerhin wird Royce da in London sein. Aber wie willst du sichergehen, dass er hierherkommt? Ohne den General einzuweihen? Und ohne, dass er eine Falle wittert?"

„Mir schuldet jemand noch einen Gefallen", sagte Harvey ruhig.

„Was, wenn es nicht funktioniert?", fragte Danny. „Es ist nicht mehr lange hin bis zum dreiundzwanzigsten Oktober."

„Es wird klappen", sagte Harvey. „Ich muss nochmal weg", fügte er nahtlos hinzu.

Frances und Danny blickten ihn überrascht an.

„Soll das heißen, dass wir noch hierbleiben müssen?", fragte Frances.

Harvey nickte knapp.

Einen Moment schwiegen alle drei.

„Und wie sollen wir dann wissen, dass es klappt?", fragte Frances weiter.

„Dadurch, dass Mike mit der Kavallerie anrückt", sagte Harvey.

„Mir soll es recht sein", erklärte Frances schließlich und zuckte die Achseln.

Danny blickte nachdenklich drein. „Du wirst aber nicht etwas Verrücktes tun? Etwas, das Mike tun würde?" fragte er plötzlich misstrauisch.

„Nein", sagte Harvey knapp. Das, was er vorhatte, würde Mike mit Sicherheit nicht tun.

Harvey hatte eine Zeitung mitgebracht. Frances überflog den aktuellen Artikel über Luisa. „Er weiß Bescheid?", fragte sie fassungslos. „Woher?" Danny nahm ihr die Zeitung aus der Hand und las selbst.

Das feminine Gesicht des Terrors – Deutscher Todesengel in Schottland

Britischen Geheimdienstinformationen zufolge soll sich die deutsche Terroristin Luisa Marcovic in Schottland aufhalten. Ihr genauer Aufenthaltsort ist allerdings unbekannt. Berichte, nach denen die 28-Jährige Unterstützung von ehemaligen Mitgliedern der Special Forces erhalten hat, wurden von britischen Sicherheitskräften zurückgewiesen. Es gilt als wahrscheinlich, dass Marcovic in einem libyschen Terrorcamp ausgebildet wurde. Höchstwahrscheinlich ist sie bewaffnet. Sie gilt als sehr gefährlich, fanatisch und skrupellos. Sachdienliche Hinweise nimmt jede Polizeidienststelle entgegen.

„Er wird unsere Routen nach Schottland verfolgt haben", sagte Danny düster. „Immerhin ist er hier noch nicht aufgetaucht. Ich glaube auch nicht, dass er uns finden wird. Jedenfalls nicht mehr bis zum dreiundzwanzigsten Oktober. Es sei denn ..." Fragend sah er in Harveys Richtung. Der zuckte nur die Achseln und starrte düster vor sich hin.

Luisa wachte auf. Draußen begann es hell zu werden. Frances hatte sie gar nicht geweckt. Was wohl los sein mochte? Vielleicht war ja Harvey zurückgekehrt – oder Mike? Kaum hatte Luisa diesen Gedanken gefasst, war an Schlaf nicht mehr zu denken. Was, wenn Mike wirklich da war? Ihr Magen krampfte sich in nervöser Erwartung zusammen. Ruhig bleiben, versuchte sie sich zu sagen. Das wird in hundert Jahren nichts mit ihm und dir. Kein Grund, sich zu freuen. Und vermutlich ist er ja überhaupt nicht da. Doch egal, was sie sich auch einzureden versuchte – sie konnte an nichts anderes mehr denken als an ihn.

Schließlich hielt sie es nicht mehr aus. Sie brauchte Gewissheit. Hastig stieg sie aus dem Bett und schlich durch die Hütte. Alle Türen standen sperrangelweit auf, es war aber niemand zu sehen. Dafür standen jede Menge Plastiktüten, gefüllt mit Lebensmitteln, in der Küche. Wo waren sie denn?

Luisa lauschte und hörte von draußen leise Stimmen. Sie blickte durch das Fenster. Drei Gestalten saßen in der Laube. Harveys Gestalt war unverkennbar. Also kein Mike. Sie seufzte leise. Es ist besser so, versuchte sie sich einzureden. Aber enttäuscht war sie trotzdem.

„Hey", rief Frances in dem Moment. Sie grinste über das ganze Gesicht.

Luisas Magen zog sich zusammen. Frances wirkte so glücklich. Das konnte nur bedeuten, dass sie zurück nach London fuhren. Noch einmal allein mit Harvey? Das wollte sich Luisa einfach nicht vorstellen.

„Was schaust du denn so traurig drein?", rief Frances. „Kein Grund dazu. Wir haben doch endlich wieder Wurst. Ein Hoch auf Harvey!"

„Dann bleibt ihr hier?", fragte Luisa zaghaft.

„Ach, davor hast du Angst", lachte Frances. „Nur zu

verständlich. Nein, keine Sorge. Harvey fährt heute Nacht wieder."

Die Erleichterung, die Luisa fühlte, war unbeschreiblich.

Harvey bliebt den ganzen Tag über. Sie sah, wie er große Kisten aus dem Wagen im Zimmer von Danny und Frances verstaute und hörte ihn darin rumoren.

„Luisa!"

Sie zuckte zusammen. Was konnte Harvey von ihr wollen? Überrascht betrat sie das Zimmer. Er kniete vor einer großen Kiste. Darin befanden sich mehrere Gewehre, Pistolen und Munition. Luisa wurde es mulmig zumute. Harvey unterbrach ihre Gedanken.

„Wie viele Pistolen?", fragte er.

Luisa stutzte einen Moment, dann fiel ihr die Bitte von vor einigen Wochen wieder ein. „So viele du entbehren kannst."

Harvey zog die Augenbrauen hoch, drückte ihr aber fünf Pistolen und Munition in die Hand. Wortlos, natürlich.

„Danke", sagte Luisa ernst und nahm die Waffen an sich.

Später zeigte sie ihm ihren Stapel Briefe. „Kannst du die bitte wieder einwerfen?", fragte sie.

Harvey nickte nur kurz und knapp.

Bei Einbruch der Nacht sah Luisa ihm nach, wie er davonfuhr. Bei sich hatte er den Brief an Jonas. Gott sei Dank. Luisa schluckte. Was, wenn er es sich doch zu Herzen nahm? Vielleicht war der Brief doch etwas zu harsch gewesen. Aber das konnte sie nun nicht mehr ändern. Sie atmete tief durch. Jetzt mussten sie nur noch den Prozess gegen Royce gewinnen – und sie war frei. Zuerst würde sie zu ihren Eltern zurückkehren und einige Tage bei ihnen bleiben. Dann musste sie einfach hoffen, dass ihre Chefin sie wieder haben wollte – aber daran hegte Luisa kaum einen Zweifel. Sie hatte ja erklärt, was passiert war. Und ihre Chefin wusste, dass Luisa gute Arbeit leistete. Vielleicht würde sie nicht denselben Job zurückbekommen – aber sie würde sicher wieder eingestellt. Doch zuvor würde sie eine weite Reise unternehmen. Vielleicht zu den Kanarischen Inseln, da war es das ganze Jahr über schön und nicht zu kalt. Das würde mit Sicherheit herrlich werden. Eine gute Möglichkeit, um das alles hinter sich zu lassen und zu vergessen. Vielleicht würde Mike sie begleiten? Sei nicht albern, schalt sie sich. Mike und du – das wird in hundert Jahren nicht passieren. Er hat nur Interesse an gutaussehenden Frauen. Falls er nach Isabella überhaupt noch eine Freundin haben kann. Bilde dir nur nichts ein. Doch insgeheim träumte sie weiter ...

Harvey hatte einen Haufen Zeitungsausschnitte dagelassen. Mit großem Interesse informierte sich Luisa am Abend über den Ausgang der Bundestagswahlen. Große Koalition trotz großer Mehrheit der CDU, las Luisa. Das wird Jonas bestimmt ärgern.

Und es gab Neuigkeiten zum Giftgasanschlag aus Syrien. Erst hatte die USA unbedingt einen Militärschlag anzetteln wollen und es dann plötzlich doch lieber gelassen.

„Komisch", murmelte Luisa. „Es war ihnen doch so wichtig. Warum geben sich die Amis jetzt mit so wenig zufrieden? Vermutlich hat die USA gar kein Interesse daran, sich in einen weiteren langwierigen Krieg mit wenig Aussicht auf Erfolg verwickeln zu lassen. Nur deswegen halten sie sich da raus."

Frances lümmelte am Tisch. „Ist mir eigentlich scheißegal", verkündete sie.

„Aber – es hätte einen Krieg geben können. Und es kann noch immer einen geben", erwiderte Luisa verblüfft. „Vielleicht hätten sie dich dann da eingesetzt.

Das ist dir egal?"

Frances zuckte die Achseln. „Politik ist mir scheiß-egal."

„Aber ... du hast doch gekämpft. In Afghanistan. War dir das dann auch egal, warum?"

„Scheißegal", bekräftigte Frances. „Ich bin in die Armee gegangen, weil ich nicht wusste, wo ich hin sollte. Seitdem gehorche ich den Befehlen. So gut es eben geht. Wenn sie mir sagen: Erschieß den Taliban, dann mach ich das. Wenn sie sagen: Erschieß jeden mit einem Gewehr, dann mach ich das. Ist mir dann wurscht, ob er sechzehn oder sechzig ist. Ich geh dann halt davon aus, dass die, auf die ich schießen soll, unsere Feinde sind. Auch wenn das unter Umständen mit Freiheit und Demokratie nicht mehr viel zu tun hat. Ich habe genug Kriegsverbrechen gesehen, die eigentlich vor Gericht gehört hätten. Sowohl vom Feind als auch von uns. Mal sollte ich eingreifen, mal nicht. Und deswegen halte ich mich da raus."

Luisa musterte sie sprachlos.

„Ich sehe das etwas anders", schaltete sich Danny ein, der ebenfalls Zeitung gelesen hatte. „Die politischen Gründe für einen Krieg sind sicher eine Sache. Dass es da nicht um Frieden und Gerechtigkeit geht, ist auch klar. Aber ich denke doch, dass man nicht tatenlos zusehen kann, wenn korrupte Regimes Zivilisten unterdrücken oder niedermetzeln. Es war an der Zeit, das brutale Regime der Taliban und die Diktatur von Saddam Hussein zu beenden."

„Dafür haben die da jetzt Chaos – und das ist schlimmer als vorher. Unter Saddam war das Land wenigstens halbwegs stabil. In Syrien auch. Und jetzt kann dort niemand mehr in Sicherheit leben. Dazu kommt, dass immer nur die bösen Regimes gestürzt werden, die die USA nicht leiden können. Als das ägyptische Volk Mubarak gestürzt hat, der ja immerhin auch ein brutaler Diktator war, kam von den USA nur der Aufruf zur Mäßigung. Das hat denen gar nicht gefallen, dass ihr treuer Verbündeter abgesetzt wurde."

„Auch in Ägypten herrschte einige Zeit erst das Chaos und jetzt ein neuer Diktator", wandte Danny sanft ein.

„Ja, aber da haben sich die Ägypter selbst erhoben. Ihnen hat keiner eine Marionettenregierung aufgezwungen, wie das der Westen in Afghanistan und dem Irak gemacht hat. Und was er sicher auch in Syrien vorhat."

„Das Regime von Bashar al-Assad hat unzählige Zivilisten verhaftet, gefoltert und ermordet. Auch die Syrer haben das Recht, selbst über ihr Land zu bestimmen."

„Ja, wenn man sie denn lassen würde. Die USA und Großbritannien unterstützen ja schon wieder irgendwelche terroristischen Vereinigungen, weil sie aus Afghanistan nichts gelernt haben. Nur nicht sich selbst die Hände schmutzig machen. Und wenn sie doch eingreifen, dann nur, um Öl zu bekommen und Diktaturen nach ihrem Gutdünken einzurichten."

„Ich bin in die Armee eingetreten, weil ich geglaubt habe, dass es gut ist, anderen Ländern Freiheit und Demokratie zu bringen", meinte Danny trocken.

Luisa stutzte einen Moment und sah ihn groß an. Irgendwie hatte sie vergessen, mit wem sie sich da grade unterhielt und wem sie da einen Vortrag über Demokratie und Gerechtigkeit hielt ...

„Ist schon gut", winkte Danny ab. „Ich weiß selbst, dass viele Gründe nur vorgeschoben sind." Er seufzte. „Es hat ein bisschen gedauert, aber ich habe es schließlich auch mitbekommen. Wobei ich es mir schon immer zur Aufgabe gemacht habe, selbst abzuwägen und im Zweifelsfall den Zivilisten zu helfen."

„Und es funktioniert?", fragte Luisa.

Er zuckte die Achseln. „Meistens schon. Aber es gibt

natürlich immer Situationen, in denen es nicht so einfach ist. Wenn man zum Beispiel mehrere Top-Terroristen angreift, auch wenn dadurch Zivilisten in Gefahr geraten." Er starrte düster vor sich hin. Offenbar hatte er eine ganz bestimmte Situation im Kopf.

„Das verstehe ich", sagte Luisa. „Auch wenn das natürlich sehr ungünstig für die betroffenen Zivilisten ist."

Danny warf ihr einen schnellen Seitenblick zu. „Ich glaube, es ist Zeit, ins Bett zu gehen", sagte er. Und damit war das Gespräch beendet.

Harvey fuhr in dieser Nacht allerlei Umwege. Es war zu hoffen, dass Royce ihn erst aufspüren würde, wenn er Schottland längst verlassen hatte. Endlich war er in seiner kleinen Wohnung in London angekommen. Er machte sich einen Tee und setzte sich dann an seinen Küchentisch, um Luisas Briefe zu lesen. Er hielt sich den ersten Brief nah an die Augen. Die Handschrift von Luisa hatte sich nicht wesentlich verbessert. Ein Brief an Jonas. Er seufzte und begann zu lesen. Als er in der Mitte angekommen war, stutzte er einen Moment. Hatte er das richtig verstanden? Er las noch einmal. Sie wollte sich offensichtlich von ihm trennen. Nun denn ...

Harvey lehnte sich zurück, nahm einen Schluck Tee und dachte nach. Sollte er seinen Plan wirklich in die Tat umsetzen? Er wusste, dass es keine gute Idee war. Nicht ansatzweise. Aber welche Chance gab es sonst? Und er hatte noch einiges gutzumachen ... Es war nicht mehr lange hin bis zum dreiundzwanzigsten Oktober. Er hatte bereits alles in die Wege geleitet. Da musste er jetzt durch. So unerfreulich es auch werden mochte.

Kapitel 6

Luisa, Frances und Danny saßen in der Küche. Luisa hatte zum hundertsten Mal seit Beginn des Zeugenschutzprogramms Nudeln mit Tomatensauce gekocht. Das um neun Uhr in der Früh zu essen war durchaus etwas gewöhnungsbedürftig gewesen, aber nachdem sie weder Milch noch Brot hatten, mussten sie ja irgendetwas zu sich nehmen.

Danny und Frances stocherten lustlos in ihren Nudelbergen herum. Sie wirkten angespannt. Luisa hatte jedoch nicht das Gefühl, dass das an ihren Kochkünsten lag. Bisher waren die beiden nicht sonderlich wählerisch gewesen. Das konnten sie auch schlecht sein, bei den Alternativen, die es zu Nudeln mit Dosentomatensauce so gab: Bohnen aus der Dose, Corned Beef, Kartoffeln und Reis waren die Klassiker, die mindestens einmal in der Woche aufgetischt wurden. In letzter Zeit waren durch Frances' Jagdkünste immerhin noch Reh und Hase auf dem Speiseplan gelandet. Wenn es also nicht am Essen lag, was konnte die beiden dann so sehr beschäftigen?

„Beginnt heute der Prozess?", fragte sie.

Danny und Frances sahen sie überrascht an.

„Es kann jeden Tag so weit sein", erwiderte Danny schließlich. „Wir erwarten täglich neue Nachrichten."

In diesem Moment ertönten Motorengeräusche. Frances und Danny sprangen auf. Luisa blickte erschrocken aus dem Fenster. Motorengeräusche tagsüber waren kein gutes Zeichen. Nachts zu fahren war viel sicherer. Ein Blick durch das Fenster brachte Entwarnung. Aber nur teilweise. Es war Mike. Luisa fühlte, wie sich ihr Magen in nervöser Erwartung zusammenkrampfte. Mike war da! Sie hatte sich in den letzten Wochen nahezu jeden Tag vorgestellt, wie er wiederkommen würde. Wie er eines Morgens in der Küche sitzen würde, vielleicht mit einem kleinen Lächeln auf seinem Gesicht. So, als hätte es den unglückseligen Krav-Maga-Vorfall nie gegeben ... Sie hatte sich so oft vorgestellt, wie er sagen würde: Es ist vorbei. Royce ist im Gefängnis. Er kann dir nichts mehr tun. Und dann würde er sie in die Arme nehmen und küssen ...

Mike wirkte jedoch alles andere als freundlich und entspannt, als er aus dem Auto stieg. Er war blass und wirkte abgekämpft. Außerdem schien seinem Gesichtsausdruck zufolge gerade die nächste Eiszeit angebrochen zu sein. Luisa fühlte sich, als hätte Frances ihr in die Magengrube geboxt.

Mike betrat die Küche. Sein Gesicht war eine ausdruckslose Maske, seine Hand umkrampfte ein klobiges Mobiltelefon, das er auf den Tisch fallen ließ. „Luisa, du gehst sofort in dein Zimmer und lässt die Vorhänge geschlossen. Du hältst dich von allen Fenstern fern. Du bleibst da, bis wir dir etwas anderes sagen", befahl er kalt.

Luisa blieb wie angewurzelt sitzen. Ihre Gedanken schlugen Purzelbäume. „Aber ...", stammelte sie.

„Geh!" Sein Ton duldete keinen Widerspruch.

Sie sprang auf und verschwand in ihrem Zimmer, warf sich auf das Bett und rollte sich zusammen. Ihre Gefühle liefen Amok. Mike war wieder da – aber offensichtlich musste etwas Schreckliches passiert sein. Küssen würde er sie in naher Zukunft mit Sicherheit nicht. Vielleicht war die Verhaftung von Royce schiefgegangen? Er kommt doch hoffentlich nicht hierher, dachte sie verstört. Aber immerhin war Mike nun da. Auch wenn er sie nicht küssen würde, beschützen würde er sie ja hoffentlich.

Sie hörte die drei draußen leise diskutieren, konnte aber nur ein paar Wortfetzen verstehen, die hauptsächlich von Frances stammten.

„Dieser Wahnsinnige ..."

„Das Beste draus machen ...“

„Kavallerie rufen ...“

„Nützt alles nichts.“

Luisa wurde immer mulmiger. Und sie war sich gar nicht so sicher, ob sie wirklich wissen wollte, was passiert war.

„Ich weiß nun, worin Harveys Plan bestand“, sagte Mike tonlos zu Frances und Danny, nachdem er Luisa aus dem Zimmer geworfen hatte. „Er hat sich fangen lassen. Davor hat er Brian eine SMS geschrieben: Bin bei Royce. Ihr habt vierundzwanzig Stunden. Holt die Kavallerie. Und dann hat er mir noch die Frequenz eines Peilsenders übermittelt.“

Danny und Frances schwiegen einen Moment völlig benommen. Royce hatte Harvey ...?

„Warum hat Harvey das getan?“, fragte Danny schließlich fassungslos. „Ist er völlig wahnsinnig? Was, wenn Royce ...“ Er schwieg. Egal, was Royce Harvey antun würde – besser, sie malten sich das Schlimmste aus.

„Wir haben zwölf Stunden“, sagte Mike. „Nicht viel Zeit, um uns vorzubereiten.“

„Was ist mit dem General?“, fragte Frances.

„Ich habe ihn angeschrieben. Er hat noch nicht geantwortet“, sagte Mike. „Vermutlich schläft er seinen Rausch aus. Er war gestern auf der Party von Royce. Dieses verdammte Arschloch.““

„Können wir ihm wirklich trauen?“, fragte Frances zweifelnd.

„Wir haben keine Wahl“, knurrte Danny. „Wir brauchen Unterstützung. Uns bleibt nichts, als zu hoffen, dass der General diesmal schlau genug ist, um Hellman nicht einzuweihen.“

Plan A hatte nicht funktioniert. Aber das hatte Harvey schon im Vorfeld geahnt. Plan A hatte darin bestanden, Royce aufzulauern und ihn zu töten. Dafür hatte Harvey das Restaurant gewählt, in dem Royce am Tag vor seiner Party einen Tisch reserviert hatte, um sich mit ein paar Wirtschaftsbossen zu treffen. Die Presse schwärmte von ihm und informierte ihre interessierten Leser über jeden Schritt, den er machte. Es hatte in Strömen geregnet, deswegen waren kaum Leute unterwegs gewesen. Harvey hatte Royce aufgelauert. Als dieser aus dem Restaurant kam und gerade ins Auto steigen wollte, hatte Harvey angefangen, zu schießen. Eventuell hatte er ihn auch am Arm getroffen. Das konnte er jedoch nicht sicher sagen. Jedenfalls waren es zu viele Leibwächter gewesen. Sie waren aus dem Nichts gekommen, hatten ihn niedergeschlagen und auf dem Rücksitz verstaut. Es hatte gar nicht lange gedauert, bis sie ihn wieder ausgeladen hatten. Nun lag er nackt und gefesselt auf einem Metalltisch in einem weiß gefliesten Raum. Er hoffte stark, dass Plan B erfolgreicher verlaufen würde. Aber er wusste, dass auch das vermutlich nur Wunschdenken war. Immerhin hatte sich der erste Schwachpunkt an Plan A nicht erfüllt. Denn es hatte keine Garantie gegeben, dass ihn die Leibwächter nicht einfach abknallen würden. Hier hatte Harvey darauf gesetzt, dass Royce potenzielle Attentäter lebendig wollte, um seine Rachegelüste zu befriedigen und um Informationen aus ihm herauszuquetschen. Insofern konnte er mit dem bisherigen Verlauf seines Planes durchaus zufrieden sein.

Royce erschien in Harveys Gesichtsfeld und beugte sich zu ihm herunter. „Ausgerechnet du", zischte er. „Du warst damals mein bester Mann. Ich hatte große Hoffnungen auf dich gesetzt. Ich hätte dich zu allem machen können, was du gewollt hättest. Und wie hast du es mir gedankt?" Royce spuckte ihm ins Gesicht. „Ich habe leider nicht viel Zeit, über die alten Zeiten zu plaudern", fuhr er fort. „Morgen wird mir zu Ehren eine Party veranstaltet und ich muss dazu noch ein paar Vorbereitungen treffen. Bitte entschuldige, dass ich sofort zu effizienten Methoden greifen muss, um dich zum Reden zu bringen. Ich hätte mir gerne etwas mehr Zeit gelassen, aber du hast deinen Besuch ja leider nicht angekündigt. Aber vielleicht haben wir später mehr Muße – wenn Mike und die Schlampe erst einmal hier sind."

Royce drückte Harvey ohne Vorwarnung ein Tuch auf das Gesicht und übergoss es mit Wasser. Gott sei Dank, nur Waterboarding, dachte Harvey. Dann dachte er erst einmal nichts mehr, sondern versuchte verzweifelt, nach Luft zu schnappen. Natürlich wusste Harvey, dass er nicht wirklich ertrinken würde. Das Verhör hatte schließlich gerade erst angefangen. Außerdem hatte er diese Methode selbst oft genug angewendet. Das Schöne daran war, dass sich das Ertrinken-Gefühl einstellte, ohne dass dem Gefolterten tatsächlich etwas passierte. Wenn der Körper aber darauf bestand, zu ertrinken, half Logik wenig. Und so schnappte Harvey weiter nach Luft und versuchte, um sich zu schlagen. Auch dabei blieb es beim Versuch. Die Metallfesseln gaben nicht nach.

Endlich zog Royce das Tuch von Harveys Gesicht. Für kurze Zeit ließ er ihn Atem schöpfen – und fing dann wieder von vorne an. Immer und immer wieder.

„Sag es mir", hörte er Royce über ihm säuseln. „Sag mir, wo die Kleine ist, und ich lass dich in Ruhe. Ich bin nicht nachtragend, Harvey. Sag mir, wo die Kleine ist, und du kannst wieder für mich arbeiten. Ich kann immer einen guten Mann gebrauchen."

Harvey gab gurgelnde Geräusche von sich, blieb ansonsten aber stumm.

„Die anderen waren wohl zu feige, um mich anzugreifen, hm? Sie wollten wohl lieber die kleine Schlampe bewachen, hm? Sie dachten sicher, dass sie

sie bis in alle Ewigkeit vor mir verstecken können. Aber du wusstest, dass dem nicht so ist, nicht wahr? Du allein hattest den Mumm, dich mir entgegenzustellen. Das bewundere ich durchaus. Aber das hilft dir nichts. Denn ich muss wissen, wo die Schlampe ist." Und er wiederholte seine Wasserspiele, wieder und wieder und wieder.

Endlich ließ er von Harvey ab. „Ich muss leider schon gehen", seufzte er. „Aber keine Sorge – ich komme wieder und dann können wir uns weiter unterhalten." Zwei Männer tauchten auf. Einer hatte einen Taser in der Hand. Der Elektroschock raubte Harvey beinah die Sinne. Doch er bekam mit, wie sie seine Handschellen aufsperrten und ihn unsanft auf den Fußboden stießen.

Anschließend wurde er an den Händen gepackt und durch den weiß gefliesten Raum gezerrt. Harvey starrte benommen die Decke an, ohne wirklich einen klaren Gedanken fassen zu können. Die Männer brachten ihn in eine kleine, ebenfalls weiß gefliste Kammer mit einer schweren Metalltür und ließen ihn einfach auf dem Boden liegen. Die Tür fiel ins Schloss. Harvey war allein.

Es dauerte eine Weile, bis er wieder bei sich war. Mühsam richtete sich auf und sah sich in seiner Zelle um. Einrichtung Fehlanzeige. Es gab weder eine Matratze noch einen Toiletteneimer oder ähnliches. Wird ziemlich eklig hier, auf Dauer, dachte Harvey. Aber bisher ist es ja ganz gut verlaufen. Ich hoffe mal, dass Royce bei seinem Waterboarding bleibt und nicht doch mit Elektroschocks kommt. Oder mir irgendwelche Körperteile abschneiden will.

Dann dachte er über Plan B nach. Dieser beruhte auf dem kleinen Hochleistungssender mit der Bezeichnung x243pa nahe seiner Halswirbelsäule, den er vom General erhalten und den Rick ihm implantiert hatte. Der junge Arzt hatte ihn für verrückt erklärt. „Ich kann ihn da zwar reinimplantieren, aber den bekommst du nur mit einem Präzisionseingriff wieder heraus. Und selbst dann bleibt ein Risiko, dass etwas schiefgeht. Und dann bist du querschnittsgelähmt. Im schlimmsten Fall wirst du lebenslänglich mit dem Sender herumlaufen! Den kann man nicht mehr so einfach entfernen."

Harvey hatte sich nicht die Mühe gemacht, ihm zu erklären, dass genau das der Zweck der Übung war. Schließlich wollte er sichergehen, dass der Sender nicht so einfach entfernt werden konnte. Und nahe der Halswirbelsäule war er auch schwer zu entdecken.

Die Taktik hatten sie schon mehrmals bei al-Qaida-Mitgliedern angewendet. Mit den kaum aufzuspürenden Sendern konnten sie ein hervorragendes Bewegungsprofil erstellen. Leider hatte es in der letzten Zeit Fälle gegeben, wo der Sender doch gefunden worden war. Mittlerweile wurden al-Qaida-Ex-Gefangene gezielt von ihren eigenen Leuten daraufhin untersucht. Wurde ein Sender gefunden, stand al-Qaida vor der Wahl, ihren Anhänger ab sofort von allen Aktionen auszuschließen oder ihn kaltzustellen. In der Praxis kam das Entdecken eines der Sender in neunundneunzig Prozent aller Fälle einem Todesurteil gleich, was den Geheimdiensten wiederum nur recht war.

Harvey hoffte für sich, dass Royce den Sender nicht aufspüren würde. Denn das kleine Ding war seine Lebensversicherung. Wenn Royce den Sender fand und entfernte, konnte er Harvey in einem dunklen Loch ohne Hoffnung auf Rettung vermodern lassen. Doch dann würde Harvey höchstwahrscheinlich querschnittsgelähmt sein – und Royce mit Sicherheit weniger Spaß beim Foltern haben.

Der General hatte Harvey versichert, dass die Signalstärke ausreichte, um ihn nahezu an jedem Ort aufzuspüren. Harvey hoffe, dass das stimmte. Nichts wäre erfreulicher, als wenn der General ihn befreien würde – idealerweise, während Royce sich gerade in einer möglichst verfänglichen Position befand.

Plötzlich brach ein Höllenlärm über ihn herein. Royce ließ seinen Gefangenen mit Heavey Metal bedröhnen – in der Lautstärke eines startenden Düsenjets. Das war durchaus etwas unangenehm, kam Harvey aber für Plan C sehr gelegen. Denn dieser bestand darin, es mindestens vierundzwanzig Stunden in Gefangenschaft auszuhalten, ohne zu reden. Und das Schwierigste daran war, abzuschätzen, wann die vierundzwanzig Stunden vorbei sein mochten. Grobe Anhaltspunkte würden ihm die An- und Abwesenheiten von Royce geben. Aber die einzelnen Tracks waren noch besser für eine genaue Zeitschätzung geeignet. Und Harvey hatte nichts gegen Heavy Metal. Es hätte bis jetzt also wesentlich schlimmer kommen können.

Mike starrte grimmig auf das Smartphone in seiner Hand. Dank Empfangsverstärker waren sie in der Lage, damit zu telefonieren und sogar Bilder zu verschicken. Internet hatten sie hier natürlich nicht. Das Teil hatte ihm der General vor einiger Zeit für Notfälle aufgeschwatzt. Wozu um alles in der Welt soll ich Bilder verschicken, fragte sich Mike einen Moment. Dann wandte er sich wieder der Anrufliste zu. Anscheinend hatte er bereits siebenundfünfzig Mal versucht, den General zu erreichen. Der Akkustand war nur noch bei zwanzig Prozent. Gut, dass sich das Handy mit der Autobatterie aufladen ließ. Das hätte sonst sehr unangenehm werden können. Mike fluchte leise vor sich hin. Die Zeit lief ab. Wenn sie nicht bald Verstärkung bekamen, mussten sie die Hütte aufgeben. Dann wäre alles umsonst. Das darf nicht passieren, dachte Mike grimmig. So eine Chance bekommen wir nie wieder. Erneut wählte er die Nummer des Generals und nach mehrmaligem Klingeln stand diesmal tatsächlich die Verbindung.

„Hallo?", hörte er den General verschlafen antworten.

„Hallo", knurrte Mike und machte sich keine Mühe, seine Wut zu verbergen. „Ich hoffe, Sie haben gestern schon einmal schön gefeiert. Denn es ist so weit. Unsere Operation findet heute Nacht statt."

„Was ist passiert?", fragte der General. Er wirkte auf einmal deutlich wacher.

„Harvey hat sich von Royce fangen lassen", knirschte Mike. „Besser, Sie setzen alle Hebel in Bewegung, die Sie zur Verfügung haben. Gehört dazu zufällig auch ein Peilsender?"

„Ja, das Spielzeug hat er von mir", antwortete der General aufgeräumt.

„Wenn Sie Harvey schnell finden, haben Sie auch Royce. Geben Sie die Info an die Geheimdienste weiter. Bereiten Sie ein Team vor, das den Folterkeller von Royce stürmen kann. Und schicken Sie mir ein zweites Team her, um ihn, wenn das schiefgeht, hier abzufangen. Ich werde Ihnen eine verschlüsselte Nachricht mit den Koordinaten zukommen lassen, sobald die Teams abflugbereit sind. Sorgen Sie dafür, dass niemand erfährt, wohin die Reise geht. Involvieren Sie auf keinen Fall Mark Hellman."

„Okay", sagte der General gedehnt. „Das kann ich veranlassen. Aber du kennst meine Bedingung. Nicht, dass ihr am Ende wieder euren Moralischen bekommt."

„Geht klar, Sir", erwiderte Mike und legte auf.

Der General überlegte einen Moment, dann wählte er die Nummer eines Bekannten im Innenministerium. „Ich weiß, wo sich die Terroristin Marcovic aufhält. Sie plant ein Attentat in London. Gegenwärtig befindet sie sich in Schottland. Ich werde sofort zwei Teams zusammenstellen und ..."

„Das wird nicht möglich sein", hörte er die wohlvertraute näselnde Stimme. „Zumindest nicht so einfach. Gemäß den Vorschriften brauche ich den Namen Ihrer

Quelle, bevor ich einen Einsatz genehmigen kann."

„Ich kann die Quelle nicht preisgeben." Die Stimme des General war gefährlich leise.

„Dann brauche ich andere Beweise", verkündete die Stimme. „Überhaupt müsste der Antrag eigentlich von der örtlichen Polizei stammen – oder zumindest vom MI5. Sonst dürfen Sie gar nicht eingreifen."

„Es handelt sich um eine Angelegenheit der nationalen Sicherheit!" brüllte der General. „Sie werden die Polizei nicht damit belästigen wollen!"

„Das mag sein", sagte der Kontakt. „Aber ohne Beweise ..."

Der General knirschte mit den Zähnen. „Ich werde die Beweise beschaffen", sagte er und legte auf.

„Diese verdammten Hurensöhne", fluchte wenig später Mike. „Sie wollen Beweise, dass es sich wirklich um die Terroristin Marcovic handelt", informierte er Danny und Frances. „Und die Zeit wird knapp ... Diese verdammten Idioten." Er brütete vor sich hin. „Beweise. Diese ..."

Plötzlich sprang er auf, lief in die Hütte und platzte in Luisas Zimmer. „Los, aufstehen, Schießtraining!", knurrte er.

Luisa sah ihn mit großen Augen an, nahm aber gehorsam ihre Waffe und folgte Mike nach draußen.

Sie ging in Position, wie Harvey es ihr beigebracht hatte, und schoss ein Magazin leer.

„Genug", knurrte Mike. „Zurück in die Hütte."

Luisa zögerte und blickte unsicher zu ihm herüber.

„Los, geh schon", fuhr Mike sie an.

Luisa gehorchte sichtlich verdattert.

Der General hing wieder am Telefon. „Ein Wanderer hat das Foto mit seinem Handy gemacht", erläuterte er seinem Kontakt im Innenministerium. Interessiert betrachtete er das Bild, das Mike ihm geschickt hatte. Er hat ganze Arbeit geleistet, dachte er. Sie kann wirklich als Terroristin durchgehen, wie sie so ihre Pistole hält und feuert. Das muss einfach funktionieren. „Ich werde das Downing Street Nummer 10 vorlegen und mich wieder melden", sagte sein Gesprächspartner und legte auf.

Anschließend rief der General einen alten Kumpel beim MI5 an. „Ihr müsst ein Signal nachverfolgen. Von einem Hochleistungssender." Er gab die Frequenz durch. „Du darfst nur mir davon berichten."

„Tut mir leid, aber das kann ich nicht machen", sagte die Stimme am Telefon. „Nach den Vorschriften ..."

„Ich scheiß auf deine Vorschriften!", brüllte der General. „Sieh zu, dass du den Sender findest!"

„Das ist unmöglich!", erwiderte der nach diesem Gespräch offensichtlich ehemalige Kumpel. „Die Vorschriften ... Ich kann nicht einfach hergehen und streng geheime Sender vom Militärgeheimdienst aufspüren. Dazu brauche ich einen offiziellen Antrag."

„Verdammt nochmal!", brüllte der General. „Es geht um Leben und Tod!"

„Es geht nicht. Und außerdem mache ich jetzt Mittagspause", sagte sein Kontaktmann und legte auf. „Mittagspause? Um zehn Uhr? Was, verdammt!", fluchte der General in den toten Hörer hinein. Er versuchte noch mehrmals, ihn zu erreichen – keine Chance.

Anschließend tobte der General eine halbe Stunde durchs Zimmer. Nachdem er sämtliche Akten aus dem Schrank auf den Fußboden gefegt hatte, beruhigte er sich und setzte sich zurück an seinen Schreibtisch. Gut, dann musste der Idiot von Harvey eben noch ein bisschen schmoren. Was hatte der sich auch dabei gedacht, sich Royce auszuliefern. Das hatte er nun davon. Wenn er mir vertraut hätte, wäre das gar nicht passiert, dachte der General und zuckte gedanklich die Achseln. Nur, weil er Mark Hellman für einen Verräter hält ...

Ich habe nie einen zuverlässigeren Assistenten gehabt. Paranoides Pack. Der General griff erneut zum Hörer.

„Mark, komm bitte in mein Büro", sagte er kurz.

Mike tigerte vor der Hütte auf und ab. Er hielt das Handy fest umklammert und bellte: „Warum können Sie das Signal nicht nachverfolgen? Es geht um Leben und Tod, verdammt." Er lauschte ins Telefon. „Dann besorgen Sie sich eine Genehmigung!", brüllte Mike und würgte das Gespräch ab.

„Sie wollen das Signal von Harvey nicht nachverfolgen", fauchte er dann. „Diese gottverdammten ..." Er hielt inne. „Und der General hat noch keinen Einsatzbefehl für die beiden Teams. Das wird verdammt knapp."

Gelobt sei das Hydromorphon, dachte Harvey. Noch etwa zwölf Stunden zu überstehen. Er wusste nicht, was Royce da genau mit Feuerzeugen, Zangen und Messern veranstaltete. Er wollte es auch gar nicht wissen. Die schlechte Nachricht war, dass Royce in der dritten Runde das Waterboarding nicht mehr genügt hatte und er von normalerweise effizienten zu deutlich blutigeren Foltermethoden geschwenkt war. Es war naiv gewesen, zu glauben, dass sich Royce vierundzwanzig Stunden lang nur mit diversen Wasserspielchen begnügen würde, dachte Harvey.

Interessanterweise waren die aktuellen Foltermethoden dank dem Hydromorphon deutlich leichter zu ertragen als das Waterboarding. Todesangst war nun mal Todesangst. Jetzt war es eher so, als ob da ein anderer Körper als der seine auf dem Tisch lag.

„Erinnerst du dich daran, wie wir einmal beinahe die Tochter von Osama bin Laden geschnappt haben?", hörte Harvey Royce in sein Ohr flüstern. „Und wie sie uns durch die Lappen gegangen ist? Und wie wir danach das ganze Dorf abgefackelt haben? Das Schreien der Frauen und Kinder ist noch immer Musik in meinen Ohren ... Wie konntest du darauf verzichten? Du bist, was du bist, Harvey. Was du damals gemacht hast, kannst du nicht mehr rückgängig machen. Warum hast du mir den Rücken zugekehrt?"

Danny, dachte Harvey. Als sie dich aus der Armee geworfen haben, haben sie mich in die Einheit von Danny gesteckt. Am ersten Abend hat er mir seine Pistole gezeigt – so ganz beiläufig – und mir in gemütlichem Plauderton gesagt: „Bei mir werden keine Frauen und Kinder gefoltert. Wenn mir diesbezüglich etwas zu Ohren kommt, jage ich dir eine Kugel in den Bauch. Ist das klar?" Als er mir dann das Leben gerettet hat – obwohl er wusste, dass ich das für ihn nicht getan hätte – habe ich angefangen, nachzudenken.

„Vergiss nicht – wir hatten damals den offiziellen Auftrag, die Moral der Taliban zu untergraben", hörte er Royce weiterreden. „Es war unser Auftrag, ihre Frauen und Kinder zu terrorisieren. Es hat niemanden geschert, was wir mit ihnen gemacht haben. Was hat sich geändert, Harvey?"

Alles, dachte Harvey. Ich habe mich geschämt für das, was wir getan haben. Auch wenn der General es befohlen hat. Es war falsch. Und deswegen ist es nur gerecht, dass ich hier liege, ohne zu wissen, ob ich bereits für den Rest meines Lebens ein Krüppel bin oder nicht. Deswegen werde ich alles aushalten – egal, ob ich sterbe oder ob du mir einen Arm oder ein Bein abschneidest. Wobei ich doch sehr hoffe, dass die Kavallerie vorher kommt.

Luisa saß in ihrem Zimmer und wartete. Sie war nervös. Irgend etwas Schreckliches war passiert, da war sie sich mittlerweile sicher. Aber was? Sie versuchte, sich mit Musik abzulenken. Ohne Erfolg. Sie versuchte, das Buch von Stephen Hunter fertigzulesen. Aussichtslos. Schon nach drei Sätzen schweifte sie ab – zu Mike und seinem merkwürdigen Verhalten.

Irgendwann brachte Frances ihr etwas zu essen.

„Was ist passiert?", fragte Luisa.

Frances schwieg einen Augenblick. „Mach dir keine Sorgen", sagte sie dann ruhig. „Wir haben alles unter Kontrolle."

Doch Luisa merkte deutlich, wie angespannt sie war.

„Bitte", flehte sie.

„Wir ..." Frances zögerte. „Es kann sein, dass Royce weiß, wo du bist. Aber keine Sorge. Wir passen auf dich auf. Und heute Nacht werden wir dich vermutlich verlegen. Es wird dir nichts geschehen. Das verspreche ich."

Und dann lief sie eilig nach draußen und knallte die Tür zu und Luisa hatte dabei ein ganz schlechtes Gefühl.

„Schon sechzehn Uhr und wir haben noch immer keine beschissene Einsatzgenehmigung", knirschte Mike. „Wenn die sich nicht bald beeilen, erscheint Royce hier tatsächlich vor der Kavallerie."

„Wir kommen auch so klar", meinte Frances, die gerade bestimmt zum hundertsten Mal an diesem Tag ihr Gewehr auseinander- und wieder zusammengebaut hatte.

„Das Gelände ist viel zu weitläufig", widersprach Danny. „Wir sind nur zu dritt. Wer weiß, mit wie vielen Leuten Royce anrückt? Notfalls müssen wir die Aktion abblasen und uns zurückziehen."

„Kommt nicht in Frage", erwiderte Mike grob und schnappte sich sein Smartphone. „So eine Chance bekommen wir nie wieder."

Zum hundertelften Mal an diesem Tag rief er den General an.

„Ich arbeite dran", hörte Mike ihn schnaufen. „Ich konnte den Militärgeheimdienst davon überzeugen, sich Harveys Peilsender vorzunehmen. Wenn der Zuständige dort Zeit findet. Das kann aber wohl noch ein paar Stunden dauern. Und Downing Street Nummer 10 hat nachgefragt, ob wir wirklich die Kavallerie brauchen, um eine einzelne Terroristin in Schottland zu fangen."

„Erzählen Sie ihnen von mir aus, sie hätte eine Atombombe" erwiderte Mike zornig. Am liebsten wäre er ins Telefon gekrochen, um den General zu würgen.

Dieser überlegte kurz. „Interessante Idee. Das könnte tatsächlich klappen." Dann legte er auf.

Mike lief nervös auf und ab. Bisher sah es nicht gut aus. Kein Lebenszeichen von Harvey und noch immer kein Einsatzbefehl. Weder um Royce in Schottland zu schnappen noch um Harvey zu befreien. Wenn er denn wirklich befreit werden musste. Noch immer nagte der Zweifel an Mike. Konnte er sich wirklich so stark gewandelt haben? Mike erinnerte sich noch gut an das Gespräch, das er damals mit Danny geführt hatte, als dieser Harvey aus einem brennenden Gebäude im Irak gezogen hatte.

„Harvey hat für Royce gearbeitet. Er weiß genau, wie er tickt. Das ist für uns ein unschätzbarer Vorteil."

„Woher wissen wir, dass er uns nicht hintergeht?"

„Er schuldet mir was."

„Wer weiß, was er Royce schuldet."

„Er ist ein anderer geworden", hatte Danny versichert.

Eine Woche später hatte sich Harvey bei Mike zum Dienst gemeldet. Gegen den ausdrücklichen Rat der Ärzte hatte er das Krankenhaus verlassen, kaum dass er wieder drei Schritte gerade gehen konnte. Die schrecklichen Brandwunden in seinem Gesicht waren kaum verheilt und nicht behandelt worden. In den letzten Jahren hatte sich Harvey immer loyal gezeigt. Doch nach wie vor war Mike nicht sicher, ob sie den Verräter wirklich beim General zu suchen hatten.

Harvey hatte mittlerweile ein paar Elektroschocks überstanden. Und die Wirkung des Schmerzmittels hatte nachgelassen. Vielleicht war es Zeit …

„Du bist echt ein knallharter Hund", hörte er Royce sagen. „So etwas habe ich schon lange nicht mehr erlebt. Kein Mucks … Man könnte glauben, dass du irgendwelche Pillen genommen hast … Nun, was hältst du davon?" Royce erschien in Harveys Blickfeld und hielt ihm eine Knochensäge unter die Nase.

„Wo ist die Schlampe?", fragte er vielleicht zum hundertsten Mal an diesem Tag. Harvey atmete tief durch. Die vierundzwanzig Stunden mussten vorüber sein. Hoffentlich war Mike vorbereitet.

„56° 63' 59" N, 4° 50' 96" W", sagte er mit seiner rauen Stimme.

Royce legte die Knochensäge beiseite, nahm Harveys Smartphone und tippte eifrig darauf herum. „Noch einmal", befahl er knapp.

Harvey gab erneut die Koordinaten durch.

„Du willst mich wohl verarschen?", rief Royce überrascht aus. „Rannoch Moor? Da gibt es doch nichts." Er nahm die Knochensäge und setzte diese erneut an Harveys Handgelenk an.

„56° 63' 59" N, 4° 50' 96" W", wiederholte Harvey. „Da ist eine Hütte."

Royce beugte sich über sein Handgelenk und fletschte die Zähne. Harvey schloss die Augen.

Davor hatte er sich am meisten gefürchtet. Er spürte die kalte Metallsäge an seinem Handgelenk, spürte den Druck, den Royce ausübte, spürte den unglaublichen Schmerz, als die Säge begann, sich in sein Fleisch zu fressen … Nicht schreien, sagte sich Harvey und biss die Zähne zusammen.

Royce stoppte. „Nun gut", sagte er. „Wer hätte gedacht, dass dich der Gedanke an eine Amputation zum Reden bringt? Es nützt dir nur nichts, weißt du? Wenn ich die Schlampe und Mike habe, werde ich dich in kleine Scheiben schneiden. Leider habe ich gerade jetzt, wo es schön und spannend wird, keine Zeit mehr. Aber für eine Kostprobe reicht es noch."

Wenig später fing Harvey doch an zu schreien.

Der Marschbefehl kam gegen zehn Uhr abends. „Wir kommen mit zwei Helis. Wo sollen wir hin?", fragte der General.

Mike übermittelte die Koordinaten. „Das ist ja mitten im Nirgendwo!", rief der General erstaunt. „Dass ihr da überhaupt Strom habt!"

Mike warf einen Blick auf seinen Handyakku. Er würde das Ding noch einmal ans Auto anschließen müssen. Dämliche Smartphones. Sein altes Handy hatte tagelang durchgehalten. Doch damit hätte er keine Bilder schicken können.

„Wir sind gegen ein Uhr da", ergänzte der General.

„So spät?", rief Mike entsetzt.

„Bis die Jungs fertig sind ... Aber keine Sorge, Royce ist noch in London", versuchte der General ihn zu beruhigen. „Das Bankett geht mit Sicherheit bis Mitternacht. Und dann muss er erst einmal herkommen."

„Er hat auch einen Hubschrauber", erinnerte Mike ihn.

„Wir werden vor ihm da sein", versicherte der General.

Frances hatte schon seit Stunden ihren Posten bezogen. Sie wartete. Durch das Zielfernrohr konnte sie sowohl die Hütte als auch die Gegend im Auge behalten. In Luisas Zimmer brannte Licht. Ab und zu sah Frances ihren Schatten. Sie war noch wach. Kein Wunder, bei der ganzen Aufregung.

Frances seufzte. Schade, dass es so enden musste. Gibt es denn keinen anderen Weg?, fragte sie sich.

Doch Dannys Entscheidung würde sie sich nicht widersetzen. Zum wiederholten Male scannte sie die Gegend. Da – eine Bewegung. Schatten, die sich verstohlen heranpirschten. Frances wartete, bis sie ganz sicher war. Dann gab sie über Funk an Danny durch: „Die Kavallerie ist da."

Mike erwartete die Verstärkung am Waldrand oberhalb der Wiese, auf der sich die Hütte befand. Nicht direkt an der Hütte, damit sich Royce nicht über einen zertrampelten Boden wundern konnte. Der General hatte es sich nicht nehmen lassen, die Operation persönlich anzuführen.

„Keine Sorge!", rief er, sobald er Mike entdeckt hatte, und hob beschwichtigend die Arme. „Royce ist noch immer in London. Das habe ich grade nochmal bestätigt bekommen. Wir sind rechtzeitig gekommen. Die anderen Jungs haben bereits auf der anderen Seite Aufstellung genommen."

Mike runzelte die Stirn. „Da ist das Moor", sagte er. „Es ist verdammt gefährlich, vor allem bei Dunkelheit. Von da wird Royce sicher nicht kommen."

Der General zuckte die Achseln. „Wo sollen die Jungs hin?", fragte er.

Mike musterte die Männer kurz. Die Soldaten waren alle noch recht jung – der Älteste vielleicht Mitte zwanzig. Aber er war sich sicher, dass sie wussten, was sie taten. Also hielt er sich nicht mit Höflichkeiten oder Formalitäten auf. „Die Zielperson ist noch nicht eingetroffen. Wir erwarten ihn in circa ein bis zwei Stunden. Er kommt vermutlich mit dem Hubschrauber – da, wo Sie heute gelandet sind. Er ist bewaffnet und sehr gefährlich. Vermutlich hat er etwa zehn trainierte Kämpfer bei sich, allesamt ehemalige Special-Forces-Soldaten. Sein Ziel ist die Hütte da unten. Darin befindet sich der Köder für ihn, die Terroristin Luisa Marcovic. Die Eliminierung der Zielperson hat höchste Priorität."

„Keine Gefangenen!", mischte sich der General ein. „Wir werden versuchen, die Zielperson abzufangen, bevor sie sich der Hütte nähert. Idealerweise, indem wir den Hubschrauber in die Luft jagen. Ich bekomme eine Info, sobald ein Hubschrauber in einem Radius von hundert Kilometern um die Hütte in den Luftraum eindringt. Auch überwachen wir alle in Frage kommenden Hubschrauber, sodass wir frühestmöglich über das Ziel informiert werden."

Die Soldaten nickten ernst.

„Es ist gut möglich, dass die Zielperson das voraussieht, mit Fahrzeugen anrückt und den letzten Rest des Weges zu Fuß zurücklegt", fügte der General hinzu. „Deswegen ist es wichtig, die gesamte Gegend zu überwachen. Auch wissen wir nicht genau, was Harvey Royce gesagt hat – ich meine, was die Zielperson über die Hütte weiß. Deswegen müssen wir flexibel bleiben."

„Gut", nickte Mike, als der General fertig geredet hatte. „Danny, weise ihnen dann bitte die entsprechenden Positionen zu."

In den letzten Wochen hatte Danny vier strategisch wichtige Punkte ausgewählt, auf denen sich Scharfschützen postieren und die Gegend überwachen sollten. Vier weitere Soldaten bekamen einen Posten nahe der Hütte zugewiesen.

„Verteilt euch im Gelände!", wies Danny die übrig gebliebenen Soldaten gerade an, als sein Funkgerät knisterte.

„Da ist jemand in der Hütte!", sagte Frances und blickte angestrengt durch das Zielfernrohr. „Ich habe einen Schatten in Luisas Zimmer gesehen", präzisierte sie einen Augenblick später mit ausdrucksloser Stimme. „Einen großen Schatten."

Es war schon spät – sicher weit nach Mitternacht. Die Gaslampe in Luisas Zimmer brannte. An Schlaf war nicht zu denken. Nervös tigerte sie auf und ab. Mike, Harvey und Frances waren noch immer irgendwo draußen. Sie hörte Schritte. Das klang nach Danny. Die Tür wurde aufgerissen. Es war nicht Danny. Im Türrahmen stand Royce. Luisa schrie auf und riss die Hände nach oben, um einer Attacke begegnen zu können. In zwei Schritten war Royce bei ihr. Luisa versuchte, seinem Schlag auszuweichen und ihn ihrerseits anzugreifen, doch sie hatte nicht den Hauch einer Chance. Royce schleuderte sie mit brutaler Gewalt gegen die Wand und ihr wurde schwarz vor Augen.

Als sie wieder zu sich kam, lag sie am Boden, ohne genau zu wissen, wie sie dahin gekommen war. Über ihr kniete Royce. In der Hand hielt er ihre Pistole, die auf dem Nachttisch gelegen hatte. Auf seinem Gesicht lag jenes höhnische Grinsen, das sie jeden Tag und jede Nacht bis in ihre Träume verfolgte. Sie wollte schreien, aber sie brachte keinen Ton heraus, sie war wie gelähmt vor Entsetzen.

Royce zückte ein Messer, zog an ihrem Shirt und schnitt es entzwei. Die Klinge fuhr über ihre Haut und der Schmerz brachte sie in die Gegenwart zurück. Sie schrie schrill auf, richtete sich auf und schlug nach Royce, wobei die Klinge tief in ihre linke Brust drang. Sie stöhnte vor Schmerz und versuchte dennoch, nach ihm zu treten, doch er lachte nur und schlug ihr mit der Faust ins Gesicht. Ihr Hinterkopf schlug hart auf dem Boden auf und sie fühlte sich sofort wieder benommen.

Royce lachte kalt und setzte sich rittlings auf sie. „Hat Mike dir das beigebracht? Wie amüsant! Du hast auch abgenommen, wie ich sehe. Doch nicht etwa für mich?" Er starrte gierig auf ihren halbnackten Körper, legte seine Hand auf ihre verletzte Brust und quetschte sie.

Luisa keuchte vor Schmerz.

„Nur ein kleiner Vorgeschmack", säuselte er und ließ

Gott sei Dank ihre Brust wieder los. Keuchend blieb sie liegen.

Sie sammelte sich und versuchte erneut, nach ihm zu schlagen, doch er packte ihre Handgelenke und drückte sie zu Boden, während er sich auf sie legte und ihr ins Gesicht lachte. „Ich verrate dir eins: ich erwarte absoluten Gehorsam von dir. Wenn du versuchst, mich zu schlagen, breche ich dir jeden Finger einzeln. Wenn du versuchst, mich zu beißen, schlage ich dir die Zähne aus, schön einen nach dem anderen. Wenn du versuchst, mich zu kratzen, reiße ich dir die Fingernägel heraus. Versuchst du, mich zu treten, schneide ich dir die Zehen ab. Du hast schon versucht, mich zu schlagen ...“ Er nahm ihre Hand in seine Pranke und drückte zu.

Luisa liefen vor Schmerz Tränen über die Wangen. „Bitte“, flehte sie.

„Ich sollte dir jetzt die Finger brechen“, grinste er kalt. „Doch leider haben wir nicht so viel Zeit.“

Er nahm das Messer zur Hand. „Wir brauchen etwas Blut.“ Mit diesen Worten schnitt er ihr tief in den linken Arm.

Sie schrie auf vor Schmerz.

Er stach ihr in den rechten Arm, stieg von ihr herunter und schnitt sie in die Beine.

„Bitte“, flehte sie noch einmal, doch er führte sein Werk fort und lachte dabei. „Bald wirst du noch viel mehr betteln, das kannst du mir glauben. Ich habe ein paar interessante Dinge mit dir vor. Also keine Sorge, du wirst nicht sterben. Nicht, bis ich ein bisschen Spaß mit dir hatte. Viel Spaß, um genau zu sein. Und dann wirst du mich anflehen, sterben zu dürfen.“ Prüfend blickte er auf sie hinunter. „Was wird dein Mike wohl sagen, wenn er dich so sieht?“ Er zog ein klobiges Smartphone aus der Tasche und richtete sich auf.

Sie starrte auf das Blut, das aus den zahlreichen Stichverletzung quoll. Es wirkte alles so irreal.

„Wenn dich dein Mike so sieht, wird er doch ganz bestimmt zu deiner Rettung eilen und dann habe ich ihn auch. Dann nehme ich euch beide mit. Hat er dich eigentlich gevögelt? Ich hoffe doch! Dann wird das, was ich vorhabe, noch viel amüsanter."

Dieses furchtbare Grinsen ... Oh Gott, allein die Vorstellung, wie er sie ... Nein! Um Gottes Willen, nein. Benommen begann sie, von ihm wegzukriechen. Sie drückte sich vom Boden ab und schob sich so weit von ihm weg, wie es nur ging, bis sie mit der Schulter an den Schrank stieß. Sie drückte sich daran, so gut es ging, und machte sich ganz klein. Was für ein furchtbarer Albtraum. Wenn sie nur aufwachen könnte ...

„Ja, schau nur weiter so verschreckt", grinste Royce. „Das kommt auf dem Foto gut rüber. Ich habe hier übrigens das Handy von Harvey. Das hat er mir freundlicherweise zur Verfügung gestellt. War ne harte Nuss, aber ich habe ihn kleingekriegt." Im Plauderton fuhr er fort: „Natürlich bin ich mit ihm noch längst nicht fertig. Mir war es aber wichtiger, erst einmal dich aufzutreiben. Was für ein jämmerliches Versteck. Aber Mike habe ich auch nichts anderes zugetraut. Bitte recht freundlich!"

Royce machte ein paar Fotos und betrachtete dann die Resultate. „Hübsch!" Er grinste zufrieden. „Nun, dann wollen wir mal ..."

Er machte sich am Handy zu schaffen. „Was für ein langsames Gerät. Aber was will man von so einer billigen Marke auch erwarten. Da bin ich wirklich Besseres gewöhnt! Verdammtes Teil", fluchte Royce vor sich hin, während er sich bemühte, das Bild zu verschicken. „Immerhin gibt es hier Empfang. Hätte ich nicht erwartet. Da steckt bestimmt der General dahinter, was? Egal. Jetzt sollten wir aber machen, dass wir hier verschwinden." Er machte einen Schritt auf sie zu.

„Einen großen Schatten", bestätigte Frances.

In dem Moment piepste Mikes Smartphone. Alle zuckten zusammen. Eine Nachricht von Harvey. Mike öffnete die Datei. Die angstvoll aufgerissenen Augen einer blutüberströmten Luisa starrten ihn an.

„Royce ist in der Hütte", sagte er düster. „Los." Er packte seine MP und setzte sich zusammen mit Danny und den Soldaten in Bewegung.

Luisa griff unter den Schrank. Die Schnitte an ihrem Arm und der Stich in ihrer Brust schmerzten entsetzlich. Aber sie hatte nur diese Chance. Mit einem Ruck riss sie die Pistole ab, die sie dort mit Klebeband fixiert hatte, entsicherte die Waffe und zog diese in einer fließenden Bewegung unter dem Schrank hervor.

Als Royce sah, was sie in der Hand hielt, riss er überrascht die Augen auf und machte Anstalten, sich auf Luisa zu stürzen. Doch er war zu langsam. Sie drückte ab und schoss ihm zweimal nacheinander in den Bauch. Nun war es Royce, der Luisa aus weit geöffneten Augen anstierte. Wie in Zeitlupe fiel er auf die Knie, während er gleichzeitig seinen Bauch hielt. Dunkles Blut quoll zwischen seinen Fingern hervor. Luisa hielt die Waffe noch immer fest umklammert. Royce zog unendlich langsam selbst eine Pistole hervor. Völlig fassungslos lallte er: „Woher zum Teufel hast du schon wieder eine Waffe ...?"

Draußen krachten Schüsse, Männer brüllten laut Befehle. Mit einem Knall wurde die Tür aufgestoßen, Mike stürzte mit gezogener Pistole herein. Er erfasste die Situation mit einem Blick und schoss Royce zweimal gezielt in den Kopf.

„Gesichert", rief er.

Luisa starrte Mike benommen an, als er sich zu ihr herunterbeugte. Er sagte irgend etwas, aber sie wusste nicht, was er von ihr wollte. Er kniete sich neben sie hin und packte ihr Handgelenk. Dann riss er ihr die Waffe aus der Hand, die sie noch immer umklammert hielt, nahm sie in seine Arme, hob sie hoch und legte sie behutsam auf das Bett.

„Es ist vorbei", sagte er ruhig und setzte sich neben sie. Sein Gesicht wurde etwas weicher.

Luisa schloss die Augen. Mike war bei ihr. Das war das Wichtigste. Er würde auf sie aufpassen. Royce war tot. Jetzt würde ihr niemand mehr etwas zuleide tun.

Mike betrachtete nachdenklich die tiefen Schnitte, mit denen Royce Luisas Körper gezeichnet hatte. Sie war von oben bis unten mit Blut besudelt. Besonders gefährlich waren die Stichwunde in ihrer Brust und der tiefe Schnitt im linken Oberschenkel. Der Menge des austretenden Blutes zufolge waren Arterien verletzt. Noch eine Stunde, schätzte Mike. Dann war alles vorbei.

Er blickte kurz auf, als Danny hereinkam und einen Verbandskasten neben Mike auf das Bett legte.

Mike rührte sich nicht. Welchen Sinn machte schon ein Verband in dieser Situation?

Danny schüttelte den Kopf. „Ich ... Es ist nicht richtig."

Mike zuckte mit den Schultern. „Das war der Deal, damit der General uns hilft." Er blickte in Luisas bleiches Gesicht.

Plötzlich sah er Isabella vor sich. Ihren nackten, völlig zerstörten Körper, den Royce in einer obszönen Pose für ihn inszeniert hatte. Mike seufzte und öffnete doch den Verbandskasten. Sollte der General doch selbst die Drecksarbeit erledigen.

Luisa war so müde wie nie in ihrem Leben, aber Schlaf wollte sich nicht einstellen. Als Mike sie sanft berührte, öffnete sie die Augen. Sie sah zu, wie er einen Verband um ihren halben Oberkörper wickelte. Alles kam ihr seltsam fremd vor. War diese blutige Masse wirklich ihr Körper?

Mike verband gerade ihren Oberschenkel, als die Tür aufging und ein Mann hereintrat, den sie noch nie gesehen hatte. Der Fremde war Ende vierzig, trug eine Uniform mit mehreren Sternen auf der Schulter und strahlte große Tatkraft aus. Kalt blickte er auf den toten Royce herunter.

„Gut gemacht", sagte er in den Raum hinein. Sein Blick fiel auf Luisa. Er sah ihr kurz in die Augen und wandte sich an Mike. „Das ist sie also", stellte er fest. „Auf dem Foto sah sie irgendwie – beeindruckender aus. Wieso hast du sie denn verbunden? Du erinnerst dich doch wohl an unsere Abmachung?"

Luisa sah Mike an, doch der wandte den Blick ab, stand auf und ging zum Fenster. „Nun, bringen wir es hinter uns", murmelte der General. Dann zog er eine Waffe hervor und zielte auf Luisa.

War ja klar, dass ich das wieder erledigen muss, dachte der General. Mike hat viel zu viele Skrupel. Aber nun ist es so weit. Morgen wird in allen Nachrichten stehen, dass ich einen terroristischen Anschlag verhindert habe. Der Premierminister wird mir die Hand schütteln und mich zu meinem Erfolg in der Terrorismusbekämpfung beglückwünschen. Vielleicht könnte ich ja ein Interview geben – das kommt bestimmt gut an. Ich muss mir nur noch überlegen, wie ich die Sache mit der Atombombe erklären soll. Vielleicht hätte ich mir doch die Mühe machen und Uran oder Plutonium auftreiben sollen. Hoffentlich wird der Untersuchungsausschuss nicht zu viele Fragen in diese Richtung stellen.

Dannys Blick schweifte über Luisas blutigen Körper. Ich hasse diese Entscheidungen zwischen Pest und Cholera, dachte er. Aber es gibt nichts, was ich noch für sie tun kann. Alle Welt hält sie für eine Terroristin.

Selbst wenn wir sie retten könnten, würden sie sie jagen. Die Geheimdienste würde sich nicht so einfach mit der Wahrheit zufriedengeben. Dann müssten sie ja zugeben, dass sie sich geirrt haben. Vielleicht ist es wirklich am besten so. Ich weiß nur nicht, wie ich es Frances klarmachen soll. Ich fürchte, sie wird uns alle hassen. Sie mochte Luisa wirklich.

Er musterte Mike, der ausdruckslos aus dem Fenster starrte. Dann wanderten seine Gedanken zu Harvey. Was hat er sich nur dabei gedacht, sinnierte er. Hoffentlich hat Royce ihn nicht zu schlimm zugerichtet. Sein Blick wanderte zum General. Er hat auch schon mal besser ausgesehen, überlegte er. Und war da nicht ein leichter Bauchansatz zu erkennen? Er wird langsam bequem, der Gute. Und so lange, wie er zielt – hat er Angst, aus zwei Metern danebenzuschießen? Oder hat er plötzlich doch Skrupel?

Mikes Finger lagen um Isabellas Hals. Er drückte zu. Ihr Gesicht lief blau an - sie schnappte nach Luft, zappelte, röchelte. Dann verdrehte sie die Augen und wurde schlaff in seinen Armen. Mike atmete tief durch. Es half auch diesmal. Den Tipp hatte er von Rick bekommen. "Wenn du das Gefühl hast, durchzudrehen, musst du ein Bild finden, das dich besänftigt. Das kann alles Mögliche sein." Sie hatten es zuerst mit der Vorstellung einer Blumenwiese versucht. Mike hatte es innerlich für totalen Blödsinn gehalten. Und natürlich hatte es auch überhaupt nichts bewirkt. Dann hatten sie es mit dem Gefühl versucht, im Meer zu schwimmen. Das hatte auch nichts geholfen. „Es muss etwas sein, dass Emotionen auslöst", hatte Rick gesagt. Mike hatte in den darauf folgenden Tagen verschiedene Szenarien durchgespielt und festgestellt, dass ihn der Gedanke, Isabella zu töten, ungemein beruhigte – nachdem sie ihn in seinen Gedanken sowieso Tag und Nacht verfolgte und auslachte, während sie gleichzeitig

Schuldgefühle in ihm weckte. Es musste aber ein rascher Tod sein. Erschießen. Erwürgen. So etwas in der Art. Aber er hätte es Rick nicht erzählen sollen. Rick war drauf und dran gewesen, ihn einweisen zu lassen. Mike hatte es ihm gerade noch ausreden können. Er seufzte. Sein Blick fiel auf das blasse Gesicht von Luisa. Mikes Hände legten sich erneut um Isabellas Hals.

„Was soll das, bitte?" In dem Moment platzte Frances ins Zimmer. „Was macht der General da mit der Waffe? Danny? Mike?"

„Bring sie nach draußen", befahl der General.

„Ihr wollt sie sterben lassen?", platzte es aus Frances heraus. „Das könnt ihr vergessen. Das lasse ich nicht zu." Sie griff nach ihrer Pistole.

Danny baute sich vor ihr auf. „Es tut mir leid, Frances. Aber es muss sein."

Luisa fühlte sich wie im falschen Film. Zielte dieser fremde Mann da wirklich mit einer Waffe auf sie? Wieso starrte Mike auf den Fußboden? Wieso sah Frances so aus, als wollte sie sich auf Danny stürzen? Und wer war der durchtrainierte und auf verwegene Art gutaussehende Mann, der plötzlich im Türrahmen stand? Der zumindest war offensichtlich kein Trugbild. Denn als Danny ihn sah, zog er scharf die Luft ein und seine Waffe und Frances fuhr ebenfalls herum.

„Verdammt", rief der Endvierziger entnervt. „Hört auf, auf Mark zu zielen! Er ist einer von uns."

„Wer's glaubt, wird selig", knurrte Mike. „General, Sie sind so ein Idiot."

Der General zielte nun auf Danny und Frances. „Die Waffen runter", befahl er.

Der Mann namens Mark lächelte entwaffnend. „Royces Männer sind alle erledigt. Zwei unserer Jungs sind verletzt. Ansonsten gibt es keine Toten."

„Wird's bald!", donnerte der General.

Zögernd nahmen Frances und Danny ihre Pistolen herunter.

Luisa atmete tief durch. Sie hatte nicht genau verstanden, was das alles sollte. Aber dieser General meinte es nicht gut mit ihr. Und mit diesem Mark war offensichtlich auch etwas faul. Langsam tastete sie nach der Waffe, die Mike ihr aus der Hand gerissen und auf ihren Nachttisch gelegt hatte.

„Mark hat Royce mit Informationen gefüttert", erklärte der General gerade generös. „Aber mit den falschen. Royce hatte keine Ahnung, dass wir hier sind. Nun seid so gut und tretet mal zur Seite. Lasst mich das zu Ende führen." Er zielte mit der Pistole wieder Richtung Luisa.

Die jedoch hatte sich mittlerweile aufgerichtet, ihre Waffe an sich genommen und entsichert und zielte nun selbst auf den General. Die Sig Sauer kam ihr schwerer vor als je zuvor.

Der General riss verblüfft die Augen auf. „Was soll denn das jetzt?", fragte er beinahe hilflos.

Da war Mike wieder an ihrer Seite. Er setzte sich neben sie auf das Bett und legte seine Hand auf die ihre. „Luisa, der General ist einer von den Guten", sagte er sanft. Er packte ihr Handgelenk und zwang sie erneut, die Waffe loszulassen. „Warum versuchst du nicht, ein wenig zu schlafen? Du musst dich ausruhen." Vorsichtig drückte er sie an der Schulter auf das Bett zurück. „Schließ die Augen", befahl er.

„Mike, bist du irre?", hörte Luisa Frances rufen, doch Mike war bei ihr und hielt ihre Hand und sie war so unglaublich müde, dass sie gehorsam die Augen schloss.

Der General hatte seine Waffe mittlerweile auch gesenkt. „Verdammt, was soll's", meinte er. „Machen wir es eben anders. In der Küche befinden sich hundert Kilogramm Sprengstoff. Das sollte reichen. Wir schaffen die Leichen von Royces Leuten hier rein. Durch Marks

Fehlinformationen war es ja nicht weiter schwer, sie abzuknallen, nachdem Royce in die Hütte gegangen ist. Eigentlich hätte er ja die Frau abknallen sollen, aber du bist ihm ja leider zuvor gekommen." Er warf Mike einen kalten Blick zu. „Nun, es ändert nichts. Unsere Terroristin kann von mir aus hier liegenbleiben. Sieht ja nicht so aus, als ob sie uns noch sonderlich gefährlich werden könnte. Lange wird sie es eh nicht mehr machen."

Der Verband an Luisas Brust hatte rote Flecken bekommen.

„Ich habe noch eine ganz andere Idee", sagte Mark und hob die Hand. Die Fensterscheibe klirrte und zerbrach, drei Uniformierte schoben von außen ihre Waffen zum Fenster herein.

Auch Mark hatte plötzlich seine Pistole gezogen. „Ich schlage vor, ihr legt euch einfach mit dazu."

„Mark, was soll das denn jetzt, was fällt dir ein!", rief der General empört.

Danny stöhnte auf. „Mark ist ein doppelter Verräter", erläuterte er dann und fühlte sich so, als wäre der General ein kleines Kind, dem er erklären musste, dass zu viele Süßigkeiten ungesund sind. „Der gute Mark hat nur so getan, als würde er gegen Royce arbeiten. In Wirklichkeit hat er sein eigenes Ding gemacht und Sie sind darauf reingefallen."

„Gut kombiniert, Danny!", lobte Mark. „Ihr alle seid darauf hereingefallen, um präzise zu sein. Aber das hilft dir jetzt auch nicht mehr. Waffen auf den Boden und langsam zu mir herüberschieben."

Sie gehorchten zähneknirschend.

„Das ist doch ... Ihr gehört zu meinem Team!", rief der General völlig fassungslos, während er die drei Gestalten am Fenster musterte. „James! Thomas! Liam! Ich kenne euch doch! Wie könnt ihr so etwas tun?"

„Das ist mein Team. Du hast mir gesagt, ich soll entscheiden, wer für diesen Einsatz geeignet ist. Ich habe die Jungs persönlich ausgewählt", sagte Mark fröhlich. Er hatte mittlerweile alle Waffen an sich genommen und musterte den noch immer fassungslosen General wie ein besonders kurioses Artefakt einer längst vergangenen Zeit. „Ich habe Royce wie besprochen gesagt, dass der Weg über das Moor frei ist und seine Leute haben sich tatsächlich brav abschießen lassen."

„Also hat Mark tatsächlich mit Royce in Kontakt gestanden!", rief Danny.

Der General zuckte leicht die Schultern.

„Royce hatte natürlich keine Ahnung, dass die Kavallerie auf ihn warten würde", fuhr Mark fort. „Er ist davon ausgegangen, dass ihr und die Kleine leichte Beute sein würdet. Seine Leute waren jedenfalls ziemlich verblüfft, als wir sie von allen Seiten angegriffen haben. War ein kluger Schachzug von euch, Harvey in seine Folterkammer zu schicken. Darauf wäre noch nicht einmal ich gekommen. Er muss ja ziemlich kaputt sein, wenn er das freiwillig gemacht hat."

Verdammt, dachte Danny, während er die Gestalten am Fenster musterte. Die sind so gut ausgebildet wie wir. Und vielleicht besser trainiert. Diesmal wird es verdammt eng. Überlebenschance liegt vielleicht bei fünf Prozent. Mit Glück. Lang nicht mehr gehabt. Wenn Mike und Frances mitziehen: zehn Prozent. Und keine Chance, dass wir das heil überstehen. Mit viel Glück landen wir alle nur im Krankenhaus. Er warf einen Blick auf Luisa und ihre blutigen Verbände. Sie hielt die Augen noch immer geschlossen. Vielleicht war sie ohnmächtig. Gut, dass sie von den ganzen Verwicklungen kaum etwas mitbekam. Sie war tapfer gewesen – viel tapferer, als er es erwartet hätte. Aber das nützte nun niemandem etwas. Er warf Mike einen Seitenblick zu. Das Gesicht seines Freundes war völlig ausdruckslos. Danny nickte grimmig. Er war bereit.

„Du hast das alles eingefädelt", sagte der General,

noch immer völlig fassungslos. „Aber warum? Das verstehe ich nicht. Warum?" Er sah Mark an wie ein verletztes Reh.

„Du fragst, warum?", fragte Mark. Er musterte den General verächtlich. „Das Geld gehört mir, General. Wir haben uns damals den Arsch für dich aufgerissen. Wir haben die Drecksarbeit gemacht und du bist reich geworden. Royce hat seine Schäfchen ins Trockene gebracht. Harvey hat verzichtet. Doch was ist aus meinem Anteil geworden? Ihr habt mich beide darum betrogen. Und nun nehme ich mir, was mir zusteht. Du wirst dir das Geld von Royce nicht unter den Nagel reißen. Ich weiß genau, wo es ist und wie ich es mir holen kann. Ich werde bald einer der reichsten Männer Englands sein. Und dazu noch jede Menge Ehrungen bekommen, weil ich die Terroristin Marcovic zur Strecke gebracht habe, nachdem du bei dem Versuch ums Leben gekommen bist."

Der General war grau im Gesicht. Er sagte nichts mehr. Mark sah ihn verächtlich an. Dann fiel sein Blick auf Frances. Er musterte sie anzüglich von oben bis unten. Danny ballte die Fäuste. Er würde diesen Mistkerl umbringen, wenn er ihr auch nur ein Haar krümmte.

„Na, kleine Schlampe", lächelte Mark.

Luisa dämmerte wieder vor sich hin. Sie fühlte sich so, als ob sie den ganzen Tag ununterbrochen gerannt wäre. Oder als ob man ihren Körper mit Blei überzogen hätte.

„Kleine Schlampe!", schallte es plötzlich durch ihre Gehirnwindungen. Sie riss entsetzt die Augen auf. Doch vor ihr stand nicht Royce. Der lag noch immer tot in einer mittlerweile beträchtlichen Blutlache nahe der Tür. Stattdessen stand Mike neben ihr und fixierte zwei Gestalten. Luisa blinzelte mehrmals, um die Schleier vor ihren Augen zu vertreiben. Da stand Mark breitbeinig in der Tür und grinste auf Frances herunter. Die war etwa einen Kopf kleiner als Mark und funkelte böse zu ihm herauf.

„Nun, was denkst du?", fragte Mark und sah Frances in die Augen. „Wie sieht es mit uns aus?"

„Niemals", fauchte Frances.

Mark lachte. „Das hat sich vor ein paar Jahren aber ganz anders angehört. Und jetzt bin ich einer der reichsten Männer in England. Bist du sicher? Ich biete dir eine Chance, zu überleben. An meiner Seite."

„Unsere kleine Affäre von damals ist doch längst Schnee von vorgestern", knurrte Frances. Sie sah ihn an, als wollte sie ihm die Augen herausreißen, und warf Danny immer wieder nervöse Blicke zu.

„Kleine Affäre nennst du das?", fragte Mark. Dann wandte er sich an Danny. „Du siehst so überrascht aus. Wusstest du etwa nichts davon?"

Danny starrte Mark an, hatte die Hände zu Fäusten geballt und sah so aus, als ob er sich auf ihn stürzen wollte.

Luisa verstand nicht genau, was überhaupt los war. Aber sie spürte, dass Frances in höchster Gefahr schwebte. Sie schloss die Augen und versuchte, erneut möglichst ohnmächtig auszusehen. Dabei ließ sie ihren Arm in die Spalte zwischen Nachtkästchen und Bett fallen. Es tat höllisch weh, als sie sich dabei den Ellbogen anschlug. Tränen schossen ihr in die Augen, doch sie biss die Zähne fest zusammen.

„Ich bin ohnmächtig", versuchte sie sich einzureden.

Nachdem der Schmerz etwas nachgelassen hatte, fasste sie nach der Waffe, die auf der Unterseite ihres Bettes befestigt war. Sie hatte sich schon immer gründlich auf alle möglichen und unmöglichen Situationen vorbereitet. Nun musste sie nur noch den richtigen Moment abwarten. Dieser kam schneller als gedacht.

„Nun, wie sieht es aus mit uns, Frances?", fragte Mark noch einmal.

„Eher sterbe ich", fauchte Frances.

„Nun, das lässt sich einrichten!" Mark zuckte mit den Schultern. „Jetzt alle auf den Boden legen und ..."

Draußen krachte ein Schuss. Alle zuckten zusammen. Marks Männer verschwanden urplötzlich vom Fenster. Das war der Moment. Luisa riss die mit Klebeband befestigte Waffe los, entsicherte sie und setzte sich auf. Ein Schmerz wie ein erneuter Dolchstoß fuhr durch ihre Brust, doch sie schwang den Arm nach oben, öffnete die Augen und feuerte, ohne im geringsten zu zielen. Sie schoss ein ordentliches Loch in den Türrahmen – etwa drei Zentimeter von Marks Ohr entfernt.

Der starrte einen Moment völlig verblüfft auf ihre Waffe. Gleichzeitig sprang Frances Mark von der Seite an und brachte ihn aus dem Gleichgewicht. Mike stürzte sich vom Bett aus auf den Boden und bekam die Füße von Mark zu fassen. Danny warf sich von links auf ihn. Mark wurde von der Wucht der drei Angreifer völlig überrascht und ging in einem Gewirr von Armen und Beinen, die Danny, Mike und Frances gehörten, zu Boden. Vorher gelang es Mark aber noch, seine Pistole abzufeuern. Er erschoss damit Luisas T-Shirt, das an einem Haken an der Wand hing.

Wenig später saß Mark gefesselt und geknebelt neben der Leiche von Royce. Mike hatte Luisa nun schon zum dritten Mal innerhalb einer Viertelstunde eine Pistole abgenommen. Er schüttelte den Kopf. „Woher zum Teufel hast du die ganzen Waffen?", fragte er streng.

„Von Harvey", nuschelte Luisa undeutlich.

„Was hat der sich nur dabei gedacht", murmelte Mike. Dann fragte er misstrauisch: „Gibt es etwa noch mehr davon?"

„Unter der Kommode, unter dem Stuhl und unter dem Schreibtisch", flüsterte Luisa.

„Für jede Eventualität gerüstet, wie?", murmelte Mike, während Danny auf dem Boden herumkroch und die Waffen einsammelte. Frances hatte währenddessen

219

ihr Scharfschützengewehr wieder an sich genommen. Nun ging sie neben dem Fenster in Deckung und spähte nach draußen. Mike und Danny taten es ihr gleich. Alle lauschten angestrengt. Luisa blutete weiter vor sich hin und hoffte einfach nur, dass der ganze Albtraum endlich vorbei war.

Draußen war es still. Keine Schüsse mehr. Dafür näherten sich Schritte.

„Wer ist da?", brüllte der General.

„Sergeant Bilbow, Sir!", meldete sich eine fremde Männerstimme.

„Bilbow? Was machen Sie hier?", rief der General erstaunt. „Sie sollten doch Harvey befreien."

„Habe ich, Sir. Er hat mich hierher geschickt."

„Cleverer Bursche", murmelte der General.

„Die Hütte ist gesichert." Bilbow spähte durch das Fenster hinein. „Alles in Ordnung?"

„Ja", knurrte der General. „Wir müssen noch kurz aufräumen und dann kommen wir raus."

„Einen Moment, Sir! Ich habe Ihnen etwas mitzuteilen", rief Bilbow. Wenig später erschien er im Türrahmen.

„Wie geht es Harvey?", fragte Mike.

„Er ... wird es überstehen", erwiderte Bilbow.

Mike fiel ein Stein vom Herzen. Aber ihm war der Unterton nicht entgangen. „Er hat eine Hand verloren", fügte Bilbow leise hinzu.

Bedrücktes Schweigen herrschte im Zimmer.

„Nun, das hat er sich selbst eingebrockt", stellte der General kaltblütig fest. „Nun ist es aber wirklich an der Zeit, aufzuräumen."

Er wandte sich wieder Luisa zu. „Sicher ist sicher", knurrte er. „Die hatte heute genug Waffen in der Hand. Vielleicht ist sie doch von einer Organisation." Er griff sich eine der Waffen, die Mark vorher eingesammelt hatte. Kaum zu glauben, was für dumme Einfälle diese Möchtegern-Heldin so gehabt hatte. Das würde ihr aber nichts nützen. Es war ja nun hoffentlich ausgeschlossen, dass sie noch irgendwo eine Waffe versteckt hatte. Außerdem würde er sich diesmal nicht ablenken lassen.

Der General zielte erneut lange und sorgfältig. Es sollte schon ein sauberer Kopfschuss werden. Er wollte sich schließlich nicht vor seinen Jungs blamieren.

„Nein!", rief Frances und versuchte, sich zwischen den General und Luisa zu stellen, doch Danny hielt sie fest. „Es geht nicht anders", zischte er und hasste sich zur gleichen Zeit. Das würde sie ihm nie verzeihen. Allerdings hatte sie ihm auch nie erzählt, dass sie etwas mit Mark Hellman gehabt hatte. Wann war das überhaupt gewesen? Er hatte gedacht, dass er alles über ihre Männerbekanntschaften wusste. Schließlich hatte er ihr auch das meiste erzählt. Und jedenfalls nichts so Wichtiges wie eine Affäre mit Mark verschwiegen.

Nun, das war es dann wohl, dachte Mike. Er legte seine Hände um Isabellas Hals. Doch dieses Mal waren es Luisas Augen, die ihn verstört anblickten. Mike verscheuchte das Bild aus seinem Kopf. Wenigstens musste Luisa nicht leiden. Das Foto, das Royce ihm geschickt hatte, war schlimm gewesen. Besser, wenn es jetzt so endete als anders. Das versuchte Mike sich jedenfalls einzureden.

Luisa starrte erneut in eine Pistolenmündung. War das ein Déjà-vu? Hatte der General nicht schon einmal mit einer Waffe auf sie gezielt? Ihr Blick wanderte zu Mike. Er stand ganz in ihrer Nähe und musterte sie mit einem merkwürdigen Gesichtsausdruck. Vermutlich war das alles einfach nur ein Albtraum. Vielleicht hatte Mike recht – und es war das Beste, sich einfach zurückzulehnen, die Augen zu schließen und einzuschlafen.

Der General sah Luisa ins Gesicht. „Ist nichts Persönliches", murmelte er.

„General", mischte sich Bilbow in das Geschehen.

„Was ist?", knurrte der General und warf ihm einen giftigen Blick zu.

„Harvey lässt Ihnen ausrichten, dass er Ihnen die Beine abschneidet, wenn Sie sie erschießen", sagte Bilbow.

Der General seufzte und ließ die Waffe etwas sinken. „Dieser Idiot. Wie stellt er sich das vor? Sie kann nicht am Leben bleiben. Ich habe heute gerade ein ganzes Team verloren. Wie soll ich das dem Ausschuss erklären? Die werden mich meines Amtes entheben, wenn ich das nicht zufriedenstellend erklären kann. Das versteht ihr doch. Danny? Mike?"

Danny zögerte einen Moment. Es war falsch und das wusste er. Und Frances würde ihn hassen. Und Harvey ebenfalls. Und er konnte es verhindern. Und das würde er jetzt verdammt nochmal tun. Ruhig stellte er sich zwischen Luisa und den General.

„Was soll das jetzt?", donnerte der General. „Ich dachte, wir waren uns einig?"

„Ich habe keine Ahnung, was Harvey durchgemacht hat und wie es ihm geht", sagte Danny ruhig. „Und deswegen werde ich den Teufel tun und meinem Freund jetzt einen Wunsch verweigern." Nach einer kurzen Pause fügte er unwillig hinzu: „Mike, jetzt kümmere dich doch endlich um sie. Sonst verblutet sie uns doch noch."

Luisa fühlte sich unglaublich erschöpft. Doch Mike war bei ihr und alles war gut. Er wickelte Bandagen um ihre Arme und Beine. Frances erschien mit einer Decke und half Mike, Luisa fest darin einzuwickeln. Dann nahm Mike Luisa in seine Arme, hob sie behutsam hoch und trug sie hinaus.

Der General fluchte in sich hinein. So knapp vor dem

Ziel. Wie schön hatte er sich das alles vorgestellt! Warum war er so blöd gewesen und hatte ein Team zur Befreiung von Harvey geschickt. Hätte er ihn doch in der Folterkammer verrecken lassen. Kein Sinn für Politik. Das war das Problem. Nun musste er sich etwas Neues einfallen lassen. Ein kleiner Unfall vielleicht mit dem Auto oder dem Hubschrauber? Aber das würde er allein machen müssen. Die Jungs steckten doch alle unter einer Decke. Hatte er ja bei Mark gesehen. Gut, zumindest der würde in der Hölle schmoren. Der General hatte nicht vor, ihn zu erschießen oder zu betäuben. Sollte er doch bei lebendigem Leib in Stücke gerissen werden. Das verdammte Arschloch. Aber das war das kleinste seiner Probleme. Was wird passieren, wenn die Terroristin überlebt?, überlegte er. Nun, zuerst müsste er irgendwie erklären, warum so viele seiner Männer gestorben waren. Was, wenn sie zum Beispiel einen Hubschrauber abgeschossen hat? Der dann auf die Hütte gestürzt ist? Das könnte funktionieren. Er musste nur dafür sorgen, dass alle vom Team die Klappe hielten ...

Luisa wusste kaum, wie ihr geschah. Mike hielt sie in seinen Armen. Ihr Kopf lehnte an seiner Schulter. Vor der Hütte bettete er sie behutsam auf eine Art Liege. Zwei Männer transportieren sie zu einem Hubschrauber. Sie schloss die Augen und ließ alles mit sich geschehen. Es war vorbei.

Doch wieder kam sie nicht dazu, sich auszuruhen. Diesmal war es jedoch kein gezischtes „Kleine Schlampe". Das hätte bei weitem nicht ausgereicht. Die 500 Kilogramm Sprengstoff in der Hütte schafften es jedoch, eine so gewaltige Explosion zu erzeugen, dass Luisa die Druckwelle bis in den Hubschrauber spürte, vom Höllenlärm ganz zu schweigen. Sie riss die Augen auf und starrte wie gebannt auf den Krater, der einst die Hütte gewesen war. Das wild lodernde Feuer, das die letzten Reste verzehrte, war so hell, dass es ihr in den Augen wehtat – aber Luisa konnte einfach nicht wegsehen. Dann wurde die Tür zugeknallt. Mike ließ sich neben ihr nieder und drückte kurz ihre Hand. Jetzt war es vorbei. Langsam dämmerte sie weg.

Als Luisa erwachte, fühlte sie sich, als hätte sie zwei Flaschen Wodka auf einmal geleert. Ihr Kopf schmerzte zum Wahnsinnigwerden und ihre Glieder fühlten sich so schwer an wie Blei. Erst einmal blieb sie regungslos liegen und versuchte, Sinn in das Chaos in ihrem Kopf zu bringen. Die Hütte. Und Royce. Genau. Oh Gott.

„Luisa?“ Mike erschien in ihrem Blickfeld und betrachtete sie prüfend. „Wie fühlst du dich?“

„Weiß ich noch nicht“, erwiderte Luisa. Aber ihr Herz machte einen kleinen Sprung und sie fügte in Gedanken hinzu: Wenn ich dich sehe, geht es mir gleich viel besser.

Er lächelte ein bisschen. „Nach den Aussagen der Ärzte geht es dir den Umständen entsprechend gut. Du hast viel Blut verloren, aber alles wird wohl relativ schnell verheilen.“

„Und Royce ist – tot?“

„Ja.“

Sie schwiegen beide einen Moment. Luisa betrachtete das Zimmer, einen spartanisch eingerichteten, grün gestrichenen Raum mit Gittern an den Fenstern. „Wo sind wir hier?“

„Militärkrankenhaus bei London.“

„London?“, vergewisserte sich Luisa.

Mike nickte. „Du hast zwei Tage geschlafen.“

„Ist jetzt alles in Ordnung? Kann ich bald nach Hause?“, fragte sie. Nach Hause. Zurück nach Deutschland. Ihre Familie wiedersehen. Jonas ... Nein, den wohl eher nicht. Egal. Strom! Warmes Wasser!

„Natürlich“, sagte Mike vorsichtig. Er flößte ihr etwas Suppe ein. Danach war Luisa so müde, dass sie mit dem Löffel in der Hand einschlief.

Auch die nächsten Tage verschlief sie größtenteils. Doch danach ging es ihr besser. Sie fühlte sich zwar extrem schlapp und insbesondere die Stichwunde in ihrer Brust schmerzte immer wieder, doch zumindest die rasenden Kopfschmerzen waren verschwunden. Was war eigentlich genau passiert in der Hütte, fragte sie sich müde. Ich habe ihn angeschossen und Mike hat es zu Ende gebracht. Aber dann? Da war ein älterer Mann mit einer Pistole gewesen. Auch sie hatte eine Waffe in der Hand gehabt. Und Mike hatte ihre Wunden verbunden. Genau. Und er hatte sie aus der Hütte getragen ... An das andere konnte sie sich nicht mehr richtig erinnern, aber es war auch nicht so wichtig. Mike hatte ihr geholfen und Royce war tot. Darauf kam es an.

Doch obwohl Royce tot war, tot sein musste, tauchte er immer wieder vor ihrem inneren Auge auf. Immer wieder schreckte sie aus dem Schlaf, weil sie glaubte, ihn neben sich zu spüren ... Und dazu kam noch diese Grabesstille im Krankenhaus, die sie noch um den Verstand brachte ...

Sie bat Mike, der jeden Tag für wenige Minuten auftauchte, um einen Fernseher oder zumindest um ein Radio. Es drängte sie danach, endlich einmal wieder entspannt einen Film oder eine Serie zu sehen. Oder auch nur die Nachrichten. Doch sie bekam weder Fernseher noch Radio. Überhaupt fand Luisa die Situation im Krankenhaus höchst merkwürdig. Die Krankenschwestern redeten kaum mit ihr und warfen ihr nur komische Blicke zu. Und Luisa hatte mehrmals einen flüchtigen Blick auf einen Uniformierten erhascht, der vor ihrer Tür geparkt zu sein schien. Sie war völlig verwirrt. Antworten bekam sie keine. Erst recht nicht von Mike. Er war stets kurz angebunden und meistens so schnell verschwunden wie er gekommen war. Offenbar waren sie wieder in der Phase Eiszeit angekommen.

Mike blickte nachdenklich auf Harveys Hand. Die Ärzte hatten ihr Bestes getan und sie wieder angenäht, doch auch die Spezialisten konnten nicht sagen, ob Harveys Körper sie nicht doch wieder abstoßen würde. Harveys Miene war völlig ausdruckslos. Wenn er Schmerzen hatte, zeigte er es nicht. Würde mich nicht wundern, wenn er sich in ein oder zwei Wochen wieder selbst entlässt, dachte Mike. Sein Blick wanderte zu Frances und Danny, die am Fenster standen und den General mit sichtlich gemischten Gefühlen betrachteten.

Der räusperte sich. „Wie gesagt, das Wichtigste ist, dass die Öffentlichkeit nichts erfährt. Royce hatte für die Zeit ein lupenreines Alibi. Laut mehreren Medienberichten befand er sich zum Zeitpunkt seines Angriffs schließlich auf seiner eigenen Party. Verschiedene Zeugen bestätigen, dass er den ganzen Abend bis circa Mitternacht dort verbracht hat. Dann hat er sich verabschiedet. Auf dem Weg zu seinem Anwesen hatte er einen Autounfall. Er ist bis zur Unkenntlichkeit verbrannt. Und Mark kam zusammen mit zehn weiteren Soldaten bei einem missglückten Anti-Terror-Einsatz in Schottland ums Leben, bei dem es um die Ergreifung der Terroristin Luisa Marcovic und ihrer Komplizen ging."

„Was passiert jetzt mit Luisa?", fragte Frances.

„Nun." Der General räusperte sich erneut und musterte Harvey eindringlich. Der ließ sich davon nicht beeindrucken und starrte weiter ins Nirgendwo. „Der Anti-Terror-Einsatz in Schottland hatte das Ziel, Luisa Marcovic und ihre terroristischen Begleiter auszuschalten. Sie konnte lebend gefasst werden." Der General warf Danny an dieser Stelle einen giftigen Blick zu. „Sie wurde dabei schwer verletzt. Nach einem kurzen Prozess und ein bisschen medialer Aufmerksamkeit wird sie zu zwanzig Jahren Gefängnis verurteilt werden. Einzelhaft natürlich. Wenn sie Geschichten erzählt, lassen wir sie in die Psychiatrie einweisen. Dann wird ihr niemals jemand wieder irgend etwas glauben." Er lächelte kalt.

Mike, Danny und Frances starrten vor sich hin.

„Ihr schuldet mir etwas", rief der General ärgerlich aus. „Wegen euch bin ich in das ganze Schlamassel erst hineingeraten. Ich kann schließlich nicht öffentlich verkünden, dass ich zwei Teams angefordert habe, um Royce zu eliminieren – und dass sich mein Assistent mit zehn meiner besten Leute zusammengeschlossen hat, um mich umzubringen. Ich brauche einen Grund, der meinen Einsatz rechtfertigt."

Harvey blickte auf und fixierte den General mit einem durchdringenden Blick, der Steine hätte schmelzen können.

„Nichts für ungut, Harvey. Aber so ist es das Beste", sagte der General.

Da explodierte Harvey.

Luisa wurde durch lautes Gebrüll aus einem leichten Schlummer gerissen. Sie lauschte angestrengt und glaubte, eine Reihe von Schimpfworten heraushören zu können. Auch die Stimme kam ihr vage bekannt vor. Aber wer veranstaltete hier so ein Spektakel? Wenig später hörte sie eine Frauenstimme brüllen. Zustände waren das in diesem Krankenhaus ... Luisa schloss die Augen und drehte sich auf die andere Seite.

„Das ist ein Krankenhaus!", brüllte die Krankenschwester. „Der Patient braucht Ruhe und Erholung! Mit was immer Sie ihn so aufgeregt haben – unterlassen Sie das gefälligst. Eskortieren Sie sie hinaus!", befahl sie den beiden schwerbewaffneten Soldaten, die in den Raum gestürzt waren, um nach dem Rechten zu sehen.

Dann wandte sie sich Harvey zu und musterte ihn streng. „Ich habe noch nie so viele Fäkalwörter in einem Satz gehört", entrüstete sie sich.

„Ich habe Harvey überhaupt noch nie so viel sprechen hören", murmelte Frances.

„Raus!", fuhr die Krankenschwester sie an.

Frances warf den Soldaten einen abschätzenden Blick zu, doch Danny schüttelte den Kopf. „Keine Schlägerei in Krankenhäusern", raunte er ihr zu.

Frances folgte ihm enttäuscht aus dem Zimmer. Sie musterte die Soldaten herausfordernd, die sich vor ihnen aufgebaut hatten, die Waffen im Anschlag.

Mike nickte Harvey zu und setzte sich ebenfalls in Bewegung. Der General hingegen blieb an Harveys Bett sitzen und ließ sich von dessen bohrenden Blicken nicht beeindrucken.

„Das gilt auch für Sie, General!", fuhr die Krankenschwester ihn an.

Die beiden Soldaten kamen näher. Zögernd erhob sich der General. Er schien etwas einwerfen zu wollen, entschied sich angesichts der wütend dreinblickenden Krankenschwester jedoch dagegen und folgte Mike auf den Gang hinaus. Die beiden Soldaten kamen hinterher.

Im Gang hatte sich eine Menschentraube aus Ärzten, Krankenschwestern und Patienten gebildet, die die Hälse reckten und versuchten, einen Blick auf Harvey zu erhaschen. Als sie die Soldaten sahen, zerstreuten sie sich langsam. Die Soldaten bauten sich vor Harveys Tür auf und blickten grimmig auf den General und seine dezimierte Privattruppe.

Der General wurde puterrot im Gesicht. „Es reicht!", donnerte er. „Zurück auf eure Position! Ihr seid hier, um eine Terroristin zu bewachen. Habt ihr das etwa vergessen?"

Die beiden Soldaten wechselten einen Blick und nahmen ihre Plätze vor Luisas Zimmer wieder ein.

Der General baute sich daraufhin im Gang auf und funkelte Danny an. „Wir haben einen Deal", warnte er. „Seht zu, dass Harvey die Klappe hält. Er soll sich freuen, dass sie überhaupt noch am Leben ist." Dann stürmte er den Gang hinunter und verschwand.

Mike, Danny und Frances folgten ihm langsam.

„Der General hat einigen Einfluss", sagte Danny, als sie schließlich draußen vor dem Krankenhaus standen. „Er wird Luisa nicht so einfach in Ruhe lassen. Vielleicht werden wir uns auf den Deal einlassen müssen."

Einen Moment herrschte Schweigen.

„Ich werde mit Sarah reden", sagte Mike ruhig in die Stille hinein.

Danny sah ihn überrascht an. „Bist du sicher?", fragte er. „Bei Sarah gibt es nichts umsonst. Sie wird eine Gegenleistung dafür fordern. Sie will doch schon seit längerer Zeit, dass du für sie arbeitest. Hinterher musst du doch wieder nach Syrien. Oder in den Irak."

Mike zuckte die Schultern. „Hast du eine bessere Idee?"

Dann ließ er Danny und Frances stehen und entfernte sich raschen Schrittes. Es gefiel ihm nicht, Sarah um Hilfe bitten zu müssen. Aber er sah keine andere Möglichkeit, wie er Luisa die zwanzig Jahre Gefängnis ersparen konnte. Er hätte sie lieber sterben lassen, als ihr das zuzumuten. Er hatte sie zur Terroristin gemacht. Es war nur konsequent, dass er die Sache für sie ausbadete.

Drei Tage später trafen sie sich im Park neben dem Krankenhaus mit dem General.

„Habt ihr mit Harvey gesprochen? Ist jetzt alles geklärt?", fragte dieser kalt.

„Ja, das ist es", erwiderte Danny ruhig. „Sie werden Luisa in Ruhe lassen."

Die Nase des Generals rückte wenige Zentimeter an

Dannys heran. „Wir haben einen Deal", knurrte er gefährlich. „Das lasse ich mir von niemandem kaputtmachen. Schon gar nicht von euch vier Aushilfsmusketieren. Wenn ihr mir in die Quere kommt, mache ich euch sowas von fertig ..."

Danny zuckte die Achseln. „Sie sind ja wohl kaum das Opfer, General. Wie viele von Royces Schwarzgeldkonten haben Sie sich denn schon unter den Nagel gerissen?"

Der General riss gespielt überrascht die Augen auf und machte eine abwehrende Geste. „Ich weiß nicht, von was ihr da redet", stellte er würdevoll fest.

„Aber wir", lächelte Frances und überreichte ihm einen Stapel Papiere.

Er wurde bleich. „Aber ...", flüsterte er.

„Sie sind in den letzten Jahren ein paar Leuten zu viel auf die Füße gestiegen", erklärte Danny ruhig. „Wir haben Beweise über von Ihnen angewiesene Transferzahlungen in Millionenhöhe aus Pakistan auf ein Konto auf den Cayman Islands. Und wir haben ein paar Fotos zusammen mit ein paar afghanischen Dorfältesten. Auf einem stehen Sie mitten in einer Schlafmohnplantage. Das macht sich sicher nicht so gut in der Öffentlichkeit, wenn eine solide Stütze des Militärs mit Drogenhandel und Geldwäsche in Verbindung gebracht wird ..."

Der General war mittlerweile grau im Gesicht. „Das könnt ihr nicht machen", murmelte er undeutlich.

„Wenn Sie sich zusammenreißen, wird nichts passieren, General", lächelte Danny. „Das ist der Deal: Sie lassen Luisa und uns in Ruhe. Sie überweisen eine letzte hübsche Summe auf unser Konto. Sie versuchen keine Tricks. Ist das klar?"

Der General stand da wie erstarrt.

„Genießen Sie Ihren Ruhestand", sagte Danny.

Luisa reichte es. „Was ist hier los? Warum darf ich

nicht telefonieren? Warum bekomme ich keinen Fernseher?" Da sie sonst niemanden zum Reden hatte, überschüttete sie Mike, der gerade hereingekommen war, mit Vorwürfen. „Keiner spricht mit mir. Die Schwestern schauen nur komisch."

Mike blickte sie konzentriert an. „Du wirst noch heute entlassen", eröffnete er ihr.

Luisa blickte ihn verdutzt an. Mit allem hatte sie gerechnet – nur nicht damit. Vor allem, da er mit ziemlich ausdruckslosem Gesicht auf sie herunterblickte und nicht im Entferntesten so aussah, als würde er gute Nachrichten überbringen.

„Wirklich?", hakte sie nach.

„Wirklich." Mike verzog weiterhin keine Miene.

„Gott sei Dank", erwiderte Luisa mit einem Seufzer der Erleichterung. Dann stutzte sie. „Und was passiert dann?", fragte sie zögernd. Würde sie zur Polizei gehen müssen, um eine Aussage zu machen?

„Du fliegst zurück nach Deutschland. Ist schon alles organisiert", erwiderte Mike.

„Wirklich?", vergewisserte sich Luisa noch einmal.

„Ja", sagte Mike immer noch ruhig.

Luisa atmete tief durch. Nach Hause. Eigentlich sollte sie sich erleichtert fühlen. Sie würde endlich ihre Eltern wiedersehen. Vielleicht sogar noch heute! Doch statt sich zu freuen, fühlte sie sich, als ob ihr der Boden unter den Füßen weggezogen wurde. Das kam jetzt doch ein bisschen plötzlich.

„Luisa ..." Mikes Stimme klang eindringlich.

Sie sah erschrocken zu ihm hinauf. Seine Miene verhieß nichts Gutes.

„Es gab in den letzten Monaten Gerüchte, du wärst eine Terroristin. Aber das hat sich mittlerweile aufgeklärt. Die Presse weiß, dass du frei bist. Deswegen werden wir dich ..."

„Wie bitte?", unterbrach Luisa ihn mit großen Augen. „Was?"

„Die Medien haben berichtet, dass du eine Terroristin bist. Aber ...“

„Das ... ist nicht dein Ernst.“

„Ich fürchte, doch. Aber mach dir keine Sorgen – wir ...“

„Aber ... Was?“ Luisa starrte ihn verwirrt an.

Mike zog einen Zeitungsartikel hervor und legte ihn auf den Nachttisch.

„Ich muss gehen. Mach's gut.“ Er verschwand und ließ eine völlig verdatterte Luisa zurück.

Fassungslos wanderte Luisas Blick von der Zeitung auf ihrem Schoß zu Frances und wieder zurück. Zum vielleicht hundertsten Mal an diesem Tag las sie die Schlagzeile: *Mutmaßliche Terroristin Marcovic bald auf freiem Fuß.*

Unmöglich, dachte sie vielleicht zum zweihundertsten Mal an diesem Tag. Das kann doch gar nicht wahr sein.

„Es gab keine andere Möglichkeit.“ Frances blickte mitleidig auf Luisa hinunter.

„Aber ...“

„Royce wollte dich töten. Wir konnten kein Risiko eingehen. Nur deswegen bist du noch am Leben.“

„Ihr hättet es mir sagen können!“

„Wir wollten dich nicht beunruhigen. Wir hatten Angst, dass du versuchen könntest, davonzulaufen“, seufzte Frances. „Und dann wärst du leichte Beute für Royce gewesen. Wir haben es für das Beste gehalten. Und nun ist doch alles geklärt. Die Medien haben alles richtiggestellt. Alle wissen, dass du keine Terroristin ist. Und du kannst endlich nach Hause.“

„Aber ... Sie werden trotzdem Fragen stellen. Wie soll ich erklären, was ich das letzte halbe Jahr gemacht habe?“

„Ganz einfach – überhaupt nicht! Sag einfach: streng geheim, das darf ich nicht sagen. Egal, ob sie dich nach

Royce fragen, nach der Hütte, nach Schottland oder nach sonst irgendetwas."

„Aber ihr habt doch alle informiert. Meine Familie weiß doch, was passiert ist. Oder?", fragte Luisa angstvoll.

„Du musst jetzt gehen, Luisa. Mach's gut!" Frances umarmte sie lange. Dann ließ sie sie abrupt los und machte zwei Schritte zurück.

„Pass auf dich auf!" Danny umarmte Luisa ebenfalls.

„Miss Marcovic ..." Der Soldat neben ihr wirkte ungeduldig. Luisa warf einen letzten Blick auf Frances und Danny. Gehorsam setzte sie sich auf den Rücksitz des Wagens, der sie zum Flughafen bringen sollte. Sie starrte aus dem Fenster. Eine große Leere breitete sich in ihr aus. Mike hatte sich nicht von ihr verabschiedet. Das schmerzte am meisten. Mehr noch als die Entdeckung, dass sie für eine Terroristin gehalten worden war.

Mike saß am Bett von Harvey und bemühte sich wieder einmal, nicht auf dessen verbundene Hand zu starren. „Luisa fliegt in einer Stunde zurück nach Deutschland", sagte er. „Ich habe mich schon verabschiedet."

Es ist vorbei, dachte er erleichtert. Luisa würde nach Deutschland zurückkehren und er musste nicht mehr jeden Tag an ihrem Bett sitzen und anschließend Harvey Bericht erstatten. Endlich würde er sich wieder anderen Dingen widmen können. Zum Beispiel ... Nun, er würde schon etwas finden.

Harvey zog wortlos eine Zeitung hervor und drückte sie Mike in die Hand. Die größte Überschrift auf der Titelseite lautete:

Royce vermutlich in Drogenhandel verstrickt - Terroristin Luisa Marcovic bald auf freiem Fuß.

Neue Wendung im Fall Royce. Einem internen Poli-
zeibericht zur Folge, der der Redaktion vorliegt, besaß
der Abgeordnete enge Beziehungen zur Londoner Un-
terwelt und wurde Opfer seiner Verstrickungen in den
Drogenhandel. Royce ist am 24. Oktober gegen ein
Uhr früh bei einem Autounfall gestorben. Die Polizei
spricht von einem großen Rätsel, wie das Auto plötz-
lich von der Straße abkommen und in Flammen auf-
gehen konnte, und schließt Fremdeinwirkung nicht
aus. Die Verstrickung von Royce in Drogengeschäfte
hat ganz London in Schockstarre versetzt. Der Kandi-
dat für die Kommunalwahlen war ein geschätzter Po-
litiker und bei den Wählern sehr beliebt.

Royce hatte durch seine Dienstzeit in Afghanistan
Kontakte zu Warlords und Drogenhändlern in Afgha-
nistan und Pakistan geknüpft und in den letzten Jah-
ren schrittweise den Londoner Drogenhandel an sich
gerissen. Es wird ein blutiger Bandenkrieg um die
Nachfolge befürchtet.

Alle Vorwürfe gegen die 28-jährige Luisa Marcovic
hinsichtlich eines Mordversuches auf Royce im April
wurden indessen fallengelassen. Noch erholt sich die
im April diesen Jahres als Terrorverdächtige bekannt
gewordene Marcovic in einem Militärkrankenhaus
bei London von ihrer Festnahme. Unbestätigten Quel-
len zufolge wird sie zurzeit noch wegen ihrer mutmaß-
lichen terroristischen Aktivitäten in Libyen und Syrien
verhört. Sie sei zur vollständigen Kooperation bereit
und informiere die Behörden über geplante terroristi-
sche Vorhaben, ließ die Abteilung Terrorbekämpfung
des britischen Auslandsgeheimdienstes SIS verlautba-
ren. Der Militäreinsatz in Schottland, bei dem elf Spe-
cial-Forces-Kräfte ums Leben gekommen sind, wirft
jedoch nach wie vor zahlreiche Fragen auf. Ein Hub-
schrauberabsturz wurde erst dementiert, bevor ihn
das Innenministerium schließlich bestätigt hat.

Mike überflog kurz den Text und zuckte die Achseln. „Sie ist bald auf freiem Fuß. Alle Vorwürfe wurden fallengelassen. Ich habe mit Sarah geredet. Sie konnte Luisa nicht vom Verdacht lossprechen, eine Terroristin zu sein. Aber Luisa kann nach Deutschland zurückkehren. Der BND wird sie überwachen und so nebenbei weiter auf sie aufpassen. Sie ist außer Gefahr. Was willst du mehr?"

Harveys Augen glitzerten gefährlich. „Der General ist nachtragend."

Mike winkte ab. „Wir haben den General kaltgestellt. Er kann ihr nichts mehr tun. Und wie gesagt, Sarah wird auf sie aufpassen."

„Was wirst du für Sarah tun?", fragte Harvey.

Mike zuckte die Schultern. Sarah hatte sofortige Hilfe zugesagt und ihr Wort gehalten. Von einer Gegenleistung war keine Rede gewesen. Aber Mike war sicher, dass sie diesbezüglich bald auf ihn zukommen würde.

„Luisa ist in Gefahr." Harvey hatte offenbar nicht vor, locker zu lassen.

Mike zuckte die Achseln. Für ihn klang das Arrangement sehr vernünftig. Luisa würde wieder bei ihrem Freund sein, der BND würde sie überwachen und in ein paar Jahren war alles vergessen. Das war nicht mehr sein Problem.

„Wir können sie nicht allein gehen lassen", stellte Harvey fest.

Mike seufzte. Jetzt war es doch noch sein Problem. „Ich habe keine Zeit", sagte er.

Harvey starrte ihn nur an.

„Ich habe etwas zu erledigen."

„Bullshit", fluchte Harvey grob.

„Sie hat nicht einmal nach dir gefragt", fügte Mike hinzu.

Harvey schwieg einen Moment. „Braucht sie auch nicht. Sie hat andere Sorgen", knurrte er dann.

„Ich kann kein Deutsch", versuchte Mike es mit einem weiteren Argument. Harvey zuckte mit den Schultern.

Mike seufzte tief und überlegte, welche Alternativen es gab. Danny vielleicht? Aber Danny würde sicher nicht ohne Frances gehen. Und Frances war in diesem Fall sicher keine große Hilfe. Und wenn er sich weigerte, würde sich Harvey höchstwahrscheinlich selbst entlassen und nach dem Rechten sehen. Eine bei seinem Zustand sehr gefährliche Entscheidung. Mike atmete tief durch. Dann stand er auf und verließ wortlos das Krankenzimmer.

Luisa starrte aus dem Fenster. Gleich würden sie losfliegen. Zurück nach Deutschland. Wo man sie für eine Terroristin hielt. Wie überhaupt alle Welt. Schritte hallten durch das leere Flugzeug. Luisa blickte flüchtig auf und ließ vor lauter Schreck ihren Wasserbecher fallen. Im gleichen Moment begann sich das Flugzeug in Bewegung zu setzen. Mike lächelte schief und nahm auf der anderen Gangseite Platz.

„Was machst du hier?", fragte Luisa mit einer merkwürdiger Piepsstimme, die sie so gar nicht von sich kannte und die ihr schrecklich peinlich war.

„Auf dich aufpassen."

„Aber ..."

„Sorry, aber ich bin echt hundemüde. Wir reden später." Mike nickte ihr knapp zu, streckte sich auf den Sitzen aus und schloss die Augen.

Und wie soll ich das meinen Eltern erklären?, fragte sich Luisa, während sie den mittlerweile leise schnarchenden Mike keine Sekunde aus den Augen ließ. Zu groß war ihre Angst, dass er sich plötzlich in Luft auflösen könnte.

Etwa eine Stunde später eskortierte Mike sie über den Militärflugplatz nahe München, zusammen mit zwei streng dreinblickenden Polizisten. Ein abgetrennter Bereich ganz in der Nähe war voller Menschen. Es dauerte einen Moment, bis Luisa in der Menge ihre Eltern erkannte. Sie stürmte los und fiel ihrer Mutter in die Arme und lachte und weinte gleichzeitig, als sie ihren Vater umarmte. Und dann stand plötzlich Jonas vor ihr, mit einem Blumenstrauß in der Hand. Er drückte sie fest an sich. „Ich habe dich so vermisst ... All die Zeit kein Lebenszeichen ... Aber ich wusste, dass du keine Terroristin bist," flüsterte er und vergrub sein Gesicht in ihrem Haar.

Und Luisa dachte an die Briefe, die sie ihm geschrieben hatte und blickte über seine Schulter hin zu Mike, der seelenruhig am Rand des Trubels stand und völlig unbeteiligt wirkte, als ginge ihn das alles nichts an, und sie dachte bei sich: Oh du verdammter Mist.

Ende von Teil 1

Es geht weiter! Teil 2 der Reihe Ausgeliefert:

Entführt in den Orient

Mike hat Luisa aus den Fängen des brutalen Sadisten Royce befreit. Doch die traumatischen Erlebnisse haben ihre Spuren hinterlassen und es fällt ihr schwer, in ihr früheres Leben zurückzukehren. Auch auf Jonas kann sie sich nicht mehr richtig einlassen, zumal sie sich in Mike verliebt hat. Der kämpft allerdings mit seinen eigenen Dämonen und sehnt sich danach, alles hinter sich zu lassen und mit seiner Vergangenheit gänzlich abzuschließen. Doch dann wird Luisa entführt - und zwar von den richtig Bösen. Mike und seine Freunde müssen alles versuchen, um sie vor einem grausamen Schicksal zu bewahren ...

Leseprobe:

Luisa rannte voller Panik die nur spärlich beleuchtete enge Straße entlang. Die Schritte ihres Verfolgers hämmerten hinter ihr auf das Pflaster. Hohe Backsteinmauern erhoben sich rechts und links neben ihr und gaben den Weg vor, nirgendwo zweigte eine Gasse ab, nirgendwo tat sich ein neuer Fluchtweg auf, es ging immer nur geradeaus. Ihre Lunge brannte, sie bekam kaum noch Luft. Reiß dich zusammen, weiter, immer weiter, spornte sie sich verzweifelt an. Sie wusste nur zu gut, was er mit ihr tun würde, wenn er sie erreichte.

Da, vor ihr, eine Feuertreppe aus Metall! Sollte sie versuchen, sich daran hochzuziehen und nach oben zu klettern? Doch sofort verwarf sie den Plan wieder, ihr Verfolger war bereits zu nah und er kam immer näher, seine Schritte dröhnten immer lauter und lauter. Also weiter geradeaus, ihre einzige Chance bestand darin, ihn auf diese Weise abzuschütteln. Die Gasse verengte sich zunehmend, wurde schmaler und schmaler. Sie stolperte über eine Unebenheit, konnte sich gerade noch fangen, bevor sie hart auf dem Boden aufschlug, und hetzte weiter, doch sie wusste genau, auch das hatte wieder entscheidende Meter gekostet ...

Da vorne, was war das ... Ihr Magen krampfte sich zusammen. Eine glatte Wand ragte vor ihr auf, dunkle Fensterlöcher starrten wie mitleidslose Augen, die sich an ihrer Angst weideten, auf sie herab. Dort rechts, eine Tür in der Backsteinmauer! Sie packte die Klinke und rüttelte daran, doch die Klinke ließ sich nicht herunterdrücken ... Helles Licht leuchtete auf, eine Hand packte sie an der Kehle, zwang sie, sich umzudrehen. Sie blickte in zwei kalte, eisblaue Augen.

„Na, Schlampe?", zischte Royce. „Ich habe dir doch versprochen, dass ich dich finden werde."

Er schleuderte sie zu Boden, sie fiel auf den Rücken und wollte wegkriechen, doch sie konnte sich nicht bewegen, so sehr sie es auch versuchte. Eine Welle der Panik überrollte sie, sie wollte schreien und öffnete den Mund, doch kein Laut kam heraus.

Unendlich langsam beugte Royce sich mit seinem kalten Grinsen zu ihr hinunter, dann setzte er sich auf ihre Beine, zückte ein Messer und zerschnitt ihr Shirt.

Bitte nicht!, wollte sie rufen, doch noch immer kam kein Ton über ihre Lippen.

Ein südländisch aussehender Mann erschien neben ihrem Peiniger und starrte mit kalten, ausdruckslosen Augen auf sie herunter. Sie brauchte einen Moment, bis sie ihn erkannte. „Mike!", krächzte sie. „Hilf mir, Mike! Bitte!"

„Er wird dir sicher nicht helfen", grinste Royce. „Er gehört mir. Und du gehörst mir auch." Mit diesen Worten stieß er ihr das Messer in die Brust.

Der Schmerz raubte ihr den Atem und die Sinne, sie öffnete den Mund und hörte einen durchdringenden, verzweifelten Schrei. Sie ahnte, dass sie es war, die diesen Schrei ausstieß.

Royce bohrte das Messer tiefer in sie und sie schlug wild um sich und traf ihn, er fiel zu Boden, zu Füßen von Mike, der sie weiterhin mit ausdruckslosem Gesicht musterte.

„Gott verdammt", brüllte Jonas.

Verdutzt stellte Luisa fest, dass nicht Royce am Boden lag, sondern ihr Freund, der sich zu allem Überfluss an die Stirn fasste und anklagend zu ihr heraufsah. Sie befanden sich auch nicht in einer von Backsteinmauern Gasse, sondern in ihrem Schlafzimmer in einem Vorort von München. Mike allerdings stand wirklich in der Tür und musterte sie mit ausdruckslosem Gesicht. Bei diesem Anblick wünschte sie sich nichts sehnlicher, als sich die Decke über das Gesicht zu ziehen und sich zu verkriechen und einzuschlafen und nie wieder aufzuwachen.

Mike brach den Bann, indem er ihr knapp zunickte und so lautlos verschwand wie er gekommen war.

„Entschuldige", sagte sie zu Jonas. „Ich habe schlecht geträumt."

„Ich weiß", knurrte er, rappelte sich auf und rieb sich den Allerwertesten. „Ich habe versucht, dich zu wecken, weil du merkwürdige Laute ausgestoßen hast."

„Entschuldige", murmelte sie noch einmal. „Brauchst du etwas? Eis oder so?"

„Geht schon", nuschelte er und kroch neben ihr unter die Bettdecke. Bald darauf hörte sie ihn leise schnarchen.

Auch Luisa war hundemüde, doch Schlaf wollte sich nicht mehr einstellen. Sie konnte noch immer nicht fassen, was in den letzten Monaten und vor allem in den letzten Tagen alles passiert war.

Mike stieg vor Luisa aus der Maschine und eskortierte sie quer über den Militärflugplatz nahe München, zusammen mit zwei streng dreinblickenden Polizisten. Ein abgetrennter Bereich ganz in der Nähe war voller Menschen. Es dauerte einen Moment, bis Luisa in der Menge ihre Eltern erkannte, und fühlte eine riesige Erleichterung. Sofort stürmte sie los und fiel ihrer Mutter in die Arme. Sie lachte und weinte gleichzeitig, als sie ihren Vater umarmte. Doch dann stand plötzlich Jonas vor ihr, mit einem Blumenstrauß in der Hand.

Er drückte sie fest an sich. „Ich habe dich so vermisst ... All die Zeit kein Lebenszeichen ... Aber ich wusste, dass du keine Terroristin bist", flüsterte er und vergrub sein Gesicht in ihrem Haar.

Sie stand da wie erstarrt und ließ seine Umarmung reglos über sich ergehen. Sie hatte nicht im Traum damit gerechnet, ihn hier zu sehen. Schließlich hatte sie ihm vor einigen Monaten einen Abschiedsbrief geschrieben und seitdem kaum noch an ihn gedacht ... Sie blickte über seine Schulter hin zu Mike, der seelenruhig am Rand des Trubels stand und völlig unbeteiligt wirkte, als ginge ihn das alles nichts an, und dachte bei sich: O du verdammter Mist!

Endlich ließ Jonas sie wieder los. Nun stand ihr Bruder Martin neben ihr und schlug ihr auf die Schulter. Freundinnen drängten sich vor, um mit ihr zu sprechen, und stellten ihr tausend Fragen. Warum war sie einfach so verschwunden? Was hatte es damit auf sich, dass sie als Terroristin gesucht worden war? Sie hatten sich ja alle so viele Sorgen gemacht!

Alle redeten gleichzeitig auf sie ein, Menschen, mit denen sie nie viel zu tun gehabt hatte, benahmen sich so, als wären sie ihre besten Freunde. Das Ganze wurde ihr langsam zu viel.

Plötzlich war Mike neben ihr. „Please. She needs rest", forderte er.

Als die Meute Luisa daraufhin etwas mehr Luft ließ, atmete sie erleichtert auf.

Jonas fasste Luisa besitzergreifend am Arm und bugsierte sie nach draußen. Dabei warf er Mike, der hinter ihnen herstapfte, immer wieder misstrauische Blicke zu.

„Folgt der uns etwa?", fragte er.

„Mike passt auf mich auf", erklärte Luisa schwach und überließ Jonas wie betäubt die Führung. Sie hatte ihn völlig abgeschrieben, sich auf ihre Eltern gefreut und war davon ausgegangen, ihn nicht anzutreffen. Doch er schien nichts von ihren Briefen zu wissen ... Was sollte sie denn jetzt nur tun?

Auf dem Parkplatz hielt Luisa unwillkürlich nach ihrem schon etwas älteren schwarzen Golf Ausschau. Doch Jonas zückte seinen Autoschlüssel bei einem roten BMW X5, trat an die Beifahrerseite und öffnete für sie die Tür.

Sie setzte sich nach vorne, Mike nahm auf dem Rücksitz Platz.

„Schickes Auto", murmelte sie.

„Ja, nicht wahr?", antwortete Jonas und wenig später lauschte Luisa einem Monolog über die Vorzüge und Extras ihres neuen Wagens. Luisa nahm zerstreut Begriffe wie Sitzheizung, Komfortschlüssel und Spurassistent wahr, ohne wirklich zu verstehen. Sonst ist es gar nicht seine Art, pausenlos zu plappern, überlegte sie. Doch es sollte ihr nur recht sein – so musste sie keine unangenehmen Fragen beantworten.

Zum Beispiel die, was Mike hier machte. Wobei sie das selbst kaum beantworten konnte. Im Flugzeug hatte sie sich noch gefreut, dass er mitgekommen war. Ihr Herz hatte einen Sprung gemacht und ihr deutlich zu verstehen gegeben, was sie für ihn empfand. Doch er blieb so kalt und so unnahbar wie eh und je ...

Es entging ihr nicht, wie Jonas immer wieder nervös in den Rückspiegel blickte, als ob er Mike im Auge haben wollte, doch er redete dabei weiter wie ein Wasserfall. Luisa hörte kaum zu und starrte stattdessen lieber aus dem Fenster auf den grauen Himmel über München. Regen prasselte an die Scheiben, die Bäume hatten mittlerweile fast alle Blätter verloren. Im November zeigte sich die Stadt gerne von ihrer ungemütlichsten Seite.

„Wo fahren wir hin?", fragte sie.

„Zu deinen Eltern. Sie wollen dir zu Ehren ein kleines Kaffeekränzchen veranstalten. Es ist dir doch recht?"

„Ja", murmelte Luisa. Alles war besser, als mit Jonas allein zu sein.

„Ich habe mir solche Sorgen gemacht. Immer wieder kam die Polizei und alle möglichen komischen Typen, Journalisten, Geheimdienstleute, was weiß ich. Sie haben Fragen zu deinem Islamwissenschaftsstudium und zu deiner Zeit in Syrien gestellt. Aber das war natürlich alles lächerlich. Nicht wahr? Und dann die Medien – deine Mutter hat alle Zeitungsausschnitte gesammelt und sämtliche Online-News ausgedruckt, in denen du erwähnt worden bist. Ständig kam etwas im Fernsehen über dich. Als sie die Nachricht gebracht haben, dass du gefunden wurdest ... Du kannst dir nicht vorstellen, wie erleichtert wir alle waren. Doch niemand konnte oder wollte uns sagen, wo sie dich hingebracht haben! Ich weiß nicht, wie oft wir mit der Botschaft telefoniert haben. Dein Vater wollte sofort nach England fahren, doch die Botschaft hat dringend davon abgeraten. Und als sie dann gestern anriefen, dass du heute nach Hause kommst, ist uns so ein großer Stein vom Herzen gefallen!"

„Hm", murmelte Luisa.

Jonas sah immer wieder zu ihr hin, während er mit Tempo hundertfünfzig auf der Überholspur fuhr. Luisa hasste es in Filmen, wenn sich die Protagonisten beim Fahren tief in die Augen sahen, statt auf den Verkehr zu achten. Sie wartete dann stets darauf, dass der Held einen Unfall baute. An diesem Tag stellte sie fest, dass ein solches Verhalten in der Realität Herzrasen und Angstschweißausbrüche hervorrufen konnte.

„Wo hast du nur gesteckt?", fragte Jonas, während er sie intensiv anstarrte.

„Darf ich nicht sagen", murmelte Luisa und starrte wie hypnotisiert auf die Rücklichter des Wagens vor ihnen. Der Abstand zu ihnen verringerte sich beständig.

„Warum nicht?", brauste Jonas auf. „Ich habe doch wohl ein Recht darauf ..."

„Vorsicht!", rief Luisa erschrocken aus, als Jonas das Auto vor ihnen weiterhin konsequent ignorierte und drohte, aufzufahren. Im letzten Moment legte er eine Vollbremsung hin.

„Hast du denn nicht meine Briefe bekommen?", fragte Luisa, nachdem sie sich von dieser Nahtoderfahrung wieder etwas erholt hatte.

„Welche Briefe?", fragte Jonas. „Wir haben überhaupt kein Lebenszeichen bekommen."

„Aber sie wollten euch doch informieren. Harvey hat doch ..."

„Niemand hat uns irgendetwas gesagt. Wer ist Harvey?"

„Nichts. Natürlich", murmelte Luisa. Sie drehte sich zu Mike um, der mit ausdruckslosem Blick aus dem Fenster starrte.

„Als ob du eine Terroristin sein könntest. Dazu bist du doch viel zu verwöhnt", fügte Jonas hinzu. „Wenn ich an unsere Ausflüge in die Alpen denke ... Dabei bist du doch regelmäßig beinahe gestorben."

„Hm", murmelte sie. Was würde er wohl denken, wenn er von den Trainingseinheiten erfuhr, die sie mit Mike absolviert hatte? Die ersten Tage in den schottischen Highlands hatten sie physisch wie psychisch an ihre Grenzen gebracht. Zu gut erinnerte sie sich daran, wie Mike sie mit kaltem Wasser geweckt und bei Wind und Wetter hinaus in die Kälte gejagt hatte, zu Geländemärschen, zu Joggingtouren und zu den vielen anderen Quälereien ... Mit der Zeit war es besser geworden, sie hatte mehr Ausdauer und Kondition gewonnen – und Mike war nett gewesen, ganz im Gegensatz zu später ... Als eines Morgens Harvey an Mikes Stelle in der Küche gesessen hatte, begann eine neue Art Training, die dem mit Mike in nichts nachstand. Doch selbst daran hatte sie sich gewöhnen können ...

Sie war unendlich erleichtert, als sie endlich im Haus ihrer Eltern ankamen. Wobei das Kaffeekränzchen durchaus genug Potenzial hatte, um in ihren Albträumen wieder aufzutauchen. Alle möglichen Leute redeten auf sie ein, stellten Fragen, wollten Antworten.

Ihre Mutter weinte immer wieder und wich ihr kaum von der Seite. „O Gott, o Gott, was ist nur geschehen", murmelte sie ständig vor sich hin.

Auf der anderen Seite saß Jonas, der pausenlos auf sie einredete. Luisa hörte nicht zu. Der Nachmittag lief komplett an ihr vorbei. „Dazu darf ich leider nichts sagen", entwickelte sich zu einem Mantra, das sie ständig wiederholte – auch auf die Frage, ob sie noch Kaffee wollte oder ein Stück Kuchen.

Während ihre Mutter schluchzte und Jonas redete, folgte Luisas Blick Mike, der sich im Hintergrund hielt und von allen Anwesenden völlig ignoriert wurde. Bis er schließlich Martin am Arm packte und eindringlich auf ihn einredete. Wenig später bahnte sich Martin einen Weg durch Verwandte und Freunde.

„Der Typ hat gesagt, dass du verletzt bist", sagte er und blickte Luisa forschend an. „Stimmt das?"

„Ein bisschen", murmelte Luisa.

„Was? Verletzt? Wo denn?", rief Luisas Vater erschrocken.

Luisas Mutter schluchzte laut auf. „Aber Kind,

hättest du doch was gesagt. Du musst dich hinlegen. Ruh dich aus. Ich kann dir gleich dein Bett frisch beziehen", stammelte sie.

Jonas schoss Mike, der noch immer am anderen Ende des Zimmers stand, einen Blick zu, der hätte töten können. „Es ist doch sicher besser, wenn sie in ihrem eigenen Bett schläft. Nicht wahr, Luisa?", rief er aus.

„Ja", murmelte Luisa. Alles besser als hier bei diesem Kaffeekränzchen des Grauens.

Jonas blickte triumphierend in die Runde, ergriff Luisas Hand und zog sie auf die Füße. Nachdem sie dabei beinahe umgefallen wäre und Jonas sie daraufhin schnell aus dem Wohnzimmer befördert hatte, saß sie keine zehn Minuten später wieder im roten BMW und ließ sich von Jonas durch München kutschieren. Mike hatte wieder auf dem Rücksitz Platz genommen. Endlich herrschte Ruhe. Luisa lehnte sich zurück und schloss die Augen.

Jonas war diesmal schweigsam. Nur einmal fragte er: „Wo soll ich deinen Freund absetzen?" Das Wort Freund betonte er dabei besonders stark.

„Er schläft im Gästezimmer", antwortete Luisa.

Jonas runzelte die Stirn, erwiderte jedoch nichts.

Endlich waren sie zu Hause angekommen. Aber war das überhaupt noch ihr Zuhause? Luisa lief durch die Wohnung und war sich nicht sicher. Jonas hatte anscheinend ausgiebig dem Kaufrausch gefrönt und ordentlich umdekoriert. Im Wohnzimmer hingen abstrakte Gemälde, die vorher noch nicht dagewesen waren. Auch das Schlafzimmer hatte Jonas neu eingerichtet. Alles kam ihr fremd vor.

„Nachdem du im letzten Jahr keine Schuhe kaufen konntest, hatte ich genug Geld für ein paar Investitionen", sagte er dazu.

„Wenn das ein Witz war, war er nicht besonders",

murmelte Luisa müde. Eigentlich wollte sie nur noch schlafen.

„Ich ... ich wusste nicht ...", murmelte er. „Dass wir irgendwann ein Haus kaufen wollten ... Das war plötzlich nebensächlich. Ich musste einfach ..."

Sie nickte. Ja, das konnte sie wirklich gut verstehen.

Jonas schloss die Schlafzimmertür hinter sich, umarmte sie und begann, ihren Hals zu küssen.

„Bitte Jonas", murmelte Luisa und schob ihn von sich weg. „Bitte – nicht jetzt."

Jonas sah sie verletzt an. „Ich habe ein halbes Jahr auf dich gewartet. Darf ich da nicht ..."

„Nein", erwiderte Luisa brüsk und verschwand im Bad. Sie stellte sich unter die heiße Dusche und da blieb sie für die nächste Zeit. Endlich einmal in Ruhe duschen – mit warmem Wasser, anders als in den Highlands! Mit Grauen erinnerte sie sich an die Eisduschen am frühen Morgen, an den klammen, kalten Flur in der Hütte ... Royce erschien vor ihrem inneren Auge – sie schüttelte sich. Nicht daran denken, mahnte sie sich. Vergiss ihn. Genieße lieber das warme Wasser ...

Die Tür wurde aufgerissen und Jonas platzte ins Badezimmer. „Luisa ...", rief er und verstummte abrupt.

„Kannst du nicht ...", brüllte Luisa los. Klopfen! wollte sie rufen. Dann fiel ihr auf, dass sie das zu dem Mann sagte, mit dem sie seit mehreren Jahren zusammenwohnte und mit dem sie so lange auch das Bett geteilt hatte, und wurde rot.

Jonas schien das jedoch nicht bemerkt zu haben. Stattdessen war er stehengeblieben und starrte sie an.

„Was denn", rief Luisa mit hochrotem Kopf und versuchte dem Drang zu widerstehen, mit ihren Händen irgendwie ihre Blöße zu bedecken.

„Was ist DAS?" Jonas starrte entsetzt auf Luisas Körper.

Das war noch viel unangenehmer. Rasch kletterte sie

aus der Dusche und wickelte sich in ein Handtuch. „Nichts", murmelte sie.

„Diese ... Verletzungen", stammelte Jonas geschockt. „Und ... wie dünn du geworden bist!"

„Ist ja jetzt vorbei", nuschelte Luisa und stahl sich an ihm vorbei ins Schlafzimmer. Jonas folgte ihr. Luisa kramte Unterwäsche und einen Schlafanzug aus dem Schrank. Hastig ließ sie das Handtuch fallen, zog sich schnell um und krabbelte ins Bett, während Jonas sie noch immer völlig fassungslos anstarrte. Dann zog er sich ebenfalls um und legte sich anschließend neben sie.

„Darf ich ...?", fragte er und streckte die Arme nach ihr aus.

„Nein", unterbrach Luisa ihn sofort. Was mache ich da? fragte sie sich. Er hat ein halbes Jahr auf mich gewartet. Er kümmert sich so lieb um mich. Und offenbar liebt er mich noch immer. Ich sollte dankbar sein. Aber Jonas' Umarmung war gerade das, was sie am allerwenigsten brauchen konnte. „Bitte, lass mir etwas Zeit", bat sie. Weder Jonas noch ihr entging der flehende Unterton in ihrer Stimme.

Jonas räusperte sich. „Natürlich", murmelte er. „Natürlich. Ich wusste nicht ... Ich hatte ja keine Ahnung ... Sie haben nichts gesagt ..." Er hielt tatsächlich Abstand.

Und Luisa war einfach heilfroh, dass er nicht weiter nachfragte und war so erschöpft, dass sie fast sofort in einen tiefen, traumlosen Schlummer fiel.

Als sie am nächsten Morgen erwachte, konnte sie kaum glauben, dass sie sich wirklich in ihrer Wohnung befand. Dass keine Krankenschwester sie aus dem Schlaf gerissen hatte. Dass Mike nicht mit kaltem Wasser neben ihr stand ... Wie oft hatte er sie in den Highlands bei Tagesanbruch brutal aus dem Bett geschmissen! Zusammen mit Harvey, Danny und Frances hatte er sie in eine Hütte nach Rannoch Moor geschafft, eine Sumpflandschaft in den schottischen Highlands, ohne Strom, ohne warmes Wasser. Dort hatten sie Luisa im Rahmen eines Zeugenschutzprogramms abwechselnd vor Royce beschützt, bis diesem der Prozess gemacht würde ... Bis Royce genau dort aufgetaucht war ...

„Wie fühlst du dich?" Jonas war bereits wach. Er lag neben ihr und sah sie verunsichert an.

„Ganz gut soweit", meinte Luisa und versuchte ein Lächeln. Es klappte sogar halbwegs.

„Ich mach dir Kaffee", versprach Jonas. Wenig später kehrte er mit einer dampfenden Tasse zurück.

„Danke", lächelte Luisa und diesmal meinte sie es auch so. Der erste vernünftige Kaffee seit Monaten! Sie würde nie mehr Tee trinken, so viel stand fest. In den Highlands hatte sie davon eine Überdosis bekommen. Stattdessen Cappuccino ... Moment, fragte sie sich. Wo hat Jonas denn den überhaupt her? Doch bestimmt nicht aus der alten Kaffeemaschine.

„Luisa", sagte Jonas mit einem merkwürdigen Unterton in der Stimme. „Wenn du etwas brauchst ... Wenn du reden möchtest ..."

Sie wärmte ihre Hände an der Tasse und blickte Jonas verwirrt an. „Worüber denn?"

„Über das ... was mit dir passiert ist", murmelte Jonas. „Du hast in der Nacht so geschrien, du hast mir wirklich Angst gemacht. Und diese Schnittverletzungen und ..." Er verstummte einen Moment, um schließlich fortzufahren. „Es ist nicht so schlimm, oder? Du kommst darüber hinweg?"

„Nein", sagte Luisa und grinste schief dazu. „Ja. Ich meine – es sind nur die Albträume. Und die ... Schnitte ..."

„Aber er hat ... Jemand hat ..."

„Hat was?" Langsam wurde Luisa ungeduldig.

„Ich muss es wissen", murmelte er. „Jemand hat ... dich verletzt. Hat er dich auch ... Wurdest du ...?"

„Was denn um alles in der Welt?", fuhr Luisa ihn an. Und verstand dann doch endlich, worauf er hinauswollte. „Nein", sagte sie. „Nein. Da ist nichts passiert. Keine Vergewaltigung oder so. Nein. Nichts. Nur die Schnitte ..." Einen Moment erschien Royce vor ihrem Auge, doch in dem Moment nahm Jonas sie fest in seine Arme. Sie spürte seine Erleichterung, hielt ganz still und stellte sich vor, dass es Mike war, der sie in den Armen hielt, damit sie dem Drang widerstehen konnte, Jonas mit einem gezielten Tritt auf den Fußboden zu befördern. Und gleichzeitig schämte sie sich dafür.

Als nächstes stellte sie sich unter die Dusche. Es war so herrlich entspannend, zu spüren, wie das warme Wasser auf ihren Rücken prasselte ... Nur mit Mühe löste sie sich davon und musste feststellen, dass sie fast eine Stunde darunter gestanden hatte!

Joans wartete schon mit verkniffenem Gesicht am Küchentisch auf sie, er hatte bereits angefangen zu frühstücken. Die Küche hatte sich sehr verändert. Sie war in einem Pastellgrünton gestrichen worden und verfügte jetzt über ein riesiges, glänzendes Monster von Kaffeevollautomat. Aha, dachte Luisa. Daher also der Cappuccino. Das Ding war mit Sicherheit nicht ganz günstig. Hoffentlich hat Jonas im Lotto gewonnen.

Ende der Leseprobe

Mehr lesen von Miriam Malik

Miriam Malik schreibt Thriller, Krimis und Liebesromane sowie heitere Kurzgeschichten. Die Autorin versetzt ihre Leser dabei in Städte wie London, Beirut und Marseille, in die schottischen Highlands, auf die kanarischen Inseln und an viele andere faszinierende Orte.

Bisher erschienen:

Ausgeliefert:

Entführt in die Highlands

Entführt in den Orient

Entführt in Marseille

Green Park - Tödliches Trauma (die Vorgeschichte von Ausgeliefert)

Liebe, Lust und Sehnsucht - Ein Kanaren Liebesroman

Webseite: miriam-malik.de
Instagram: @miriammalikautorin